Machfus

Die Moschee in der Gasse

Nagib Machfus

Die Moschee in der Gasse

Erzählungen

Ausgewählt und ins Deutsche übertragen
von Wiebke Walther

Unionsverlag
Zürich

Die vorliegende Ausgabe erscheint mit Genehmigung
der American University in Cairo Press
Übernahme der Übersetzung mit freundlicher Genehmigung
des Verlags Philipp Reclam jun. Leipzig

Umschlaggestaltung: Heinz Unternährer, Zürich
Umschlagphoto: Anno Wilms, Berlin
Gesetzt aus der Bembo
Gesamtherstellung: Kösel, Kempten
ISBN 3-293-00145-9

Inhalt

Die Uniform

Gachscha, der Zigarettenverkäufer, war an der Spitze derer, die zum Bahnhof von Sakasik eilten, als die Ankunftszeit des Zuges näherrückte. An dem florierenden Handel auf diesem Bahnhof teilzuhaben, hielt er für sein gutes Recht, ging gewöhnlich mit unvergleichlichem Eifer den Bahnsteig entlang und jagte nach Kunden mit seinen kleinen wissenden Augen.

Vielleicht hätte Gachscha sein Gewerbe heftig verflucht, wenn man ihn danach gefragt hätte, denn er war wie die meisten Menschen unzufrieden mit seinem Leben und haderte mit seinem Schicksal. Wenn er die Wahl gehabt hätte, wäre er vielleicht lieber Fahrer eines reichen Mannes geworden, um sich wie ein Efendi kleiden zu können und mit zu essen, was der Bey aß, um ihn sommers und winters in ausgesuchte Gegenden zu begleiten und so im Kampf ums Dasein das zu bevorzugen, was eher schon Zerstreuung und Vergnügen war.

Abgesehen davon hätte er seine besonderen Gründe und sogar schon einen leichten Anspruch darauf gehabt, eine solche Arbeit vorzuziehen und sie sich herbeizuwünschen, seit dem Tage nämlich, da er dazugekommen war, wie El-Ghurr, der Fahrer eines bedeutenden Mannes, sich der Nabawija, dem Dienstmädchen des Verwaltungsdirektors, in den Weg gestellt und ihr kühn und voll Selbstvertrauen den Hof gemacht hatte. Ja, er hatte sogar einmal gehört, wie er, sich freudig die Hände reibend, gesagt hatte: »Ich werde bald kommen und den Ring mitbringen.« Er hatte gesehen, wie das Mädchen darauf kokett gelächelt und den Zipfel ihres Umschlagtuchs über ihrem Kopf gelüftet hatte, so, als wollte sie es glattstreichen. In Wirklichkeit aber wollte sie ihm ihr rabenschwarzes, geöltes Haar zeigen. Er hatte das gesehen, und da stand sein Herz in Flammen, er fühlte, wie die Eifersucht ihn schmerzlich packte: Ihre schwarzen Augen machten ihn schwach und krank. Er war ihr öfter ganz dicht gefolgt und hatte sie förmlich belagert, wenn sie ging und kam. Dann, als er einmal an einer Wegbiegung mit ihr allein gewesen war, hatte er vor ihren Ohren wiederholt, was El-Ghurr zu ihr gesagt hatte: »Ich werde bald kommen und den Ring mitbringen.« Aber sie hatte den Kopf abgewandt, die Stirn in Falten gelegt und verächtlich erwidert: »Besorg dir erst mal Holzschuhe, das wäre besser!« Da hatte er auf seine Füße gestarrt, die rauh waren wie das Innere von Kamelhufen, auf seinen schmutzigen Gilbab, seine staubbedeckte weiße Baumwollmütze und hatte gesagt: »Das ist der Grund für mein Elend und den Untergang meines Gestirns.« Und er hatte El-Ghurr beneidet und sich seine Arbeit gewünscht. Aber diese Wunschträume machten ihn seinem Gewerbe nicht untreu, er mühte sich beharrlich weiter ab und begnügte sich damit, von seinen heimlichen Wünschen tatsächlich nur zu träumen.

An jenem Nachmittag ging er zum Bahnhof von Sakasik, trug seinen Kasten mit sich und wartete auf das, was da kam. Er blickte zum Horizont und sah den Zug, der aus der Ferne herannahte wie eine große Rauchwolke, immer näher kam, in Einzelheiten sichtbar wurde und dann mit lautem Quietschen schließlich auf dem Bahnseig hielt. Gachscha eilte auf die dicht besetzten Wagen zu und sah zu seinem Schrecken an den Türen bewaffnete Miliz. Er blickte in fremde Gesichter, die bestürzt und niedergeschlagen aus den Fenstern sahen. Die Leute auf dem Bahnsteig stellten Fragen, und man sagte ihnen, daß das italienische Gefangene wären, die in großer Zahl ihren Feinden in die Hände gefallen seien, und daß man sie jetzt in Gefangenenlager brächte.

Gachscha stand erstaunt da und blickte hin und her in die staubbedeckten Gesichter. Kummer erfüllte ihn, denn er war sich sicher, daß diese Männer mit den fahlen, elenden Gesichtern kaum etwas besäßen, womit sie ihre Gier nach seinen Zigaretten befriedigen könnten. Er sah, daß sie seinen Kasten vor Hunger und Verlangen mit Blicken verschlangen, und warf ihnen einen zornigen, verächtlichen Blick zu.

Er wollte ihnen schon den Rücken zuwenden und dorthin zurückkehren, woher er gekommen war. Aber da hörte er, wie eine Stimme ihm mit europäisch gefärbtem Arabisch zurief: »Zigaretten!«

Er sah den Mann erstaunt und zweifelnd an, dann rieb er die Fingerspitzen, um zu fragen, womit er bezahlen wolle. Der Soldat verstand und gab ihm ein Zeichen mit dem Kopf. Er trat vorsichtig näher heran und blieb in einer solchen Entfernung stehen, daß der Soldat ihn mit der Hand nicht erreichen konnte. Der Soldat zog ruhig seine Uniformjacke aus und sagte, wobei er ihm damit winkte: »Das ist mein Geld.« Gachscha, von diesem Angebot überrascht, betrachtete die aschgraue Jacke mit den gelben Knöpfen halb vor Staunen und halb vor Verlangen. Ihm klopfte das Herz, aber er war kein Einfaltspinsel, und er verbarg die aufkeimende Furcht, daß er der Gier des Italieners zum Opfer fallen könnte. In scheinbarer Ruhe nahm er eine Schachtel Zigaretten und streckte die Hand aus, um die Jacke entgegenzunehmen.

Der Soldat runzelte die Stirn und schimpfte: »Ein einziges Päckchen für eine Jacke? ... Gib mir zehn!«

Gachscha erschrak und trat zurück. Sein Verlangen ließ nach. Beinah wäre er seines Wegs gegangen.

Da rief ihm der Soldat zu: »Gib mir eine angemessene Zahl, neun oder acht!« Der junge Bursche schüttelte hartnäckig den Kopf, da sagte der Soldat: »Dann sieben ...«

Aber er schüttelte den Kopf wie beim erstenmal. Er tat so, als ob er sich entschlossen hätte zu gehen, da gab sich der Soldat mit sechs zufrieden, dann ging er auf fünf herunter. Gachscha winkte mit der Hand ab zum Zeichen, daß es hoffnungslos sei. Er trat zurück zu einer Bank und setzte sich. Der Soldat rief ihm wie besessen zu: »Komm her! Ich bin mit vier zufrieden.«

Aber er schenkte ihm keine Aufmerksamkeit. Und um ihm zu zeigen, daß er sich nicht um ihn kümmere, zündete er sich eine Zigarette an und rauchte genießerisch und still vor sich hin.

Das versetzte den Soldaten in Wut. Es sah so aus, als hätte er in seinem Leben nur noch das Ziel, in den Besitz von Zigaretten zu kommen. Er ging mit seiner Forderung auf drei Päckchen herunter, dann auf zwei.

Gachscha blieb sitzen und beherrschte seine Erregung und sein schmerzliches Verlangen. Als der Soldat auf zwei herunterging, machte er ungewollt eine Bewegung, die der Soldat bemerkte. Er streckte ihm die Hand mit der Jacke entgegen und sagte: »Gib her!«

Da blieb ihm nichts anderes übrig, als aufzustehen und so nahe an den Zug heranzutreten, daß er die Jacke entgegennehmen konnte. Er gab dem Soldaten die beiden Packungen.

Glücklich und zufrieden prüfte er das Jackett, auf seinen Lippen erschien ein siegesfrohes Lächeln. Er stellte den Kasten auf der Bank ab, zog das Jackett an und knöpfte es zu. Es war ihm zu weit, aber er scherte sich nicht darum, sondern staunte vor Verwunderung und Freude und nahm seinen Kasten wieder an sich.

Froh und stolz schritt er den Bahnsteig entlang, und vor seinen Augen erschien das Bild Nabawijas, wie sie in ihr Umschlagtuch gehüllt war. Er murmelte vor sich hin: »Wenn sie mich jetzt sehen könnte! Ja, von heute an wird sie keine Abneigung mehr gegen mich empfinden und sich nicht verächtlich von mir abwenden. Nun hat El-Ghurr nichts mehr, womit er sich mir gegenüber aufspielen könnte.«

Aber er erinnerte sich daran, daß El-Ghurr einen vollständigen Anzug trug, nicht bloß ein Jackett. Wie sollte er zu Hosen kommen? Er dachte kurz nach. Dann warf er einen Blick voll tieferer Bedeutung in die Gesichter der Gefangenen, die aus den Fenstern des Zuges schauten. Von neuem spielte das Verlangen mit seinem Herzen, und er wurde unruhig, wo er doch gerade erst trunken vor Glück gewesen war.

Er ging langsam am Zug entlang und rief dreist: »Zigaretten! Zigaretten! Das Päckchen für eine Hose, wenn jemand kein Geld hat. Das Päckchen für eine Hose.« Er rief dasselbe ein zweites und ein drittes Mal, da er fürchtete, nicht verstanden worden zu sein, zeigte er im Gehen auf die Jacke, die er trug, und winkte mit einem Päckchen Zigaretten.

Seine Gesten erreichten den beabsichtigten Zweck. Ein Soldat zögerte nicht lange und wollte gerade seine Jacke ausziehen, da eilte er zu ihm und bedeutete ihm innezuhalten. Dann zeigte er auf seine Hose, um anzudeuten, daß er die haben wollte. Der Soldat zuckte verächtlich mit den Schultern, zog die Hose aus, und der Austausch wurde perfekt. Gachscha griff begierig nach der Hose und geriet fast außer sich vor Freude. Er ging zurück zu dem Platz, wo er zuerst gesessen hatte, und streifte die Hose über.

Keine Minute, und er war ein kompletter italienischer Soldat. Fehlte ihm nun noch etwas? Es war wirklich schade, daß diese Gefangenen keinen Tarbusch auf dem Kopf trugen ... aber ihre Füße steckten in Schuhen. Er mußte unbedingt Schuhe haben, um sich mit El-Ghurr vergleichen zu können, der ihm das Leben vergällte.

Er nahm seinen Kasten, eilte zum Zug und rief: »Zigaretten ... Das Päckchen für ein Paar Schuhe!« Um sich verständlich zu machen, behalf er sich mit Gesten, wie er es beim erstenmal getan hatte. Aber bevor er eines neuen Kunden habhaft werden konnte, ertönte das Abfahrtssignal des Zuges. Das setzte auf einen Schlag das gesamte Wachpersonal in Bewegung. Zudem legte sich allmählich Dunkelheit über den Bahnhof, die Nacht senkte sich herab. Gachscha blieb stehen und verspürte Qualen in seinem Inneren, seine Augen blickten kummervoll und wütend.

Als der Zug sich in Bewegung gesetzt hatte, sah ihn einer der Milizionäre aus einem vorderen Wagen. In seinem Gesicht zeigte sich Ärger, und er rief ihm erst auf Englisch, dann auf Italienisch zu: »Seig schnell ein, steig ein, Gefangener!«

Gachscha verstand nicht, was er sagte. Er wollte seinem Überschwang Luft machen und begann, ihn nachzuäffen im Vertrauen darauf, daß er zu weit von ihm entfernt war, als daß seine Hand zupacken könnte.

Während der Zug langsam anfuhr, rief ihm der Wachsoldat ein zweites Mal zu: »Steig ein! Ich warne dich. Steig ein!«

Gachscha preßte verächtlich die Lippen zusammen, drehte ihm den Rücken zu und schickte sich an zu gehen. Der Milizionär ballte seine Linke drohend zur Faust, richtete sein Gewehr auf den unachtsamen jungen Burschen ... und schoß.

Das Dröhnen des Schusses legte sich betäubend auf die Ohren. Ein Schrei des Schmerzes und der Bestürzung folgte. Gachscha blieb stehen und erstarrte, der Kasten fiel ihm aus der Hand. Zigarettenpäckchen und Steichholzschachteln breiteten sich auf dem Boden aus. Er fiel auf das Gesicht und war tot.

Hansal und der Polizist

Die schweren Schritte, die er näher kommen hörte, riefen in seiner Brust ein schreckliches Echo hervor, und das Räuspern des Mannes, der da entlangging, kündete ihm Plagen und Schmerzen an. Es war der Wachtmeister, der aus dem Dunkel der Nacht auftauchte. Er wollte vor ihm fliehen, aber er konnte es nicht. Mit aller Anstrengung richtete er sich auf und warf sich mit dem ganzen Körper gegen die Mauer an der ersten Wegbiegung. Er taumelte und drohte jeden Augenblick wieder zusammenzubrechen. Mühsam öffnete er die Augen und richtete sie auf den, der wie das Schicksal auf ihn zukam. Immer wieder versuchte er zu entfliehen, aber er mühte sich vergebens in der Dunkelheit, und seine Erinnerungen verwirrten sich. Die Straßenlaterne warf ihr Licht auf sein fahles, staubbedecktes Gesicht, dessen unbeherrschte Züge denen eines Schlafenden glichen. Er hatte nichts als die Reste eines zerrissenen Gilbabs auf dem Leib, und sein Inneres brannte vor wahnsinnigem Verlangen nach der verbotenen Spritze.

»Hansal, komm her!«

Ach, dieser unglückselige Ruf, dem gewöhnlich Ohrfeigen und Fausthiebe folgten! Mit verzweifelter, angstvoller Stimme flehte er: »Haben Sie um Allahs willen Erbarmen mit mir, Herr Wachtmeister!«

Der stand vor ihm und schirmte ihn gegen das Licht der Straßenlaterne ab. Er hielt sein Gewehr geschultert. Hansal drückte sich noch fester an die Mauer der Schanafirigasse. Er litt unter der Furcht, kämpfte gegen die Bewußtlosigkeit an, die ihn zu überkommen drohte, und zeigte sich unterwürfig. Aber was war nur mit dem Wachtmeister los, daß er weder schrie noch fluchte, noch Ohrfeigen austeilte?

»Hast du dich gespritzt?«

»Nein, wirklich nicht!«

»Aber du schläfst doch oder bist am Einschlafen!«

»Eben weil ich keine Spritze habe.«

»Komm mit, der Kommissar will dich sprechen!«

Er seufzte vor Benommenheit und Verlangen: »Haben Sie Erbarmen mit mir!«

Auf seine Schultern legten sich die Hände eines Menschen, nicht eiserne Hände und auch nicht die eines Polizisten. Da wunderte sich Hansal, ohne etwas zu sagen.

Der Polizist befahl: »Komm und hab keine Angst!«

»Ich hab doch nichts getan!«

Er führte ihn sanft weg und flüsterte ihm zu: »Du wirst finden, daß alles in Ordnung ist. Hab keine Angst!«

Hansal stand im Zimmer des Kommissars, einen Meter von der Tür entfernt, die man hinter ihm geschlossen hatte, und trat nicht einen Schritt vor. Er sah auch nicht zu dem Mann hoch, um nicht seinem erfahrenen Blick begegnen zu müssen, der auf ihm ruhte, während das glänzende Licht seinen lehmbeschmutzten, fast unbedeckten Körper beleuchtete. Er erschien zwischen den weißen, glatten Wänden und den Ehrfurcht einflößenden Möbeln wie ein Überbleibsel aus früherer Zeit. Hansal war darauf gefaßt, von einem Blitzschlag getroffen zu werden, aber die Stimme des Kommissars drang zu ihm in einem menschlichen Ton, der ihn so überraschte wie alles in dieser Nacht.

»Setz dich, Hansal! Guten Abend!«

O Herr des Himmels, was war nur los?

»Nicht doch, Herr Kommissar, ich stehe zu Diensten.«

Aber der maß ihn mit tadelndem Blick und wies befehlend auf einen lederbezogenen Stuhl. Hansal zögerte lange, aber schließlich wußte er nicht ein noch aus und gehorchte. Er setzte sich auf die Kante des Stuhls und blickte auf seine von einer dicken Erdkruste bedeckten Füße, die so riesig wie die einer Statue waren. Trotz allem traute er der Situation nicht und sagte unterwürfig: »Herr Kommissar, ich bin ein armer Mann, ich habe viele Fehler begangen, aber mein Unglück ist schlimmer als meine Fehler, und Allah zieht Erbarmen der Gerechtigkeit vor.«

Der Kommissar entgegnete in einem ernsten und doch zugleich sanften Ton: »Hab Vertrauen, Hansal! Ich weiß, du hast dir vieles zuschulden kommen lassen, aber du mußtest noch weit mehr erleiden. Du selbst kennst deine Vergehen am besten. Den Wachtmeister mußt du entschuldigen, wenn er dir gegenüber hart war. Gesetz bleibt Gesetz. Aber es haben sich Dinge ereignet, die eine andere Behandlung zur Pflicht machen. Alles ist anders geworden. Wir sind nicht nur Polizisten, sondern wir sind auch Menschen.«

Verwirrt schaute er den Kommissar an und überwand mühsam die Bewußtlosigkeit, die ihn überfallen wollte.

Da blickte ihn der Mann mitleidig an und sagte: »Glaub mir, Hansal! Glaub alles, was du siehst und hörst. Du hast deine Gedanken nicht beieinander, weil du dich nicht gespritzt hast. Dein letztes Geld ist ausgegeben, und du hattest keine Spritze. Der Drogenhändler kennt kein Erbarmen, er fordert das Geld im voraus. Aber du wirst von alledem geheilt werden.«

Hansal entgegnete fast weinend: »Ich bin arm. Mein

Leben lang habe ich Unglück gehabt. Ich war stark, dann bin ich schwach geworden. Ich war Händler und habe alles verloren. Ich habe geliebt und große Qualen erlitten. Schließlich wurde ich süchtig, und dann habe ich gebettelt.«

»Du wirst als ein neuer Mensch aus dem Sanatorium kommen, und dann werden wir uns ganz anders gegenübertreten.«

Im Hof der Polizeiwache umringte ihn eine Schar von Polizisten. Gewohnheitsmäßig krümmte er sich zusammen, als ob er geschlagen würde. Aber sie lächelten ihm zu und verzogen ihre vollen Lippen unter den buschigen Schnurrbärten.

»Ihr seid es?«

»Ja, Hansal, alles ist anders geworden.«

»Gute Besserung, Hansal!«

»Allah möge vergeben, was vergangen ist.«

Er wurde im Halbschlaf fortgetragen. Schnell überließ er sich dem Schlaf in einem Wagen, der mit ihm endlos hin- und herschaukelte. Als er die Augen wieder öffnete, war er in einem fremden Zimmer. Es sah sich um – es war strahlend weiß und hell, und er erblickte ein mitleidiges Gesicht über sich. Schwäche, Ekel, Brechreiz, tiefe Einsamkeit und Furcht überkamen ihn.

Er flehte: »Eine Spritze, eine Spritze, Onkel Mabtuli!«

Ein zartes Lachen umschmeichelte sein Ohr, und ein durchdringender Duft stieg ihm in die Nase. Die Leere im Gehirn und in den Sinnen peinigten ihn. Er hatte das Gefühl, ihm berste der Kopf, dann schwand ihm von neuem das Bewußtsein.

Hansal verließ das Sanatorium als ein neuer Mensch, so wie es der Kommissar angekündigt hatte. Zum erstenmal war zu sehen, wer er eigentlich war. Er stolzierte in einem weiten, weißen Gilbab einher. Er rasierte sich, und man sah nun, daß er einen starken Schnurrbart hatte. Außerdem trug er leuchtend gelbe Schuhe. Ein tätowierter Löwe kam über seinem Handgelenk zum Vorschein, und ein tätowierter Vogel lugte an seinen Schläfen unter einer bestickten Kappe hervor. Der Wachtmeister behandelte ihn wie einen Freund, alles erschien ihm nun freundlich. Seine Haut glänzte braun und rein unter der Sonne. Er mußte lachen bei dem Gedanken, daß sich sein Körpergewicht sicher nach der Reinigungsaktion verringert habe. Er war nüchtern und wach, sah die Dinge und hörte die Laute um sich her. Er hatte den Wachtmeister gern und spürte keinen Schmerz mehr im Leib. Sein Selbstvertrauen war so stark, daß er meinte, fliegen zu können. Er vertraute allem um sich herum und war gar nicht erstaunt, als die Polizisten herankamen, um ihm zu gratulieren. Es war wie ein Triumphzug, als sie ihm auf dem Hof der Polizeiwache lebhaft und liebevoll die Hände schüttelten. Er war nicht einmal verwirrt, als er den Kommissar zu seiner Begrüßung herbeikommen sah, sondern war davon so sehr beeindruckt, daß er sich in seiner Bescheidenheit über dessen Hand beugte, um sie zu küssen. Doch der Kommissar nahm ihn in die Arme und drückte ihn mitfühlend. Hansal verging fast vor Scham, und Tränen standen ihm in den Augen. Der Mann bat ihn, Platz zu nehmen, und kehrte fröhlich lachend zu seinem Stuhl hinter dem Schreibtisch zurück. »Herzlichen Glückwunsch zur Genesung!« gratulierte er ihm.

Ihm flossen die Augen über, als der Kommissar fortfuhr: »Jetzt kannst du neu beginnen.«

Hansal entgegnete unter Tränen: »Allah und Ihnen sei Dank!«

»Übertreib nicht, der Dank gebührt allein Allah.«

Der Kommissar öffnete ein Heft, das vor ihm lag, nahm einen Federhalter und schrieb etwas oben auf eine weiße Seite. Dann sagte er ruhig, wobei er ihn mit einem Blick maß, der klar und durchdringend war wie das Licht des Mondes: »Verlange, was du willst, Hansal!«

Der Mann zögerte und gab keine Antwort. Seine Lippen bewegten sich und mit ihnen sein buschiger Schnurrbart, aber er antwortete nicht.

Der Kommissar drängte ihn: »Verlange, was du willst, Hansal, das ist ein Befehl!«

»Aber...«

»Kein Aber, verlange, was du willst!«

Er stammelte zögernd: »Ich verlange nur Gottes Schutz.«

»Deutlicher! Fordere, was du willst, das ist ein Befehl!«

Hansal erinnerte sich plötzlich an das Gebet seiner Mutter, an die Geschichten, die sie ihm einst zur Nacht erzählt hatte, an die Melodien des Rebab. Dann lachte er und sagte: »Ich bin früher mit einem Obstwagen umhergezogen.«

Der Beamte meinte, während er etwas in das Heft schrieb: »Ein Obstgeschäft in der Husseinijastraße, doppelt breite Wandbretter, elektrisches Licht für die Auslage.«

»Und das Geld dafür?« fragte er bestürzt.

»Das soll dich nicht kümmern. Das ist etwas, was uns angeht und die Allgemeinheit. Sage, was du verlangst, das ist ein Befehl!«

Hansal schöpfte neuen Mut aus seiner neugeformten Persönlichkeit und dem Obstgeschäft. Er erwiderte mit zitternder Stimme: »Saneja Bajumi, die Leberverkäuferin ... Tatsache ist, daß ich ...«

Der Kommissar sagte und schrieb dabei immer noch:

»Du brauchst nichts zu erklären. Alles ist bekannt. Der Polizist von der Wache weiß es, und nicht nur er: jeder Polizist, auch der Marktaufseher. Saneja ist ein hübsches, kesses Mädchen und noch nicht verheiratet trotz allem, was war. Eine Zeitlang hat sie dir Schlimmeres angetan als das Heroin. Sie blieb umbarmherzig, und dann ging es dir noch schlechter. Schließlich hat sie dich verlassen. Aber sie wird zu dir zurückkehren. Es wird ein Geschäft für Obst und Leber werden. Das wird etwas Einzigartiges sein in der Husseinija, so wie die ganz teuren Gemüsegeschäfte. Was noch?

Er senkte vor innerer Bewegung den Kopf. Wie im Traum erblickte er eine grüne Fläche vor sich, aus der rote Blumen emporwuchsen, ringförmig umgeben von Veilchen. Die Melodie des Liedes »O meines Herzens Begehren, sage mir...« klang ihm im Ohr. Aber da sah er plötzlich einen Fleck, schwarz wie eine Wolke von Fliegen. Eine Gänsehaut überlief ihn, und er äußerte besorgt: »Ich fürchte, Herr Kommissar, daß die Freundschaft der Polizisten nicht lange dauern wird. Mein früherer Kummer hatte zwar viele Gründe, aber Hauptgrund waren die Polizisten. Wie oft haben sie mich mit meinem Wagen fortgejagt, zu Recht oder zu Unrecht. Sie haben meinen Tagesverdienst an sich genommen und mich geschlagen. Und der erste, der Saneja den Kopf verdreht hat, war der Polizist Hassuna.«

Wieder erklang sein fröhliches Lachen, und der Kommissar erwiderte in einem Ton, der keinen Raum für Zweifel ließ: »Du wirst unter den Polizisten niemanden finden, der dir feindlich gesinnt ist. Sie sind von heute an und in alle Zukunft deine aufrichtigen Freunde. Fordere, was du willst, Hansal, das ist ein Befehl!«

Hansal war wie berauscht von einer Kühnheit, die er

nicht einmal in den Tagen seiner Jugend besessen hatte, als er mit einer Schlägertruppe umhergezogen war, einer Kühnheit, die bestärkt wurde von dem Gedanken an ein Geschäft für Obst und Leber, an die Liebe Sanejas und die Freundschaft der Polizisten. So sagte er: »Arme Leute wie mich gibt es viele, vielleicht kennen Sie sie nicht, Herr Kommissar...«

Der unterbrach ihn, während er ohne Unterlaß schrieb: »Ich weiß alles. Zeig sie uns. Jeder wird dann seinen Laden bekommen und seine Frau und die Freundschaft der Polizisten. Das wird alles Wirklichkeit werden. Fordere, was du willst, das ist ein Befehl!«

Hansal lachte laut, faltete die Hände, preßte sie gegeneinander und sagte: »Mir ist, als ob ich träume.«

»Die Wirklichkeit ist eine Art Traum, und Träume sind eine Art Wirklichkeit. Fordere, was du willst, das ist ein Befehl!«

Er holte tief Luft und fragte: »Wie viele von denen, die im Gefängnis sind, verdienen die Haft wirklich?«

»Jeder, der die Haft nicht wirklich verdient, wird aus dem Gefängnis entlassen werden, auch wenn die Gefängnisse dann leer stehen«, entgegnete der Kommissar, während seine Hand über die Seite dahinglitt.

Da rief Hansal wie in einem Taumel: »Es lebe die Gerechtigkeit! Es lebe der Kommissar!«

Der Hof hinter dem Haus, in dem Hansal wohnte, an der Ecke der Schanafirigasse, wurde Zeuge eines einzigartigen Festes, an dem der Kommissar und die Polizisten, die Armen und die aus den Gefängnissen Freigelassenen teilnahmen. Saneja trug ein apfelsinenfarbiges Kleid und hatte sich in einen grünen Schal gehüllt. Von ihrem zarthäutigen Körper waren nur die Handgelenke zu sehen, geschmückt mit goldenen Armreifen, und die Knöchel, die von silbernen Fußreifen mit halbmondförmigen Anhängern umschlossen wurden. Sie teilte selber die Getränke aus: Tamarindensaft und Karkadija. Dann gab es dort eine Musikantentruppe, die einen gewissen Hauch der Mohammed-Ali-Straße an sich hatte. Sie hatte sich in einer Ecke niedergelassen und begrüßte die Ankömmlinge. Jeder erfreute sich seiner Freiheit, sogar die Polizisten sangen und tanzten unter den Augen des Kommissars. Dann erhob sich ein Koranrezitator unter seinen Anhängern und intonierte zum Lobe des Propheten das Lied: »Als er erschien, da leuchtete das Minarett der rechten göttlichen Leitung ...«

Da stießen die Armen, die Amnestierten und die Polizisten Freudenrufe aus. Saneja ließ das Freudentrillern der Araberin laut werden, das klang wie eine Flötenmelodie.

Am Ende des Festes stand der Kommissar auf und wandte sich an alle mit den Worten: »Wenn es anfängt zu regnen, fallen nur einzelne Tropfen, danach aber fließt das Wasser in Strömen. Gute Nacht euch allen!«

Saneja ließ wieder ihr Trillern hören. Die Gäste gingen erst bei Anbruch der Morgendämmerung langsam von dannen. Der Hahn krähte zum Lobe Allahs, und auch die darauffolgende Stille pries ihn.

Hansal warf sich auf die Liege, um sich nach der Anstrengung auszuruhen. Saneja setzte sich ans Kopfende und spielte mit seiner Stirnlocke. Er war glücklich, vertrauensvoll und zufrieden, und er wünschte sich, daß alles so bliebe. Zärtlich sagte er: »Du bist der Ursprung all des Guten.«

Ihre Finger berührten seine Schläfen, als wollte sie den Vogel füttern, der dort eintätowiert war. Er fuhr fort: »Was da geschehen ist, ist eigentlich gar kein Wunder.

Nur daß dein Herz nachgegeben hat nach allem, was war, das ist ein wirkliches Wunder.«

Ihre Hand glitt über seine Wange und sein Kinn und verharrte auf seiner Kehle. Er fügte sich ihrem Spiel und wünschte sich, daß es nie enden möge. Aber dann spürte er etwas Seltsames, gleich einem Druck auf seiner Kehle, der immer stärker wurde, stärker als alles, was man von einem Spiel gewohnt ist. Er wollte sie auffordern, nicht so fest zuzudrücken, aber er konnte nicht sprechen, und der Druck wurde noch stärker. Da streckte er seine Hand aus, um sich von ihrem Griff zu befreien, aber er hatte das Gefühl, als ob sich ihm ein Alpdruck auf die Brust legte und etwas widerwärtig Schweres, ein Sandsack oder ein Stück Mauer, ihm auf den Kopf fiele. Er wollte stöhnen, sich erheben, sich bewegen, aber er konnte es nicht. Mühsam drehte er den Kopf, um sich aus der Pein zu befreien, und streifte dabei die Liege, aber was er wahrnahm, war eher etwas wie Erde, Staub, auch Lehm war dabei. Qual überwältigte ihn mit neuer, ungewohnter Heftigkeit. Er hörte, wie eine wohlbekante Stimme ihn höhnisch anschrie: »Das fehlt noch, daß du mitten auf der Straße einschläfst!«

War das nicht die Stimme des Polizisten, des alten Wachtmeisters mit seiner groben Stimme, die stets Verderben androhte? Außerdem war er dabei zu ersticken. Sanejas Hand kannte keine Gnade. Plötzlich hob sich die Mauer von seiner Brust. Er setzte sich gerade hin und stöhnte in der Dunkelheit. Vor seinen Augen erschien im Licht der Straßenlaterne der Schatten eines Riesen, einer Gestalt, die sich in den Himmel, bis hin zu den Sternen, zu erstrecken schien. Der Hahn krähte in der Morgendämmerung, von der Schulter der Gestalt hing ein Gewehr herab. Der Schmerz auf seiner Brust, an der Stelle, wo sich der schwere Stiefel jetzt hob, ließ nach. Er rief: »Wo bleibt das Versprechen des Kommissar, Herr Wachtmeister?«

Der versetzte ihm einen unbarmherzigen Tritt und schrie ihn an: »Das Versprechen des Kommissars! Verrückter Süchtiger! Los, auf die Wache mit dir!«

Er blickte sich um, ganz verwirrt, und fand eine schlafende Straße, völlige Dunkelkeit, Schweigen, kein Fest, keine Spur eines Festes, auch nicht Saneja, nichts...

Die Welt Allahs

Das Leben im Büro begann, wenn Onkel Ibrahim, der Bote, eintrat. Er öffnete die Fenster, eines nach dem anderen, und ging daran, den Fußboden des großen Raumes zerstreut und unaufmerksam zu kehren. Dabei drehte er regelmäßig und langsam den Kopf hin und her und bewegte die Lippen, als ob er etwas kaute, während die weißen Haare in seinem Kinn- und Backenbart zitterten. Auf dem Kopf hatte er kein einziges Haar mehr. Darauf machte er sich an die Schreibtische, wischte auf ihnen Staub und brachte die Aktenordner und Schreibmaterialien in Ordnung. Abschließend musterte er prüfend den Raum, dabei ließ er den Blick über die Schreibtische wandern, als sähe er dort deren Besitzer auf ihrem Platz. Sein Gesichtsausdruck schwankte zwischen Zufriedenheit und Ärger, schließlich lächelte er. Dann ging er hinaus und murmelte vor sich hin: »Jetzt wollen wir das Frühstück holen!«

Herr Achmed, der Archivsekretär, war der erste, der erschien. Seine Schultern neigten sich unter der Last von fünfzig Lebensjahren nach vorn, und sein Gesicht war von ständigem Groll gezeichnet, als sei es ein Register des Abscheus vor den Zeitläuften. Ihm folgte Herr Mustafa, der Maschinenschreiber, der häufig lachte, aber es war ein nervöses Lachen, hinter dem er seine täglichen Sorgen zu verbergen suchte. Dann kamen Samir, der Undurchdringliche, wie er im Büro genannt wurde, und El-Gundi, dessen strahlender Gesichtsausdruck erkennen ließ, daß er dem Glück der Kindheit noch nicht entwachsen war. Weiter stolzierte Herr Lutfi herein, ein eleganter Mann; er trug einen Siegelring, eine Uhr und eine Krawattennadel aus Gold. Ihm schloß sich Hammam an, zart, schmächtig und in sich gekehrt. Zum Schluß der Auftritt seiner Exzellenz des Bürodirektors, Ustas Kamil, er war umgeben von einer Gloriole der Würde, in der Hand hielt er einen Rosenkranz. Nun war das Büro erfüllt von Stimmenlärm und Papierrascheln, aber noch hatte niemand angefangen zu arbeiten. Noch nicht einmal der Direktor, denn der wurde ganz von einem Telefongespräch in Anspruch genommen. Die Seiten der aufgeschlagenen Zeitung raschelten wie Fahnen im Luftzug.

Lutfi sagte, den Blick auf die Nachrichtenspalte geheftet: »Dieses Jahr wird die Welt untergehen!«

Dann hörte man die laute Stimme des Direktors, der frohlockend am Telefon fragte: »Und der Mond verschwindet?«

Samir stellte die Frage: »Warum plagen wir uns mit Ehe und Kindern ab? Hier ist die Rede von einem jungen Mann, der seinen Vater unter den Augen seiner Mutter getötet hat!«

Achmed empörte sich mit heiserer Stimme: »Was hat es für einen Sinn, Rezepte auszuschreiben, wenn das Medikament nirgends erhältlich ist?«

El-Gundi blickte von seinem Platz aus in eine Arztpraxis im gegenüberliegenden Gebäude und beobachtete eine blonde deutsche Krankenschwester, die sich am Fenster zeigte.

Lutfi fuhr fort, seine vorher geäußerten Worte bekräftigend: »Glaubt mir, das Ende der Welt ist näher, als ihr denkt...«

Der Direktor legte die Hand auf die Sprechmuschel und verlangte gebieterisch von Hammam: »Holen Sie die Akte 1–3/130 vom Jahr...!« Dann wandte er sich wieder seinem angeregten Gespräch zu.

Hammam hob nicht einmal den Kopf von der Zeitung, sondern stieß zwischen den Zähnen hervor: »Der Tod soll deine Mutter holen!«

Da endlich kam Onkel Ibrahim mit einem vollen Tablett. Er verteilte Sandwichs mit Bohnen, Bohnenpastete, Käse und Süßigkeiten aus Sesam. Nun mahlten die Münder, Schmatzen war von allen Seiten vernehmbar, aber die Blicke hoben sich nicht von den Spalten der Zeitungen. Onkel Ibrahim stand am Eingang zum Büro und beobachtete die Essenden mit einem seltsamen Blick aus seinen glanzlosen Augen, bis ihm Achmed mit vollem Munde zurief: »Hol die Gehälter, Onkel Ibrahim!«

Daraufhin ging der Mann weg. Eine Stunde später betrat der Krawatten- und Parfümhändler den Raum, der das Büro regelmäßig am Ersten jedes Monats aufsuchte. Er ging an den Schreibtischen entlang und bot seine Ware an. Die Beamten traten heran, prüften sie, und einige nahmen sich, was sie brauchten. Der Mann verließ den Raum, um wieder zurückzukommen, wenn man die Gehälter in Empfang genommen hätte. Nach einer weiteren Stunde erschien der Butterhändler, um sich die ihm noch zustehenden Raten abzuholen, aber Mustafa sagte lächend mit bedeutungsvoller Miene: »Warte, bis Onkel Ibrahim zurück ist!«

Der Mann blieb an der Tür stehen. Seine Lippen bewegten sich unaufhörlich, und er murmelte etwas vor sich hin. Die Tasten der Schreibmaschinen hämmerten eifrig, während Samir zum Direktor ging, um ihm wichtige Papiere vorzulegen. Zum erstenmal fiel jetzt Sonnenschein durch das Fenster, das auf den Platz hinausging. El-Gundi warf immer noch verstohlene Blicke in das Fenster der Praxis. Der Direktor rief in irgendeiner Angelegenheit nach Onkel Ibrahim, aber Mustafa erinnerte ihn daran, daß er noch nicht von der Kasse zurückgekehrt sei. Da meinte Achmed und hob den Kopf von den Akten: »Der Mann hat sich verspätet! Warum nur?«

Der Butterhändler ging, um in den anderen Büros vorbeizuschauen und dann zurückzukehren. Achmed lief aus dem Raum, blickte suchend rechts und links den Gang entlang, kam wieder und sagte: »Keine Spur von ihm! Was hat ihn nur aufgehalten? Der alte Schwätzer!«

Schließlich, nach einer dritten Stunde, verlor Achmed die Geduld. Er stand auf und verkündete, daß er zur Kasse gehen werde, um nach dem Mann zu suchen. Dann kam er berstend vor Zorn zurück und schimpfte: »Er hat die Mappe vor einer geschlagenen Stunde geholt. Aber wo ist der Dummkopf hingegangen?«

Lutfi fragte: »Hat er denn sein eigenes Gehalt bekommen?«

Achmed antwortete aufgebracht: »Ja, das hat man mir am Schalter für die Auszahlung der Botengelder gesagt.«

»Vielleicht sieht er sich auf dem Suk um?«

»Bevor er uns unsere Gehälter übergeben hat?«

»Das ist nicht unmöglich. Er kommt doch jedenTag auf eine neue Idee!«

Ärger zeichnete sich auf den Gesichtern ab. Der Direktor, schon seit längerer Zeit höherer Beamter, blickte finster. Für kurze Zeit herrschte Schweigen. Mustafa unterbrach es mit seinem üblichen Gelächter: »Stellt euch vor, man hat ihn unterwegs ausgeraubt!«

Ein mattes Lachen war die Antwort, das eher einem

mühsam verhehlten Seufzen glich. Dann meinte Lutfi: »Oder er ist einem Unfall zum Opfer gefallen?!«

Als er den Ärger in den Gesichtern der anderen bemerkte, fügte er beschwichtigend hinzu: »Wer heute Onkel Ibrahim überfährt, überfährt ein ganzes Büro!«

Achmed entgegnete scharf: »Bis auf den, der eine Privatschatulle hinter sich weiß!«

Alle nahmen seine Worte mit Genugtuung auf. Nur der Direktor klopfte mit einem Kugelschreiber der Marke »Parker«, der ihm bei einer glücklichen Gelegenheit geschenkt worden war, auf seinen Schreibtisch und forderte dazu auf, Disziplin zu wahren. In Wirklichkeit aber versuchte er, seine wachsende Unruhe zu verbergen.

El-Gundi fragte trotzdem: »Was geschieht mit dem Geld in solch einem Fall?«

»Zum Beispiel bei einem Diebstahl?«

Niemand lachte, so fragte El-Gundi weiter: »Bei einem Unfall?«

»Vielleicht wird es im Gedränge gestohlen, vielleicht wird es auch im Polizeibüro aufbewahrt, bis die Angelegenheit geklärt ist, und man sagt sich: ›Krepiere ruhig, du Esel, bevor du was zu fressen bekommst!‹«

Aber es zeigte sich, daß allen das Lachen vergangen war. Die Gesichter schienen fahl, und die Zeit verging langsamer als Tage des Krankseins. Jemand fragte: »Unter welchem Unstern sind wir nur heute früh erwacht?« Achmed ging und suchte nach Onkel Ibrahim im gesamten Inspektionsbereich, dann kehrte er zurück mit einem Gesichtsausdruck, der von seinem Mißerfolg sprach. Der Direktor dachte über diese schwierige Situation nach, die niemand je für möglich gehalten hätte. Er weigerte sich, sie für wahr zu halten. Der Dummkopf würde plötzlich an der Tür erscheinen. Flüche würden auf ihn niederprasseln, und er würde alle Entschuldigungen der Welt für sich in Anspruch nehmen. Wenn das aber nicht geschähe, was sollte man dann tun? Lutfi hatte eine reiche Frau, und Samir war als durchtrieben bekannt; aber da gab es arme Schlukker wie Achmed, denen dieser Vorfall den Garaus machen würde.

Der Butterhändler kehrte zurück, doch bevor er noch den Mund öffnen konnte, schrie ihn der Direktor an: »So warte doch! Noch ist schließlich nicht der Jüngste Tag! Wir sind hier in einem Regierungsbüro und nicht auf einem Suk!«

Der Mann zog sich bestürzt zurück. Beamte der Inspektion kamen ins Büro und fragten, wie es ginge. Jemand von ihnen fing an, Späße zu machen, aber sie fanden eine so düstere Atmosphäre vor, daß ihnen die Scherzworte in der Kehle steckenblieben. Die Unruhe nahm zu, niemand arbeitete mehr.

Achmed seufzte: »Mein Herz sagt mir, daß die Angelegenheit ernst ist. Wir sind verloren, Leute!«

Dann sprang er auf und ließ sich vernehmen: »Ich werde den Pförtner des Ministeriums nach ihm fragen!« und verschwand eilig.

Kurz danach kam er ganz erbost wieder: »Der Pförtner versichert, daß er gesehen hat, wie er gegen neun Uhr morgens aus dem Ministerium gegangen ist!« Mit erstickter Stimme fügte er hinzu: »Das ist ja abscheulicher als eine Katastrophe! Es ist doch nicht möglich, daß er sein Leben für hundertfünfzig Pfund oder zweihundert verkauft! Ein Unfall? Wer weiß? In diesem Monat werden wir das Ende nicht absehen können! O Herr des Himmels!«

Lutfi fühlte, daß sich die Blicke einiger ihm von Zeit zu Zeit zuwandten, so sagte er schließlich beklommen: »Es ist abscheulicher als eine Katastrophe! Vielleicht fragt ihr, was mich das kümmert? Die Wahrheit ist, daß meine reiche Frau nicht einen Millim von ihrem Vermögen hergibt!«

Insgeheim fluchte man, aber niemand ging auf seine Worte ein.

Achmed seufzte: »Glaubt ihr an Gott? Bei dem Gott, dessengleichen es nicht gibt, vom zweiten Tag des Monats an werde ich kommen und gehen ohne einen einzigen Millim in der Tasche, weder für Tee noch für Kaffee, Zigaretten oder irgendein Verkehrsmittel. Ich habe Kinder auf der Oberschule und Kinder auf der Universität und einen großen Berg Schulden wegen der Medikamente. Was soll ich nur tun, o Gott?!«

Als es ein Uhr vorüber war, stand der Bürodirektor mit bekümmertem Gesicht von seinem Schreibtisch auf, kam hinter ihm hervor und sagte: »Der Generalinspektor muß benachrichtigt werden!«

Der Generalinspektor hörte sich die Geschichte mit deutlichem Unwillen an, dann fragte er: »Ist es nicht möglich, daß er trotz aller Verdächtigungen zurückkommt?«

»Tatsache ist, daß ich daran nicht mehr glaube. Es geht auf zwei Uhr nachmittags.«

Der Generalinspektor erwiderte mit kritischem Ton: »Sie wissen doch, daß Sie sich falsch und nicht den Instruktionen gemäß verhalten haben?«

Der Direktor verkroch sich eine Weile in ein verzweifeltes Schweigen, dann murmelte er: »Alle Büros machen es so...«

»Und wennschon! Ein fehlerhaftes Verhalten rechtfertigt das andere nicht! Schreiben Sie mir einen Bericht, damit ich ihn dem stellvertretenden Minister übergeben kann!«

Der Direktor rührte sich nicht von der Stelle, sondern fügte hinzu: »Alle brauchend dringend ihre Gehälter. So etwas ist bisher noch nie dagewesen!«

»Und was soll ich dabei tun?«

»Wir haben die Gehälter nicht bekommen und auf der Liste nicht unterschrieben.«

»Man kann den Vorfall nicht leugnen und sich nicht um die Verantwortung drücken!«

Das Schweigen verdichtete sich, der Direktor bekam das Aussehen eines verlorenen Mannes. Der Inspektor fühlte sich bedrückt bei seinem Anblick und schaute von ihm weg auf die Papiere auf seinem Schreibtisch. Schließlich erhob sich der Direktor und ging mit schweren Schritten zur Tür. Bevor er hinausgehen konnte, erreichte ihn die ausdruckslose Stimme des Inspektors: »Benachrichtigen Sie die Polizei!«

Das gesamte Büro begab sich auf die Polizeiwache. Sie bahnten sich zwischen Frauen, die mit gekreuzten Beinen auf dem Boden saßen, ihren Weg zum Zimmer des Offiziers. Ein Häuflein blutbefleckter Schlägertypen, geführt von einem Soldaten, ging vor ihnen her. Hinter einer verschlossenen Tür erschollen ein schmerzerfüllter Schrei und Hilferufe.

Herr Kamil, der Direktor, erzählte dem Offizier die Geschichte von Anfang bis Ende. Er berichtete von Onkel Ibrahim, daß er Bote sei, fünfundfünfzig Jahre alt, und als Zehnjähriger im Ministerium als Arbeiter in der Druckerei angefangen habe. Dann sei er Bote geworden, weil er seinen Vorgesetzten gegenüber aufsässig geworden sei. Sein Grundgehalt betrage sechs Pfund im Monat. Die Beamten des Büros sagten von ihm, daß er gutmütig, manchmal allerdings auch etwas eigenartig sei, gelegentlich so, als sei er zerstreut, so daß er einen anspräche oder sich in Dinge mische, die ihn nichts angingen, oder auch aus freien Stücken allgemeine Bemerkungen über die Politik mache ohne rechten Anlaß. Von seiner Wohnung wurde gesagt, sie befände sich im Haus Nr. 11 im Darb El-Hilla. Es sei noch nie vorgekommen, daß er gestohlen oder etwas Ehrenrühriges getan hätte.

Der Offizier fertigte sie nach der Niederschrift des Protokolls damit ab, daß die Polizeiwache sich zunächst vergewissern würde, ob er nicht einem Verkehrsunfall zum Opfer gefallen sei, und daß danach die Untersuchung ihren Lauf nehmen würde.

Die Beamten mußten schließlich gehen. Sie verließen die Wache wie benommen vor Schreck. Es entstand ein Stimmengewirr, als sie untereinander Fragen und Klagen darüber austauschten, wie sie der wichtigen Verantwortung nachkommen könnten, die zu Hause auf sie warte. Es beseelte sie der eine Wunsch, zusammenzubleiben, bis sie eine Lösung für ihre schwierige Lage gefunden hätten. Aber zuletzt blieb ihnen nichts anderes übrig, als sich zu trennen. So ging jeder seiner Wege.

Der Direktor kehrte nach Hause zurück in der Hoffnung auf ein Spiel Poker. Mustafa, der Maschinenschreiber, ging zu einer Pfandleihe im Bab El-Schirija, wo er sich des öfteren, wenn ihm keine andere Wahl blieb, zu einem schamlosen Zinssatz etwas auslieh. Was Lutfi anging, so kam seine Frau zwar für die Kosten des Haushalts auf, aber er mußte zu einer List greifen, um das Geld für seine monatlichen Ausgaben von ihr zu erhalten. El-Gundi – er war Junggeselle und lebte im Hause seines Vaters – beschloß, seinem Vater zu unterbreiten: »Behandle mich bitte diesen Monat so, als wäre ich noch Student!« Hammam blieb nichts anderes übrig, als seine Frau, die Teilhaberin einer nachbarschaftliche Spargenossenschaft war, zu überreden, ihm für seine Ausgaben den Anteil vom Haushaltsgeld zu geben, der eigentlich für ihre Garderobe bestimmt war, auch wenn ihm das Gezänk und Tränen eintrug. Für Samir schien die Angelegenheit relativ einfach zu sein, denn kaum war er mit sich allein, frohlockte er: »Hätte ich nicht Bestechungsgelder angenommen, so befände ich mich jetzt in einer ausweglosen Lage!« Es blieb Achmed, der Archivschreiber, von dem seine Kollegen vermuteten, daß die Sonne ihm nie mehr lachen würde. Er irrte die Straße entlang, ohne im geringsten auf die Fahrzeuge und die Menschen um sich herum achtzugeben. Er betrat stöhnend mit blau angelaufenem Gesicht seine Wohnung, warf sich auf den erstbesten Stuhl und schloß die Augen. Seine Frau trat zu ihm, eingehüllt in Küchendünste, und fragte beklommen: »Was hast du?«

Er antwortete ohne Umschweife: »Wir haben diesen Monat kein Gehalt!«

Sie sagte erstaunt: »Gott bewahre! Onkel Ibrahim hat doch heute früh dein Geld gebracht.«

Der Mann sprang auf, wie jemand, der kurz vor dem Ertrinken gewesen war und plötzlich doch wieder Atem schöpfen kann. Seine Frau brachte ihm ein Bündel Geldscheine, von dem er feststellte, daß es sein vollständiges Gehalt war. Er wurde vor Freude fast wahnsinnig, streckte die Hände aus und rief aus tiefstem Herzen: »Allah sei dir gnädig und behandle dich freundlich, Onkel Ibrahim!«

Die Polizei begab sich zur Wohnung von Onkel Ibrahim im Darb El-Hilla. Die »Wohnung« bestand aus einem Zimmer zu ebener Erde im Hof eines alten Hauses, dessen Umfassungsmauer fast völlig eingestürzt war. In dem Zimmer befand sich nichts als eine zerschlissene Matratze, eine Matte, ein Ofen, ein niedriges Kupfergefäß, ein Tablett aus Teakholz und eine einäugige Alte, die erklärte, sie sei seine Frau. Als sie nach ihrem Mann gefragt wurde, sagte sie, er sei im Ministerium. Dann versicherte sie, sie wüßte nichts über sein Verschwinden. Er besaß außer einem Gilbab kein Kleidungsstück, sie suchten danach und stießen auf ein kleines Stück Haschisch.

Die Polizisten nahmen die Frau mit auf die Wache. Die Frau wiederholte, sie wüßte nichts über seine Flucht oder den Diebstahl, dessen er bezichtigt würde. Sie weinte und schimpfte eine ganze Weile. Von ihrem gemeinsamen Leben erzählte sie, daß er im Anfang ein guter Ehemann gewesen sei und daß sie Kinder zusammen hatten. Einer sei Arbeiter in der Kanalzone, doch sei die Verbindung zu ihm schon seit Jahren abgerissen. Ein anderer sei als Zehnjähriger bei einem Straßenbahnunfall ums Leben gekommen. Eine Tochter habe einen Bauarbeiter geheiratet, der mit ihr in das entfernteste Oberägypten gegangen sei. So sei sie aus ihrem gemeinsamen Leben ebenso verschwunden wie ihr Bruder am Kanal. Sie gab zu, daß Onkel Ibrahim sich während der letzten Monate sehr stark verändert habe, nachdem er doch eigentlich ins »vernünftige Alter« gekommen wäre. Ihr sei zu Ohren gekommen, daß er einer Losverkäuferin im Fuadcafé nachliefe. Aus diesem Grunde sei es zwischen ihnen zu mehr als einer Streiterei vor den Augen der ganzen Hilla-Gasse gekommen.

Die Untersuchungsbeamten machten eine Razzia im Café Ruad und kamen mit einer seltsamen Schar von Kippensammlern, Kindern und Halbwüchsigen, auf die Wache zurück. Ebenso brachten sie ein paar Schuhputzer mit. Sie alle erkannten Onkel Ibrahim nach der ihnen vorgelesenen Beschreibung. Sie sagten aus, daß er in den vergangenen Monaten auf dem letzten Stuhl im Gang, der vom öffentlichen Durchgang abzweigte, gesessen, Kaffee geschlürft und die »Engländerin« unverwandt angeschaut habe. Es zeigte sich, daß sie mit der »Engländerin« eine siebzehnjährige Losverkäuferin mit goldblonden Locken und blauen Augen meinten, die ursprünglich ebenfalls Kippensammlerin gewesen sei. Fast alle gaben zu, daß sie auch privat Beziehungen zu ihr gehabt hätten und daß das auch bei einigen Kunden des Cafés – angenehmen und bescheidenen Leuten – der Fall gewesen sei. Onkel Ibrahim habe sich sehr für sie interessiert. Er habe sie einmal im Vorübergehen gesehen. Als er begriffen hätte, daß sie zu den Sehenswürdigkeiten des Café Fuad gehörte, hätte er seinen Platz am Ende des Ganges eingenommen, um sie jeden Abend anzublicken. Er habe sie gerufen, scheinbar, um ein Los zu kaufen, in Wirklichkeit aber, um sie so lange wie möglich neben sich zu haben. Das Mädchen habe um seine Leidenschaft für sie vom ersten Moment an gewußt und ihnen sein Geheimnis offenbart. Da hätten sie begonnen, Tag für Tag hinter ihm herzuspionieren und hätten sich dabei über ihn lustig gemacht. Er aber habe in seiner leidenschaftlichen Liebe gar nicht auf sie geachtet. Eines Tages hätte sie ihnen gesagt, daß der Mann sie heiraten wolle und ihr ein glückliches Leben frei von Sorgen und Vagabundiererei versprochen habe. Da hätten sie lange gelacht. Sie hätten das für einen Scherz gehalten, einerseits, weil der Gedanke an Heirat ihnen gar nicht in den Sinn gekommen wäre, und andererseits, weil der Mann so ganz und gar nicht dem Bild eines Bräutigams entsprach, wie sie es sich vorstellten. Einer von ihnen hätte spöttisch gemeint: »Er sieht aus wie einer von uns!« Sie aber hätte stolz entgegnet: »Nein, er ist ein reicher Mann.« Da hätten sie wieder gelacht. Aber das Mädchen sei nicht mehr ins Café gekommen und sei ihnen allen aus dem Blickfeld verschwunden.

Allgemein beruhigte sich die Polizei nun damit, daß sie den Anfang einer Spur gefunden hatte. Aber sie wußte noch nicht, daß die Spur in Abukir endete.

Ja, Onkel Ibrahim war in Abukir. Er saß ruhig am Strand und ließ den Blick zwischen dem Meer und Jasmina wandern, deren blonde Locken der Wind zauste. Er hatte sich den Bart abrasiert und seine Glatze unter einer milchweißen Baumwollmütze verborgen, sein Teint war frisch. Jasmina trug ein hübsches Kleid, das ihre Jugendlichkeit betonte. Sie saßen dort wie ein glückliches Paar, ruhig und zufrieden, auch wenn die Aprilluft noch kühl war. Der Strand war fast leer, noch gab es keine Sommergäste. Die Besitzer der umliegenden Häuser waren Griechen und hielten sich fern vom Strand auf. Es schien, als ob die Liebe um sie herumtänzelte, so wie sie dort saßen. Onkel Ibrahims Augen waren voller Sehnsucht und Staunen, die Augen eines unschuldigen Kindes, die die Welt zum erstenmal erblicken. Nie vorher hatte er das Meer gesehen, zeit seines Lebens war er auch nicht einmal vor die Tore von Kairo gekommen. Deswegen überwältigten ihn das tosende Meer, der weit gestreckte Strand und der Himmel, an dem weiße Wolken hingen. Er lauschte dem stoßweisen Tosen, und ein glückliches Lächeln umspielte seine Lippen. Ihm kam es vor, als sei er allen Sorgenfesseln entronnen, schwebe in einem Traum dahin und genösse die rührenden Liebesweisen, die in seinem berauschten Inneren widerklangen. Das Mädchen lag ruhig vor ihm, ein träges Schweigen hüllte sie ein, dann wurden ihre Lider schwer vor Langerweile.

Lutfi, der Beamte im Büro, war es gewesen, der ihn unabsichtlich auf Abukir aufmerksam gemacht hatte. Er verbrachte jeden Sommer in diesem Seebad und erzählte den Kollegen vor der Reise und nach der Rückkehr, wie schön und ruhig und fischreich es dort wäre.

So hatte sich Onkel Ibrahims Phantasie mit dieser Sommerfrische befaßt, und schließlich wußte er, wie er dorthin gelangen würde. Er war dort angekommen, ausgestattet mit der Kleidung, den Kosmetika, Geschenken und Genußmitteln, die man für Flitterwochen braucht. Er verbrachte die Tage abwechselnd in dem möblierten Zimmer, das er gemietet hatte, und am Strand. Er tat nichts anderes, als lieben, die Gegend besichtigen, rauchen, essen und trinken und erzählen. Er gab so viel Geld in einer Woche aus wie früher nicht im ganzen Jahr. Seine Geliebte hatte ständig neue Wünsche, und er war schnell bereit, sie ihr zu erfüllen. Manchmal war sie seltsam, sie verlangte Wein und Rauschgift von ihm. Sie war so freimütig, daß sie ihn auch kränkte. So fragte sie einmal: »Woher hast du das Geld?«

Er antwortete lachend: »Ich bin ein angesehener Mann.«

Sie entgegnete zweifelnd, während der Wein ihr die Wangen rot färbte: »Ich verstehe.«

»Allah möge dir verzeihen.«

Einmal lachte sie einfältig und sagte: »Du hat nur noch vier Zähne im Mund, einen oben und drei unten.« Er lächelte nachsichtig.

Manchmal befiel ihn Verdruß, aber er war entschlossen, glücklich zu sein, denn er wußte wie niemand außer ihm, daß sein Glück bald zu Ende sein würde. Er wollte nichts weiter, als das Glück, dessen er teilhaftig geworden war, noch für eine Weile erhalten. Er wünschte sich, nicht festgenommen zu werden, bevor sein Glück auf natürliche Weise zerbrochen wäre, wenn er nämlich den letzten Millim ausgegeben hatte, den er besaß. Deswegen bestand er darauf, glücklich zu sein trotz der Verdrießlichkeit, die seine Geliebte an den Tag legte. Sie wollte sich Alexandria ansehen, aber er weigerte sich hartnäckig. So wiederholte sie mit einer Boshaftigkeit, die sie sich bei ihrer Vagabundiererei in den Straßen angeeignet hatte: »Ich sagte dir schon, ich habe verstanden!«

Seine Antwort bestand darin, ihr einen hübschen Schmuck zu kaufen. Er schenkte ihr Obst, Wein und verbotene Zigaretten. Er küßte sie auf die rosigen Wangen, lächelte sie zärtlich an und sagte: »Sieh auf das Meer und den Himmel, sei glücklich mit dem, was du hast, und rede von angenehmen Dingen!«

Er wollte, daß sie so glücklich sei wie er. Früher war er immer nur gesenkten Hauptes durchs Leben gegangen. Er hatte von der Welt nur Staub und Lehm gesehen oder, besser gesagt, nur Kummer und Sorgen. Hier aber erblickte er, was er vorher nicht wahrgenommen hatte. Er sah die Morgendämmerung in all ihrem Zauber anbrechen und sah, wie die Sonne in Farbwundern des Abendrots unterging. Er sah nachts das Funkeln der Sterne und das Leuchten des Mondes, er sah die unendlichen Horizonte. Er sah das alles mit der schöpferischen Kraft der Liebe, und es kam ihm seltsam vor, daß das Leben ihm nach alledem jemals noch Unglück bringen könnte.

Anfang Juni erschien die erste Familie am Strand, die frühzeitig angereist war, um hier die Sommerferien zu verbringen. Onkel Ibrahims Herz krampfte sich zusammen, und er fühlte, daß das Unglück näherrückte, so sicher, wie der Tod eines Tages kommen würde. Das Glück würde binnen kurzem und für immer zu Ende sein. Doch das bestärkte ihn nur darin, auf dem Glück, das ihm noch vergönnt war, zu beharren, und er zündete sich eine Zigarette nach der anderen an.

Eines Tages, als er gerade beim Gemüsehändler war, sah er am anderen Ende der Straße Lutfi, den Beamten aus dem Büro, in Begleitung eines Wohnungsmaklers. Sein Herz tat vor Furcht einen Sprung, er verschwand eilig in einer Seitenstraße und stahl sich in sein Zimmer. Lutfi war gekommen, um wie jeden Sommer eine Wohnung für die Monate Juli und August zu mieten. Nur noch wenige Wochen, und er würde den Strand der Länge und Breite nach absuchen, dann wäre da kein Platz mehr für ihn. Enttäuschung klopfte drohend an seine Tür, für ihn gab es keinen Ausweg mehr. Der Traum würde entschwinden wie diese schnell dahinziehende Wolke am Himmel. Seine Geliebte würde ihn verlassen wie der Atem seiner Lunge. Seine Geliebte, die er gern hatte trotz ihrer Unruhe, ihrer Heftigkeit und ihrer spitzen Zunge. Ja, er liebte sie. Er war ihr dankbar für das Glück, das sie ihm gegeben, und die Jugendfrische, die sie ihm eingehaucht hatte. Allah sollte ihr verzeihen und sie glücklich machen!

Er fand sich allein in seinem Zimmer, da zählte er das Geld, das ihm noch verblieben war, und barg es an seiner Brust. Plötzlich hörte er eine Bewegung an der Tür, wandte sich um und sah sie hereinkommen. Er fragte sich, ob sie ihn beobachtet hätte. Aus ihren Blicken sprach Verschlagenheit. Ihm schwand die Müdigkeit aus den Augen, als er sich neben sie auf das Bett warf.

Er verbrachte die Nacht unruhig und nachdenklich. Eine mitleidige Stimme in seinem Inneren sagte: »Schenk ihr das Geld und gib sie frei!« Er antwortete darauf: »Mir sind nur noch wenige Tage geblieben!« Die Stimme wiederholte: »Schenk ihr das Geld und gib sie frei!« Das hübsche, verwahrloste Kind! Wer war ihr Vater, wer ihre Mutter? Sie hatte ihm einmal ganz naiv erzählt: »Ich habe niemanden auf der Welt!« Ihm ging es ebenso!

Da spürte er, daß ihn etwas in der Dunkelheit leicht berührte wie eine Schlange. Er gewahrte ihre sich vortastende Hand. Sie versuchte, ihn zu bestehlen! Hatte sie sich, die Listige, deswegen solche Mühe gegeben, ihn bis zur Erschöpfung zu treiben, damit er in tiefen Schlaf versänke? Die Unglückselige! Er packte ihre Hand. Sie schluchzte in der Dunkelheit auf, dann herrschte Schweigen.

Traurig fragte er: »Warum tust du das?« Dann tadelnd: »Habe ich dir je einen Wunsch abgeschlagen?«

Sie warf sich über seine Hand und biß wie wild in sie, so daß er aufstöhnte und sie mit Gewalt von sich stieß. Es war das erstemal, daß er sie hart anfaßte. Er sprang zum Lichtschalter und knipste ihn an. Das erste, was er erblickte, war sein blutbeflecktes Handgelenk.

Er sagte: »Da bist du nun so jung und so schlecht!«

Sie warf ihm einen verächtlichen Blick zu, dann kehrte sie ihm den Rücken.

Er fragte: »Warum versuchst du zu stehlen, was dir ohnehin gehört?«

Ihr Stirnrunzeln verriet Wut und Überdruß, aber sie erwiderte nichts, so fuhr er fort: »Ich will nicht mehr, als ich bereits bekommen habe.« Er lachte bitter: »Allah wird dich an meiner Statt strafen!«

Am nächsten Morgen gab er ihr das meiste von dem Geld, das ihm noch verblieben war, packte ihre Sachen und brachte sie zum Bahnhof.

Von nun an erschien ihm Abukir öde. Allmählich traten Veränderungen ein, die Sommergäste reisten an. Er fuhr nach Alexandria, um dort ziellos und ohne sich um etwas zu kümmern umherzuirren. Eines Tages fand er sich vor der Abu-l-Abbas-Moschee und betrat sie. Er betete zwei Rakas aus Ehrerbietung vor der Moschee.

Dann setzte er sich und neigte das Gesicht gegen die Wand. Trauer und Verzweiflung quälten ihn, und er flüsterte zu seinem Gott: »Es kann doch nicht sein, daß dir gefällt, was mir geschehen ist und was allerorten geschieht ... So jung und hübsch und böse, gefällt dir das etwa? Und meine Kinder, wo sind sie? Gefällt dir das? Die Welt verfolgt mich, nur weil ich dich liebe. Gefällt dir das etwa? Wenn ich unter Millionen von Menschen bin, spüre ich eine tödliche Einsamkeit. Gefällt dir das?« Er brach in Tränen aus.

Als er sich von der Moschee entfernen wollte, überraschte ihn eine Stimme, die rief: »Onkel Ibrahim!«

Er erschrak, drehte sich unwillkürlich um und sah einen großen Mann triumpfierend und voller Genugtuung auf sich zukommen. Aus seinem Äußeren schloß er, daß es ein Polizeibeamter sein mußte. So blieb er stehen, Verzweiflung überwältigte ihn.

Der Mann packte ihn an der Schulter und sagte: »Du hast es uns sehr schwer gemacht, dich zu finden. Allah zahle es dir mit ebensolcher Mühsal heim!«

Als er merkte – er führte ihn vor sich her –, wie ergeben sich Onkel Ibrahim in sein Schicksal fügte und daß seine Augen gerötet waren, fragte er: »Kannst du mir sagen, was dich in diesem Alter getrieben hat, das zu tun?«

Onkel Ibrahim lächelte, dann zeigte er mit dem Finger nach oben und murmelte: »Allah ...«

Es klang wie ein Seufzen.

Die Moschee in der Gasse

Die Zeit der nachmittäglichen Religionsstunde rückte heran, aber in der Moschee gab es nur einen einzigen Zuhörer. Das war nicht neu für den Scheich Abd Rabbo, den Imam. Seitdem er Dienst in dieser Moschee tat, hatte er für seine Ansprache keinen anderen Zuhörer gefunden als Onkel Hassanein, den Verkäufer von Zuckerrohrsaft. Deswegen hatten sich der Muesin und der Moscheediener dem Mann zugesellt, teils um ihre Ehrerbietung gegenüber der Religionsstunde zu bekunden, teils um dem Imam einen Gefallen zu tun. Der Scheich Abd Rabbo hätte zu Recht darüber ärgerlich sein können, aber er kannte das schon gar nicht mehr anders. Vielleicht hatte er auch noch Schlimmeres erwartet an dem Tag, als beschlossen wurde, ihn an diese Moschee zu versetzen, die unmittelbar vor einem Stadtteil gelegen war, in dem das Laster regierte. Damals war er ärgerlich geworden und hatte versucht, seine Versetzung rückgängig machen zu lassen oder an eine andere Moschee zu kommen, aber er mußte sich, wenn auch widerwillig, fügen und obendrein deswegen den Hohn seiner Feinde und die Witzeleien seiner Freunde ertragen. Wo sollte er hier einen Teilnehmer an seiner Stunde finden? Die Moschee stand an der Kreuzung zweier Gassen, der berühmten Gasse des Lasters und einer anderen, die gewissermaßen ein Zentrum der Kuppler, Zuhälter und kleinen Rauschgifthändler war. Es sah so aus, als gäbe es keinen rechtschaffenen, ja nicht einmal einen gewöhnlichen Mann in dem ganzen Viertel außer Onkel Hassanein, dem Saftverkäufer. Eine Zeitlang erschrak er jedesmal, wenn er einen Blick in die eine oder die andere Gasse warf, als ob er fürchtete, daß mit der eingeatmeten Luft sich Keime der Verworfenheit und des Verbrechens in seine Brust stehlen könnten. Trotzdem, mit demselben Eifer, mit dem Onkel Hassanein erschien, fuhr er fort, seine tägliche Stunde zu halten. Eines Tages sagte er ermutigend zu dem Mann: »Bei diesem Fleiß wirst du in kurzer Zeit ein Imam werden, an den man sich wendet.« Der alte Mann lächelte scheu und erwiderte: »Allahs Wissen ist grenzenlos.«

Die heutige Stunde handelte von der Reinheit des Gewissens als Grundpfeiler aufrichtigen Handelns und des Anstands eines Menschen sich selbst und anderen gegenüber und als das Beste, womit der Mensch seinen Tag beginnen könne. Onkel Hassanein hörte wie gewöhnlich aufmerksam zu. Er fragte nur wenig, höchstens einmal nach der Bedeutung eines Koranverses oder der Auslegung einer göttlichen Vorschrift.

Zu dieser Tageszeit, am Nachmittag, wird es in der Gasse lebendig. Man kann die ganze Gasse durch das Südfenster der Moschee sehen: eng, an einigen Stellen im Zickzack verlaufend, und langgestreckt, zu beiden Seiten die Tore der abgewohnten Häuser und die Kaffeestuben. Ein seltsamer, erregender Anblick. Nachmittags kriecht das Leben durch die Gasse, als ob sie sich auf etwas vorbereitet, einem Schlaftrunkenen gleich, der – kaum erwacht – sich reckt und streckt. Der Boden wird mit Eimern Wasser besprengt. Auf seltsame Art öffnen sich Türen und schlagen wieder zu. In den Cafés werden Stühle gerückt. Frauen an den Fenstern putzen sich und reden miteinander. Freches Gelächter hallt in der Luft wider. Räucherwerk wird in den Korridoren verbrannt. Da gibt es auch eine Frau, die weint, so daß die »Chefin« ihr zuredet, sich zu fassen, damit der Tagesverdienst ihr nicht ebenso verlorengeht wie der verstorbene Zuhälter, und eine andere, die hysterisch lacht, weil sie immer noch nicht vergessen hat, wie ihre Gefährtin ums Leben kam, als sie neben ihr saß. Eine rauhe Stimme sagt mißbilligend: »Sogar die Europäer! Sogar die Europäer, o je! Ein Europäer lacht über Firdaus. Er entwendet ihr hundert Pfund und verläßt sie!«

Da gibt es Stimmen, die wie gewöhnlich abgedroschene, schmutzige Lieder singen. Am anderen Ende der Gasse artet ein Streit mit den Worten in eine Schlacht mit Stühlen aus. Dann kommt Libliba heraus, um sich vor die Tür des ersten Hauses zu setzen. Die erste Lampe wird angezündet. Jeder spürt, daß die Gasse binnen kurzem dem Leben entgegentreten wird.

Eines Tages wurde der Scheich Abd Rabbo telefonisch zu einem Zusammentreffen mit dem Generalinspektor für religiöse Angelegenheiten gerufen. Es wurde ihm gesagt, daß eine allgemeine Aufforderung an alle Imame ergangen sei. Das war nicht ungewöhnlich, ganz besonders unter den Umständen, die der Aufforderung vorangegangen waren. Trotzdem fragte sich der Mann mit einer gewissen Unruhe, was hinter der Einladung stecken könnte. Warum auch nicht, besaß doch der Inspektor einiges Gewicht, das ihm die Verwandtschaft mit einem hohen Beamten verlieh, dem jedermann fluchte, der nichtsdestoweniger Minister einsetzte und sie ihrer Posten enthob und mit allem, was dem Volk heilig war, seinen Spott trieb. Wenn sie vor ihm erschienen, würden sie sein wie verlorene Schafe, und wegen des geringsten Vergehens würde sie sein Zorn treffen.

Der Scheich sprach die Basmala und rüstete sich zu der Versammlung mit seinen besten Kleidungsstücken. Er zog eine schwarze Gubba an, einen fast neuen Kaftan, er wickelte seinen Turban, dann ging er los im Vertrauen auf Allah.

Er fand den Gang vor dem Büro des Inspektors voller Menschen, so, als sei – wie er sich ausdrückte – der Auferstehungstag angebrochen. Die Imame tauschten Vermutungen und Fragen darüber aus, was es mit der Zusammenkunft auf sich haben könne. Dann wurde die große Tür geöffnet, und sie erhielten die Erlaubnis einzutreten. Nacheinander betraten sie den großen Raum, bis er fast überquoll von Menschen.

Der Inspektor empfing sie mit ernstem, ehrfurchtgebietendem Gesicht. Als wäre er unangenehm berührt, hörte er auf die Verse des Lobgedichts, das man ihm vortrug, und zwang sich zu einem undurchsichtigen Lächeln. Er begrüßte sie kurz und versicherte sie seines Vertrauens dergestalt, daß sie der guten Meinung entsprächen, die er von ihnen hege. Er zeigte auf das Bild, das oberhalb seines Kopfes hing, und sagte: »Es ist unsere Pflicht ihm und seiner hohen Familie gegenüber, die uns hier zusammenkommen läßt.«

Vielen krampfte sich das Herz zusammen, ohne daß die gekünstelte Freude aus ihren Gesichtern wich.

Der Inspektor sagte: »Die feste Beziehung, die euch an ihn bindet, ist schwer in Worte zu fassen, es ist historisch verwurzelte gegenseitige Zuneigung.«

Die Gesichter der Anwesenden strahlten Zustimmung aus, um über die innere Abneigung hinwegzutäuschen.

Der Mann fuhr fort: »Während der Krise, die unser Land betroffen hat, verlangt er von euch loyale Arbeit.«

Die innere Unruhe wuchs.

»Zeigt dem Volk die Wahrheit! Reißt den Betrügern und Unruhestiftern den Schleier vom Gesicht, damit sich die Macht in den Händen desjenigen festigt, dem sie zusteht!«

Der Inspektor gebrauchte noch viele solcher Worte und kostete sie aus. Dann fragte er, wobei er prüfend auf die Gesichter vor sich schaute, ob jemand dazu etwas sagen wolle. Schweigen herrschte im Raum, bis schließlich ein mutiger Imam versicherte, daß der Inspektor über Dinge gesprochen habe, die auch sie seit langem im Innersten fühlten und daß sie schon von selbst schnellstens darangegangen wären, die ihnen nun auferlegte Pflicht zu erfüllen, hätte sie nicht ihre Furcht vor der Verletzung der Vorschriften immer wieder zurückgehalten.

Die Unruhe schwand aus Abd Rabbos Herzen, nachdem der Inspektor mit seiner Rede angefangen hatte. Er begriff sofort, daß sie nicht zu irgendeiner Abrechnung oder Rechenschaftslegung zusammengerufen worden waren, sondern daß ihnen die Staatsmacht diesmal mit ausgestreckten Händen entgegentrat. Wer konnte wissen, ob nicht vielleicht eine ernsthafte Maßnahme zur Aufbesserung ihrer Gehälter und Pensionen dem folgen würde? Aber seine Unruhe kehrte schnell zurück, so, wie eine Welle vom reinen, sandigen Ufer des Meeres aufschäumend zurückschlägt. Es wurde ihm klar, daß er gezwungen sein würde, in der Freitagspredigt Dinge zu sagen, die sein Gewissen ablehnte und die den Leuten verhaßt waren. Er zweifelte nicht daran, daß viele der Anwesenden seine Gefühle teilten und von denselben Skrupeln geplagt wurden wie er, aber offenbar sah niemand einen Ausweg.

So kehrte er, von neuen Sorgen erfüllt, in die Moschee zurück.

Schaldam, der im ganzen Viertel bekannte Zuhälter, hatte sich mit seinen Freunden im Lokal »Herzlich Willkommen« getroffen, das nur wenige Meter von der Moschee entfernt lag. Er kochte offenbar vor Zorn, und jedes Glas Rotwein, das er trank, steigerte seine Wut noch.

Er brüllte wie ein Stier: »Nabawija, das verrückte Stück, ist in Hassan, den gerissenen Halunken, verknallt, das ist mir völlig klar!«

Ein Kumpan versuchte ihn zu beschwichtigen: »Vielleicht ist er ein Kunde, nur ein Kunde, und weiter nichts?«

Schaldam hieb mit eisener Faust auf den Tisch, so daß die Lupinenkerne und die Erdnüsse umherflogen, und sagte mit brutalem Ton: »Nein, er nimmt nur und gibt nicht, das weiß ich so genau, wie ein Dolchstoß von mir tödlich ist. Er zahlt nicht einen Millim, aber läßt sich alles mögliche schenken.«

In den Gesichtern war Abscheu und Verachtung zu lesen, und aus den trunkenen Augen sprach Bereitschaft und Gehorsam.

Schaldam gab ihnen zu verstehen: »Der Bursche kommt gewöhnlich, wenn die Schlange tanzt. Wartet, bis er da ist, dann fangt ihr eine Schlägerei an, alles Weitere werden wir sehen ...«

Sie schlürften die Gläser leer, und in ihren Augen spiegelten sich ihre bösen Absichten.

Nach dem Nachmittagsgebet besuchten zwei Imame, ehemalige Studienkollegen, den Scheich Abd Rabbo. Der eine hieß Chalid und der andere Mubarak. Sie saßen mit finsteren Gesichtern neben ihm und berichteten, daß einige Imame bereits ihres Amtes enthoben worden wären, weil sie sich geweigert hätten, sich an der geplanten Kampagne zu beteiligen. Chalid sagte murrend: »Gottesdienst ist nicht zu politischem Gezänk und zur Unterstützung von Tyrannen da!«

Abd Rabbo hatte das Gefühl, als ob das, was sein Freund sagte, bei ihm eine Wunde aufriß. So fragte er: »Ja, willst du denn lieber vor Hunger sterben?«

Düsteres Schweigen herrschte. Der Scheich wollte seine Niederlage nicht eingestehen. Um vor den beiden anderen das Gesicht zu wahren, tat er so, als wolle er einzig und allein nach seiner Überzeugung handeln. Und er meinte: »Was einige für Gezänk halten, ist doch vielleicht genau das Richtige.«

Chalid erschrak über den Gesinnungswandel des Scheichs und verzichtete darauf, etwas zu entgegnen.

Mubarak aber sagte mit Nachdruck: »Damit würden wir gegen ein islamisches Gebot verstoßen, das uns aufträgt, zum Geziemenden aufzufordern und alles Unziemliche zu verbieten.«

Abd Rabbos Ärger wuchs mit der Not, die ihm seine Gewissensqualen bereiteten, und er sagte: »O nein, wir werden vielmehr ein anderes islamisches Gebot befolgen, das uns auffordert, zum Gehorsam gegenüber Allah, seinem Propheten und den weltlichen Machthabern zu ermahnen!«

Mubarak fragte voll heftiger Mißbilligung: »Hältst du denn jene Leute für unsere wahren Machthaber?«

Abd Rabbo entgegnete herausfordernd: »Willst du etwa die Freitagspredigt ausfallen lassen?«

Mubarak stand verärgert auf und verließ den Raum, Chalid folgte ihm. Der Scheich verwünschte alle beide genauso wie sein rebellisches Herz.

Vor Mitternacht füllte sich der Hof des siebenten Hauses auf der rechten Seite mit Betrunkenen. Sie saßen auf Holzklötzen und bildeten einen Kreis auf dem sandigen Boden, der vom Licht einer Petroleumlampe erhellt wurde. In ihrem Schein glitt Nabawija dahin. Sie tanzte in einem rosa Nachthemd, in der rechten Hand hielt sie spielerisch einen Stock, der spiralenförmig von einer Schnur umwickelt war, in der Blumen steckten. Hände klatschten rhythmisch. Aus trunkenen Kehlen stiegen tierische Laute auf. Die Zuhälter hatten sich in die Ecken gedrückt und warteten, während Schaldam sich an den Fuß der Treppe lehnte und unverwandt auf den Hauseingang starrte.

Da kam Hassan herein mit gestriegeltem Haar und einem strahlenden Lächeln um den Mund. Schaldam verschlang ihn förmlich mit seinem brennenden Blick. Hassan blieb stehen und schaute Nabawija zu, bis sie auf ihn aufmerksam wurde, ihn mit einem breiten Lächeln, einer spielerischen Bewegung ihres tanzenden Leibes und einem Augenzwinkern begrüßte. Hassan zeigte eine gebieterische Miene, ging zu einem leeren Stuhl und setzte sich. In Schaldams Adern kochte das Blut, er schnipste mit den Fingern und pfiff leise. Sofort gingen zwei aus seiner Truppe aufeinander los und bearbeiteten sich mit Schlägen. Die anderen mischten sich ein, und die Schlägerei wurde immer heftiger, bis schließlich die Betrunkenen verwirrt aufstanden und sich nach der Tür drängten. Ein Holzsitz flog gegen die Lampe und zertrümmerte sie. Da legte sich Dunkelheit über den Platz wie ein Alptraum. Stimmen wurden laut, Schreie ertönten, Füße stampften auf. Als der Sturm, der in der Dunkelheit toste, seinen Höhepunkt erreichte, durchbrach den Lärm der gellende Schrei einer Frauenstimme. Ihm folgte das tiefe Aufstöhnen eines Mannes. Sofort leerte sich der Hof, der nun träge unter einer Staubwolke ruhte, nur zwei menschliche Leiber blieben in der schweigenden Dunkelheit liegen.

Der nächste Tag war ein Freitag. Als die Zeit des Gebets heranrückte, füllte sich die Moschee mit weit mehr Menschen, als es sonst üblich war. Das Freitagsgebet zog auch Leute an, die in entfernteren Stadtteilen wohnten, in El-Chasindar und in El-Ataba. Der Koran wurde rezitiert. Dann stand Scheich Abd Rabbo auf, um die Predigt zu halten. Die Gläubigen zeigten sich von der politischen Predigt, auf die niemand eingestellt war, völlig überrascht. Unruhig und beklommen nahmen sie die in gereimter Prosa gehaltenen Sätze über Gehorsam, Pflicht und Staatstreue auf. Nun aber griff gar die Predigt diejenigen an, die das Volk »verführten«, die es aufriefen zur Rebellion um ihrer »persönlichen Interessen« willen, da lief schon ein Murmeln in der Moschee um. Stimmen erhoben sie protestierend und zornig, einige widersprachen laut, andere beschimpften den Imam. Mit einemmal stürzten sich Polizeispitzel, die sich unter die Beter gemengt hatten, auf diejenigen, die am heftigsten aufbegehrten, und trieben sie unter lautem Einspruch und zornigen Rufen der anderen hinaus. Viele verließen die Moschee. Aber der Imam forderte die übrigen zum Gebet auf. Es war ein trauriges, ernstes Gebet.

Während das alles geschah, saß Sammara in einem Zimmer im zweiten Haus auf der linken Seite der Gasse mit einem neuen Kunden. Sammara hockte halbnackt auf dem Rand des Bettes. Sie nahm ein Stück Gurke aus einem zur Hälfte mit Wasser gefüllten Glas und biß hinein. Auf einem Stuhl vor dem Bett saß der Kunde, zog sein Jackett aus und trank Kognak aus einer Flasche. Sein Blick wanderte abwesend durch das kahle Zimmer und fiel dann auf Sammara. Er setzte ihr die Flasche an den Mund, sie nahm einen Schluck und gab sie zurück. Die Stimmen der Betenden drangen aus der Moschee an sein Ohr. Ein leichtes, kaum wahrnehmbares Lächeln umspielte seine Lippen. Er blickte zu Boden und murmelte gequält: »Warum bauen sie ausgerechnet hier eine Moschee? Ist ihnen die Welt sonst zu eng?«

Sammara entgegnete, immer noch die Gurke kauend: »Hier ist es genauso wie überall sonst in der Welt!«

Er trank einen großen Schluck, blickte ihr prüfend ins Gesicht und fragte: »Fürchtest du dich nicht vor Allah?«

Sie antwortete leicht verärgert: »Unser Herr vergibt uns unsere Schuld.«

Er lachte matt, nahm ein Stück Gurke und steckte es in den Mund. In jenem Moment hielt Abd Rabbo gerade seine Predigt. Er hörte zu und schüttelte den Kopf. Dann lächelte er spöttisch: »Dieser Heuchler! Hör doch, was er sagt!«

Wieder wanderte sein Blick im Zimmer umher, bis er auf einem Bild von Saad Saghlul hängenblieb. Er zeigte auf das Bild und fragte sie: »Kennst du den?«

»Wer kennt ihn nicht?«

Er leerte die Flasche endgültig und sagte mit schwerer Zunge: »Eine patriotische Sammara und ein heuchlerischer Scheich!«

Sie entgegnete seufzend: »Was hat er für ein Glück! Für zwei Worte bekommt er Gold. Wir aber erhalten kaum einen Piaster für den Schweiß unseres ganzen Körpers.«

Er spottete bissig: »Es gibt angesehene Männer, die sich in nichts von dir unterscheiden, aber wer wagt es, das laut zu sagen!«

»Alle wissen, wer Nabawija ermordet hat, aber wer findet den Mut, das zu bezeugen?«

Und indem er bedauernd den Kopf schüttelte: »Nabawija! Die Arme! Wer hat sie umgebracht?«

»Schaldam, zur Hölle mit ihm!«

»O Gott, wer gegen ihn aussagt, ist verloren. Zu unserem Glück sind wir nicht die einzigen in diesem Lande, die Schuld auf sich geladen haben!«

Sie wurde ärgerlich: »Du vergeudest die Zeit mit deinem Gerede!«

Scheich Abd Rabbo war entschlossen, das, was in der Moschee geschehen war, zu seinen Gunsten auszunutzen. Er verfaßte eine Beschwerde an das Ministerium über den Anschlag, den man auf Grund seiner »patriotischen« Predigt auf ihn verübt hatte, und machte den Vorfall in übertriebener Form auch in einigen Zeitungen publik, besonders bauschte er auf: wie die Polizei zu seiner Verteidigung eingeschritten sei und die verhaftet habe, die ihn angreifen wollten. Er wiegte sich in der Hoffnung, daß sich das Ministerium nun vielleicht doch seiner etwas annehmen werde. Aber als die Zeit der nachmittäglichen Religionsstunde herankam, fand er überhaupt keinen Zuhörer vor. Er ließ den Blick von der Tür zum Stand des Sirupverkäufers wandern und sah den Mann in seine Arbeit vertieft. Da er meinte, dieser habe die Ansprache vergessen, ging er zur Tür und rief freundlich: »Die Stunde, Onkel Hassanein!«

Der Mann wandte sich beim Klang der Stimme unwillkürlich um, drehte dann aber mit einer entschiedenen Bewegung den Kopf weg. Abd Rabbo war beschämt, er bereute es, gerufen zu haben, ging zurück und schimpfte insgeheim heftig auf ihn.

Zur Zeit der Morgendämmerung, noch in der kühlen Stille der Nacht, stieg der Muesin auf das Minarett. Der volle Mond leuchtete, es herrschte tiefes Schweigen. Er rief laut: »Allahu akbar.« Als er sich anschicken wollte, den Gebetsruf fortzusetzen, heulte fürchterlich abgehackt die Luftschutzsirene auf. Ihm schlug heftig das Herz, so war er erschrocken. Er flehte Allah um Hilfe an, versuchte sich zu beherrschen und stellte sich darauf ein, mit dem Gebetsruf fortzufahren, sobald die Sirene verstummte. Seitdem Italien den Alliierten den Krieg erklärt hatte, war die nächtliche Warnung vor einem Angriff schon zu einer Gewohnheit geworden, ohne daß bisher tatsächlich etwas geschehen war. Er rief aus tiefster Kehle: »La illaha illa 'llah« und gab seiner Stimme einen angenehmen Klang. Da plötzlich erfolgte eine fürchterliche Detonation, die den Erdboden erzittern ließ. Ihm versagte die Stimme. Erstarrt, mit schlotternden Gliedern blieb er stehen, den Blick auf den fernen Horizont geheftet, wo ein roter Feuerbrand aufleuchtete. Er riß sich los, lief zur Tür und stieg mit bebenden Knien die Treppe hinunter. Als er unten ankam, herrschte dort völlige Finsternis. Er wandte sich dem Imam und dem Moscheediener zu, die ihn durch ihr Flüstern auf sich aufmerksam gemacht hatten, und fragte mit ängstlicher Stimme: »Das ist ja ein richtiger Angriff, Freunde! Was sollen wir nur tun?«

Der Imam entgegnete heiser: »Der Luftschutzkeller ist zu weit von hier und vielleicht schon voll von allem, was kreucht und fleucht. Die Moschee ist ein massiver Bau, sie ist die beste Zufluchtsstätte!«

Sie setzten sich in eine Ecke und begannen gleich, aus dem Koran zu rezitieren. Von draußen drangen Stimmen herein. Man hörte eilige Schritte, Rufe, wirres Gerede, das Quietschen von Türen, die geöffnet oder geschlossen wurden. Wieder fielen Bomben. Die Nerven bebten, und die Herzen verstummten.

Der Moscheediener schrie: »Meine Kinder sind noch zu Hause! Es ist ein altes Gebäude, Herr!«

Der Imam rang nach Luft: »Unser Gott ist doch da! Rühr dich nicht vom Fleck!«

Eine Anzahl Menschen drang in das Innere der Moschee, einer meinte: »Hier sind wir sicher!«

Darauf eine rauhe Stimme: »Das ist ein richtiger Angriff, nicht so wie in den vergangenen Nächten.«

Dem Imam wurde beklommen zumute, als er die Stimme vernahm. Diese menschliche Bestie, kündete ihr Hiersein nicht Schlimmes an?

Eine weitere Gruppe kam, größer als die erste. Frauenstimmen waren zu hören, die dem Scheich nicht fremd zu sein schienen. Jemand rief: »Jetzt ist der Wein aus seinem Kopf verflogen!«

Da verlor der Imam die Gewalt über sich. Er sprang auf und schrie nervös: »Geht in den Luftschutzkeller! Habt Ehrfurcht vor Allahs Haus, geht alle!«

Jemand schrie zurück: »Schweigt, Herr!«

Ein spöttisches Gelächter wurde laut. Aber eine neue Detonation folgte, so daß ihnen fast das Trommelfell platzte. Schreie erfüllten die Moschee. Der Imam war von Furcht geschüttelt und schrie seinerseits wie besessen, als ob er sich an die Bombe selbst wendete: »So geht doch! Entweiht Allahs Häuser nicht!«

Eine Frau entrüstete sich: »Du solltest dich schämen!«

Da schrie der Imam zurück: »Geht doch endlich! Allahs Fluch über euch!«

Die Frau war außer sich: »Dies ist das Haus Allahs, nicht das deines Vaters!«

Die rauhe Stimme schrie: »Schweigt endlich, Herr, sonst stopfe ich Euch den Mund!«

Heftige Zwischenrufe und beißender Spott wurden laut. Da flüsterte der Muesin dem Imam ins Ohr: »Ich beschwöre dich bei Allah, schweig!«

Abd Rabbo entgegnete stotternd, wie wenn es ihm Mühe machte zu sprechen: »Bist du denn damit einverstanden, daß die Moschee eine Zufluchtsstäte für diese Leute wird?«

Der Muesin meinte vermittelnd: »Sie haben doch keine andere! Hast du denn vergessen, daß dies ein altes Stadtviertel ist, das schon bei Faustschlägen zusammenbrechen kann, wie dann erst bei einer Bombe?«

Der Imam schlug die Faust in die Hand und verzweifelte: »Ich kann einfach keine Ruhe finden, wenn ich sehe, daß alle diese Bösewichte an einem solchen Ort zusammenkommen. Allah hat sie hier nur vereint, um ...«

Eine Bombe explodierte; den aufgepeitschten Nerven schien es, als käme die Detonation vom nahen El-Chasindar-Platz.

Wie von einem flüchtigen Blitz erhellt, waren einen Augenblick lang im Innenraum der Moschee zitternde Gestalten zu sehen, bevor die blinde Dunkelheit sie wieder verschlang. Gequältes Schreien erklang, Frauen kreischten. Der Scheich Abd Rabbo selbst schrie, ohne es zu merken. Er flog am ganzen Leibe und lief zur Tür der Moschee. Der Moscheediener wollte ihn zurückhalten, aber der Imam stieß ihn mit kräftigem Stoß zurück und rief: »Folgt mir beide, bevor ihr zugrunde geht!«

Er sagte zitternd, als er durch die Tür entfloh: »Allah hat sie hier nur zusammenkommen lassen, um ...«

Schnell lief er davon und verschwand in der tiefen Dunkelheit. Der Angriff dauerte noch zehn Minuten. Vier

Bomben fielen in dieser Zeit. Eine Viertelstunde lang erfüllte Schweigen die Stadt, dann ertönte die Entwarnungssirene.

Die Dunkelheit wurde durchsichtig vor dem langsam nahenden Morgen. Dann endlich kam Helligkeit, süß wie die Rettung.

Scheich Abd Rabbo aber – man fand seinen Leichnam erst, als die Sonne schon aufgegangen war.

Der Allmächtige

Endlich kam das Dorf in Sicht. Die Nacht senkte sich langsam vom hohen Himmel herab. Die Menschen kehrten hinter ihren Tieren nach Hause zurück und sanken fast um vor Erschöpfung. Die Steppe erstreckte sich, eingehüllt in den Sonnenuntergang, bis ins Unendliche. Abulcheir ging mit geschwollenen Füßen auf das Dorf zu. Seine Furcht war so stark, daß sich ihm das Herz zusammenkrampfte und kaum noch zu schlagen schien, und sein Schmerz war so heftig, daß er ihn kaum noch spürte. Die Zurückkehrenden erblickten ihn, da wurden ihre Augen weit vor Erstaunen, und die Münder blieben ihnen offen. Sie begannen miteinander zu flüstern und auf ihn zu zeigen. Seine Freunde senkten den Blick. Er aber setzte seinen Weg fort, als wäre er weit entfernt von ihnen, er schritt seinem Schicksal entgegen. Aller Augen folgten ihm, während er langsam davonging, bis von ihm nicht mehr verblieb, als was ein Traum im Gedächtnis zurückläßt. Sie schüttelten den Kopf und sagten: »Der Mann ist verloren! Es ist zu Ende mit Abulcheir!«

Abulcheirs Tragödie ereignete sich wie zufällig. Der Schlaf überwältigte ihn eines Nachts in der mit Weizen gefüllten Scheune im Gehöft seines allmächtigen Herrn. Er erwachte durch eine Bewegung, aber im ersten Moment hatte er das Gefühl, in der Dunkelheit zu versinken. Wo war er und wie spät war es? Für einen Augenblick verstand er überhaupt nichts. Dann brachte ihn der Duft des Getreides ins Bewußtsein zurück. Er wurde nun der Bewegung gewahr, die ihn geweckt hatte, und suchte sie in der Dunkelheit mit dem Blick zu erfassen.

Plötzlich hörte er eine Stimme flehend und angsterfüllt sagen: »Nein ... nein ... mein Herr!« Die Stimme kannte er. Sie gehörte Sannuba, der Tochter von Eilewa. Sie klang so erschrocken, als wollte ein Raubtier das Mädchen verschlingen. Abulcheir sprang auf, um durch irgend etwas seine Anständigkeit zu beweisen, aber eine rauhe, tiefe Stimme kam ihm zuvor und rief in fiebrigem Ton: »Schweig!«

Wie festgenagelt blieb er an seinem Platz stehen, ihm schwanden die Kräfte. Die Stimme kannte er ebenfalls. Es war die Stimme seines Herrn Abd El-Galil, des Allmächtigen, der die oberste Gewalt war, das Gesetz, Leben und Tod. Er vergaß Sannuba und dachte nur noch daran, daß er eigentlich gar nicht hier sein dürfte, noch dazu in einer solch brenzligen Lage, in die ihn ein trügerischer Schlummer gebracht hatte, und überlegte, was er antworten sollte, wenn er zur Rede gestellt würde. Augenblicklich wurde ihm klar, daß die Schwierigkeit seine Schwierigkeit war, nicht die Sannubas allein, und daß die Schuld seine Schuld war, nicht die des Allmächtigen, der nicht gefragt wurde nach dem, was er tat. Er starrte weiter in die Dunkelheit, bis sich ihm ein riesiges schemenhaftes Etwas zeigte, das sich unruhig bewegte. Vielleicht war das der Allmächtige, der das Mädchen überwältigte, so wie eine Gabelweihe sich eines Kückens bemächtigt. Sie flehte ihn unter Tränen an, von ihr abzulassen, aber sein fiebrigheißes Schelten ohrfeigte sie so, wie ein Sturm die Blätter eines Baumes peitscht. Furcht, Abscheu und Verzweiflung erfüllten Abulcheir so sehr, daß er sich wünschte, Allah möge noch einmal Noahs Gebet erhören.

Vom Erdboden war ein unterdrücktes Geräusch zu hören, dem zu entnehmen war, daß sich jemandes Füße nervös hin- und herbewegten und daß sich das Mädchen aus der fürchterlichen Falle nicht befreien konnte. Schmerzerfülltem Stöhnen folgte ein Rascheln, als ob irgendwo ein Feuer brenne. Es kam ihm so vor, als ob die Dunkelheit unter einem schweren Fußtritt aufheulte und als ob seine Adern anschwollen. Er sprang auf, um zu schreien, weil er glaubte, den Schmerz nicht mehr ertragen zu können, aber ein Schrei des Allmächtigen kam ihm zuvor, ein plötzlicher Schmerzensruf, der zunächst scharf war, dann rauh wurde, in ein Brüllen überging und mit einem entsetzlichen »Verbrecherin!« endete. Abulcheir hörte einen heftigen Schlag, dem ein ohnmächtiges, verzweifeltes Stöhnen folgte, und den Fall eines Körpers, eines zarten, leichten Körpers. Der Allmächtige schnaubte voller Wut: »Verbrecherin, nimm das!«

Harte Füße traten Hammerschlägen gleich auf die Aufstöhnende ein: »Nimm das, nimm das!«

Das Stöhnen wurde immer leiser und erstarb schließlich zu einem flüsternden Seufzen. Der wahnsinnige Zorn aber steigerte sich ins Endlose: »Nimm das, nimm das!«

Abulcheir rief unwillkürlich: »O Gott!«

Die Stimme traf ihn wie ein Geschoß: »Wer ist da?«

Abulcheir lief zur Tür und zog sie an sich, sie gab nach, Mondlicht fiel herein, und Abulcheir stürzte hinaus. Da schrie der Allmächtige: »Ich habe dich erkannt, Abulcheir, bleib stehn!«

Abulcheir flog davon wie eine Gewehrkugel, getrieben von Abscheu, Furcht und Verzweiflung. Die Stimme rief hinter ihm her: »Abulcheir, Bursche, du Verbrecher, bleib stehn, du Verbrecher!«

Noch einmal rief der Herr. Füße rannten auf ihn zu,

Ohren lauschten, gleich würde das Dorf erwachen. Abulcheir lief ein ganzes Stück und ließ nicht nach, bis er zur Hütte seines Freundes kam, der Wächter eines Wassermelonenfeldes auf dem Boden von El-Ammari war.

Er warf sich neben ihn hin und keuchte vor Anstrengung und Erschöpfung. Der andere empfing ihn begütigend und tröstend. Er reichte ihm einen Krug Wasser, damit er trinke und sich das Gesicht benetze. Mitten in der Nacht hörte er sich die traurige Geschichte an. Schließlich seufzte Abulcheir und fragte den anderen: »Soll ich auf der Polizeiwache reden?«

Der andere schüttelte vorsichtig den Kopf: »Sie werden dich umbringen, und sei es bei der Gerichtsverhandlung!«

Er fragte erstaunt: »Und was soll ich tun?«

»Versteck dich!«

»Ein ganzes Leben lang?«

Der Wächter hob wortlos den Kopf zum Himmel. Da meinte Abulcheir: »Frau und Tochter sind im Dorf, dem Allmächtigen ausgeliefert, ohne einen Beistand!«

»Denk an dein eigenes Leben!«

Er seufzte tief bekümmert: »Wo bleibt da das Gesetz?«

Der Wächter lachte trocken: »Es schläft im Inneren einer Wassermelone.«

Am nächsten Tag brachte ihm der Wächter neue Nachricht: Im Dorf liefe um, Abulcheir habe das Mädchen vergewaltigt, es getötet und sei dann geflohen. Der Herr selbst habe das bezeugt, und alle glaubten ihm ohne Widerrede. Die Angehörigen des Opfers seien tief traurig, ebenso seine eigenen Angehörigen und die Nachbarn. Viele Männer drohten, Rache zu üben. Die Regierung stelle Ermittlungen an und höre die Aussagen des einzigen Zeugen. Die Schande bedrücke seine Frau und seine Tochter, und der Kummer lasse sie verstummen.

»Mein Verbrechen besteht darin, daß ich das Verbrechen eines anderen mit angesehen habe!«

»Warum bist du in der Scheune eingeschlafen?«

»Weiß der Himmel!«

Er blickte ihn bedauernd an und sagte: »Versteck dich!«

Bedienstete des Herrn kamen auch zum Wächter und suchten nach Abulcheir. Auch Männer aus der Familie des Opfers kamen. Abulcheir hörte von seinem Versteck aus die Stimmen derer, die eifrig nach ihm suchten, er sah ihre finsteren Gesichter und den Todesschwur in ihren Augen.

»Ich werde fliehen!«

»Ja, unser Gott sei mit dir!«

»Ich habe nicht einen Millim!«

Er entgegnete und wandte vor Scham den Blick ab: »Ich auch nicht!«

Abulcheir ging in der tiefsten Dunkelheit los ohne Ziel und ohne Beistand. Während seines ganzen Lebens war er nie über den Suk hinausgekommen. Er kannte nichts von der Welt. Er vermied die nahe gelegenen Dörfer, weil er wußte, daß sie in der Reichweite des Allmächtigen lagen, aber jetzt war ja die Regierung selbst auf seiner Spur. Es gab nichts, womit er sich hätte entlasten können. Hier und jederzeit würde er die Zielscheibe einer Kugel sein, die abgefeuert wurde, um ihm den Garaus zu machen. Die Dunkelheit dieser Nacht würde nicht ewig andauern. Schnell würde sie vom Tageslicht vertrieben werden, und dann wäre er sichtbar für die Augen der anderen wie ein Skorpion, bei dem Knüppel und Sandalen stritten, wer ihn zuerst zerquetschen werde. Wer sorgte nun für seine Frau und seine Tochter? Wer kümmerte sich um sie in einer Umgebung, die von Haß und Rachedurst erfüllt war? Er ging weiter ohne ein bestimmtes Ziel. Er fand, daß die Dinge um ihn herum sich vorsichtig zu erkennen gaben. Die Weidenbäume und die Palmen nahmen eine etwas deutlichere Gestalt an. Durch die verstreuten Felder zogen sich Fußwege. Das Wasser eines Kanals lächelte, und seine kleinen Wellen glitzerten. Staunend erwachte er aus seiner Benommenheit und wandte sich dem Horizont auf seiner Linken zu, weil blitzartig ein Gedanke in seinem abgehetzten Hirn auftauchte. Da sah er den Mond schnell über der Erde emporsteigen so deutlich und groß wie nichts sonst. Mattes Licht strömte von ihm aus. Der Mond störte ihn über die Maßen. Je schneller er ging, desto öfter drehte er sich um. Hundegebell durchbrach von verschiedenen Seiten die lastende Stille. Einmal erhob sich ein Geheul, da zitterte er vor Furcht. Wie weit von ihm entfernt war jetzt Kairo, die große Stadt, in deren Menschenmenge er aufgehen und wo er Zuflucht und Brot finden wollte! Wieviel Zeit brauchten seine geschwollenen Füße, um eine Strecke zurückzulegen, für die der Schnellzug vier Stunden benötigte? Der Ruf eines Wächters traf ihn laut wie das Pfeifen einer Lokomotive. Ihm blieb vor Schreck fast das Herz stehen. Vielleicht würde er sich ihm in den Weg stellen und ihn fragen, wer er sei und wohin er wolle. Er fürchtete sich, noch einen Schritt weiter zu gehen. Er wandte sich zu einer Sykomore und schmiegte sich so eng an ihre Wurzeln, als sei er ein Auswuchs an ihrer Rinde. Ihm würde sich auch im Tageslicht kein Wächter entgegenstellen. Aber wer sorgte für seine Frau und seine Tochter? Es wäre wohl möglich, daß er nach vieler Mühe Kairo erreichte, aber wer beschützte seine Frau, seine Tochter? Wie konnte das Leben noch angenehm sein für jemanden, der bis an sein Ende verfolgt wurde und dessen Herz sich verzehrte aus Kummer um seine Frau und seine Tochter?

Er starrte in den Himmel. Seine Gedanken jagten sich, die Stunden vergingen, bis ihn der Schlaf überwältigte.

Er wachte auf, weil er geträumt hatte, er sei vom Gipfel eines Berges herabgefallen. Er öffnete die Augen und stellte fest, daß harte Füße um ihn herum einen Kreis geschlossen hatten. Bestürzt stand er auf und sah, daß die Männer ihm Blicke zuwarfen, die schmerzten wie spitze Steine, während ihre Pferde hinter ihnen standen und wieherten.

Er rief aus voller Kehle: »Der Prophet habe Erbarmen mit mir!«

Einer von ihnen versetzte ihm einen Schlag, der ihn zu Boden warf, und schrie ihn an: »Du bist auf der Flucht, du Hundesohn!«

Er rief noch einmal: »Der Prophet habe Erbarmen mit mir!«

Der Mann gab ihm einen Fußtritt in den Bauch und schrie: »Erst vergewaltigst du das Mädchen, und dann bringst du sie um!«

»Ich...«

»Ich bin unschuldig!« hätte er beinah aufbegehrt, aber zu seinem Glück erinnerte er sich daran, daß er mit den Männern des Allmächtigen sprach, so beherrschte er sich. Er warf dem Mann einen stummen, unterwürfigen Blick zu. Der sagte: »Kehr zurück und gestehe!«

Er entgegnete, den Tränen nahe: »Man wird mich aufhängen!«

Der andere trat ihn noch einmal heftig und meinte: »Der Herr wird dich nicht dem Strick überlassen!«

»Man wird mich ins Gefängnis sperren!«

Der Mann trat ihn noch heftiger und stieß hervor: »Und deine Familie lebt in Sicherheit!«

Er stöhnte verzweifelt auf und sagte nichts mehr. Die

anderen schimpften und trieben ihn zur Eile an. Er brachte im Flüsterton heraus: »Ich werde zurückkehren!«

Er kehrte um und legte den Weg zu Fuß zurück, während sie ihm von ferne folgten.

Schließlich kam das Dorf in Sicht. Die Nacht senkte sich langsam vom hohen Himmel herab. Die Menschen kehrten hinter ihren Tieren nach Hause zurück und sanken fast um vor Erschöpfung. Die Steppe erstreckte sich, eingehüllt in den Sonnenuntergang, bis ins Unendliche. Abulcheir ging mit geschwollenen Füßen auf das Dorf zu. Seine Furcht war so stark, daß sich ihm das Herz zusammenkrampfte und kaum noch zu schlagen schien, und sein Schmerz war so heftig, daß er ihn kaum noch spürte. Die Zurückkehrenden erblickten ihn, da wurden ihre Augen weit vor Erstaunen, und die Münder blieben ihnen offen. Sie begannen miteinander zu flüstern und auf ihn zu zeigen. Seine Freunde senkten den Blick. Er aber setzte seinen Weg fort, als wäre er weit entfernt von ihnen, er schritt seinem Schicksal entgegen. Aller Blicke folgten ihm, während er langsam davonging, bis von ihm nicht mehr verblieb, als was ein Traum im Gedächtnis zurückläßt. Sie schüttelten den Kopf und sagten: »Der Mann ist verloren! Es ist zu Ende mit Abulcheir!«

Geld

Am Eingang des Gebäudes Nummer 115 in der Ramsesstraße drängten sich die Leute vor den Fahrstuhltüren. Dieser Eingang war immer voller Menschen, wie es in einem Hochhaus üblich ist, in dem sämtliche Räume an Unternehmen vermietet sind. Unter den Wartenden fanden sich drei, die etwa zur gleichen Zeit gekommen waren, zwei Männer und ein Mädchen, aber wie die meisten in dem Gedränge kannten sie einander nicht. Natürlich achtete niemand auf die beiden Männer, aber das Mädchen zog seiner Jugend, seiner Schönheit und seiner Eleganz wegen verstohlene, aufmerksame Blicke auf sich. Während der eine der beiden Männer ein erbittertes Selbstgespräch zu führen schien, er biß sich sogar von Zeit zu Zeit auf die Nägel, trat in die Augen des anderen ein verträumter, trauriger Blick. Wenn er zufällig das Mädchen ansah, leuchteten seine Augen auf.

Der erste der drei begab sich zum Appartement Nummer 18 im dritten Stock. Er begrüßte die liebenswürdige Sekretärin und stellte sich in einer Mischung aus Freundlichkeit und Vertraulichkeit vor: »Mohammed Badran.«

Das Mädchen verschwand kurz hinter der Tür des Direktors, dann kam es zurück und sagte: »Bitte!«

Mohammed Badran betrat das Zimmer des Direktors. Der streckte ihm, ganz von einem Telefongespräch in Anspruch genommen, von seinem Schreibtisch aus die Hand entgegen und bedeutete ihm, er solle Platz nehmen.

Er versank in einem großen Ledersessel vor dem Schreibtisch. In zauberhafter Geschwindigkeit legte sich die klimatisierte Luft auf seine Haut und seine Nerven. Sie erfrischte ihn und wiegte ihn gleichsam ein. Sie trocknete seinen Schweiß und kühlte ihn nach der glühenden Hitze, die ihn unterwegs gepeinigt und ihm im Fahrstuhl die Luft genommen hatte. Schnell gab er sich das Versprechen, in seinem Arbeitszimmer eine Klimaanlage anzubringen, sobald sich seine Lage – so Allah wollte, bald – gebessert hatte, auch wenn er das Zimmer dann mit seinen Söhnen teilen mußte, jedenfalls wenn sie lernten. Es wäre auch nicht schlecht, dann während der Hochsommermonate einen Teil des Raumes in eine Sitzecke für seine Frau umzuwandeln. Wie gewöhnlich überfielen ihn die Träume vom Reichtum ohne jede Zurückhaltung und vervollkommneten sein Leben mit dem Wohlstand, der ihm bisher fehlte. Eine neue Wohnung in einem modernen Viertel, natürlich weit entfernt vom Rod El-Farag, prachtvolle Möbel, eine amerikanische Küche, auch eine amerikanische Bar, ein Boiler, ein großer Kühlschrank, ein Auto, eine Zweitwohnung in Alexandria, damit er dort während der Sommermonate und der verschiedenen Feiertage des Jahres wohnen könnte. Aus irgendeinem Grunde fiel ihm dabei auch das hübsche Mädchen ein, das er am Eingang des Gebäudes vor dem Fahrstuhl gesehen hatte. Wie schön wäre es, eine Freundin wie sie zu »besitzen«. Sie war wirklich außerordentlich hübsch. Ihre Schönheit wirkte wundervoll anregend auf Jugendträume von Liebe und himmlischem Rausch. Erinnerte er sich denn immer noch an die Zeit der ersten Jugend mit ihren Träumen und ihren Idealen?

Plötzlich wurde er durch die Stimme des Direktors

wachgerüttelt. Der fragte: »Wie geht es Ihnen, Ustas Mohammed?«

Er tauchte aus seinen Träumen auf und entgegnete: »Gut, solange es Ihnen gut geht, Herr Direktor.«

Sie lachten beide ohne ersichtlichen Grund, auch wenn ihn seine laute, schrille Stimme in Wut versetzte. Dann blickte er zu ihm auf, als wollte er sagen: »Ich stehe zu Diensten, mein Herr!«

»Wie geht's?« fragte der Direktor, beide Ellbogen auf den Schreibtisch gestützt.

»Einigermaßen. Ich habe den Kopf voller Pläne.«

»Alles zu seiner Zeit. Ich wette, daß Sie Ihre Pläne verwirklichen werden. Meine Menschenkenntnis trügt mich nicht.«

Er lächelte und sagte: »Es gibt da einen Kollegen, vielleicht kennen Sie ihn. Wir haben vor drei Jahren zusammen für dreißig Pfund an derselben Zeitung gearbeitet. Glauben Sie, daß er heute dreihundert Pfund verdient?«

»Auch für Sie wird die Gelegenheit kommen«, dann lachend: »Was war ich denn vor fünf Jahren?«

»Aber Sie sind ein Mann der Tat!«

Ein weiteres Mal lachten beide. Dann wurde das Gesicht des Direktors wieder ernst, und er kam zum Thema: »Es gibt da einen Weg, der Ihnen viel Mühe ersparen wird.«

Mohammed blickte ihn unruhig an, als befürchte er, daß die Einsparung von Mühe Sparsamkeit beim Honorar zur Folge haben würde. Dann sagte er schnell: »Mir macht es nichts aus, einige Mühe auf mich zu nehmen. Nennen Sie mir die Punkte, um die es bei diesem Thema geht, und Sie werden einen Artikel bekommen, bei dessen Lektüre niemand zweifeln wird, daß er aus der Feder eines Fachmannes stammt!«

Es sah nicht so aus, als ob der Direktor etwas auf seinen Einwand gäbe. Er holte aus seiner Schreibtischschublade ein zweiseitiges Manuskript heraus.

Mohammed fragte etwas beunruhigt: »Haben Sie den Artikel etwa bereits fertig?«

»Es fehlt nur noch Ihre Unterschrift.«

Der andere nahm ihn matt entgegen und murmelte: »Aber...«

»Lesen Sie nur und fürchten Sie nichts!« unterbrach er ihn mit fröhlichem Ton. »Wann haben Sie mich je geizig gefunden, Sie Ungläubiger?«

Er gewann etwas von seinem Selbstvertrauen zurück und spaßte, so als wolte er protestieren: »Aber Sie gewöhnen mich an Untätigkeit.«

Er begann zu lesen: »Lieber Leser! Was wissen Sie von dem neuen Medikament S. A. B.? Vielleicht hören Sie zum erstenmal davon. Und Sie haben natürlich noch nichts von der wissenschaftlichen Revolution gehört, die es bei den Nationen des Nordens im besonderen und auf dem europäischen Kontinent im allgemeinen hervorgebracht hat. In den folgenden Zeilen werden Sie alles darüber erfahren, bekräftigt durch Aussagen einer Anzahl bedeutender Wissenschaftler. Da unsere Zeitschrift vor allem wissenschaftlichen Charakter trägt, so hoffen wir, daß keinen unserer Leser die Phantasie mit sich fortreißt. Wir glauben, daß keine Kraft imstande ist, die Jugend zurückzubringen, wenn sie einmal entschwunden ist, aber ein Medikament, das den Alterungsprozeß um zehn oder fünfzehn Jahre aufschiebt, ist nicht zu verachten...«

Er las weiter, während der Direktor ihn aufmerksam und nicht ohne Spott beobachtete, bis er mit dem Artikel fertig war.

Sie tauschten schweigend einen kurzen Blick, dann fragte der Direktor: »Was meinen Sie?«

»Erstaunlich! Er enthält sprachliche oder grammatische Fehler, die natürlich korrigiert werden, aber es ist ein wichtiger und interessanter Artikel.«

»Er muß auf einer der ersten Seiten abgedruckt werden.«

Mohammed Badran sagte mit einem Anflug von Verschlagenheit: »Sie kennen mich seit langem. Es sind hier Angaben enthalten, die vielleicht einer wissenschaftlichen Korrektur oder wenigstens einer Modifizierung bedürfen. Unsere Zeitschrift hat einen anerkannt wissenschaftlichen Charakter.«

Der Direktor entgegnete kühl: »Ich werde nicht um einen Millim über den vereinbarten Betrag hinausgehen.«

»Das will ich ja gar nicht ...«

»Doch Sie wollen es! Seien Sie nicht habgierig. Die Zeitschrift wird dafür den Betrag für eine erstklassige Annonce erhalten, und Sie werden Ihr Honorar bekommen, wie wir es vereinbart hatten. So besteht keinerlei Grund zum Streit!«

Mohammed verbarg seine leichte Niederlage hinter einem Lachen und sagte mit erkünsteltem Eifer: »Ich fürchte, die übermäßige Einnahme des Medikaments führt zu ...«

»Daß Sie so humane Worte finden, ist großartig. Aber ich glaube, ich bin humaner als Sie. Mag dieses Medikament nichts nützen, zugegeben, schaden wird es jedoch auch nicht. Und letzten Endes nützt es doch, denn der Mensch lebt von Illusionen und wird durch sie glücklich.«

Er holte einen kleinen Umschlag aus seiner Tasche und legte ihn auf den Schreibtisch vor Ustas Mohammed. Der kannte seinen Inhalt, wie er das Gesicht seines Kindes kannte. Er nahm ihn an sich und sagte lächelnd: »Tausend Dank, Exzellenz. Ich hoffe, daß wir uns bald wiedersehen.«

»Das hoffe ich auch, Ustas Mohammed.«

Sie standen gleichzeitig auf und gaben einander die Hand. Dann ging er. Sein schnelles Weggehen glich einer Flucht. Aber das war seine Art zu gehen. Er mußte sich jetzt unverzüglich zur Redaktion begeben und dachte zunächst nur daran, wie er mit dem Artikel vor Einbruch der Nacht zu Rande kommen würde. Erst lange danach kamen ihm Gedanken, die mit der Entgegennahme eines solchen Umschlags zusammenhingen. Wenigstens zog er voller Staunen einen Vergleich zwischen der Situation, in der er sich befand, als er gleich nach dem Studium, berauscht von hochfliegenden Hoffnungen, seine Arbeit aufnahm, und seiner jetzigen Lage, in der er nichts anderem mehr Wert beimaß als einem Auto, einer Klimaanlage und der Ausbildung seiner Kinder am amerikanischen College.

Das Mädchen begab sich zum Appartement Nr. 33 in der fünften Etage. Sie war von schlanker Gestalt, hatte ein hübsches Gesicht und mandelförmige Augen, die vor Vitalität blitzten. Als sie ins Büro trat, stand der Sekretär eilfertig auf, schüttelte ihr lebhaft die Hand und bedeutete ihr, sich zu setzen. Er sagte: »Der Direktor hat noch zu tun, etwa fünf Minuten. Wie gehts?«

Sie setzte sich und lächelte in kluger Zurückhaltung. Während der junge Mann den Blick auf sie richtete, betrachtete sie das wundervolle Zimmer, das zum Empfang wichtiger und finanzkräftiger Leute eingerichtet war. Ihr Blick blieb an einem modernen Bild hängen, bei dem sie nicht genau ausmachen konnte, was es eigentlich darstellte. Sie sah nur einen Apfel, an Stelle seiner Blüte blickte angstvoll ein menschliches Auge, das lebhafte Linien und Farben und verstreute Einzelteile des menschlichen Körpers umgaben. Das Ganze kam ihr wie die Ecke eines von Menschen überfüllten Zimmers nach einem heftigen, zerstörerischen Erdbeben vor. Sie blickte weg und hob die geschwungenen Augenbrauen in einer Art spöttischen Protests. Da sah sie, wie der junge Mann auf den Stuhl zeigte, auf dem er saß, und lächelnd sagte: »In wenigen Tagen werden Sie hier sitzen.«

»Wann fahren Sie nach Deutschland?«

»Spätestens Ende der Woche, aber wann sehe ich Sie wieder?«

Das Telefon, über das der Direktor anrief, läutete. Der junge Mann hob für einen Augenblick den Hörer, legte ihn gleich wieder auf die Gabel und ging ins Zimmer. Nach kurzer Zeit kam er an der Seite eines alten Herrn zurück, den er zur Tür brachte.

Darauf wandte er sich wieder dem Mädchen zu: »Bitte sehr, Fräulein Seinab.«

Als sie vor ihm her ins Zimmer ging, flüsterte er ihr ins Ohr: »Ich denke, es ist möglich, daß wir uns heute abend treffen?«

Sie blickte weiter vor sich hin, aber ihr Gesicht verriet ein Lächeln, bis sie hinter der Tür verschwand. Der Direktor kam ihr bis zur Mitte des Zimmers entgegen. Er war aufgedunsen, seine Glatze leuchtete, sein pockennarbiges Gesicht, aus dem die Nase zwischen zwei Aureolen weißer Koteletten hervorragte wie eine ausgestreckte Hand, neigte sich ihr zu. Er ergriff ihre Hand und drückte sie mit verdächtiger Sympathie. Dann begleitete er sie zu einem weichen Sessel vor dem Schreibtisch. Er setzte sich auf seinen Stuhl, ohne den Blick von ihrem Gesicht abzuwenden.

»Das ist ein erfreulicher Schritt, Susu. Wie geht es Ihrer Mutter und Ihren Schwestern?«

»Danke, sehr gut!«

Obwohl die Dinge nach Wunsch verliefen, war sie unruhig und empfand etwas wie Ekel. Aber sie lächelte in seine trotz des Alters scharf blickenden Augen, die von grauen Augenbrauen gekrönt wurden. Sie unterdrückte ihren Widerwillen, der sie auf dem Weg, nein, eigentlich schon zu Hause überkommen hatte trotz des hartnäckigen Versuchs, sich in phantastische Träumereien zu verlieren und dieses widerwärtige Gefühl abzutöten.

»Sie werden ab Ende der Woche das Sekretariat zieren.«

Das Lächeln, zu dem sie sich gezwungen hatte, wurde breiter. Seine Gesichtszüge belebten sich wie unter einem Freudenrausch. Er sagte voller Leidenschaft: »Sie sind wie das Licht des Lebens, das sich von neuem in mein dunkel gewordenes Herz stiehlt. Das wird sich auch in Ihrem Leben widerspiegeln.«

Das erinnerte sie an das, was die tauben Wände ihres Hauses schamlos wiederholt hatten, und an ihre Mutter, die manchmal den Eindruck einer sprungbereiten Tigerin machte, sich aber in eine ruhige Katze zu verwandeln schien, wenn man zu weinen begann. Sie murmelte bedrückt: »Hoffentlich entspreche ich Ihrer guten Meinung von mir.«

Er grinste so, daß sie ein Schauder überlief und sie die Worte bereute, die ihr eben unbedacht entschlüpft waren.

Da fragte er: »Und Ihr Verlobter?«

Sie erwiderte mit verborgenem Unwillen: »Die Sache ist zu Ende. Die Verlobung ist gelöst.«

»Was haben Sie gesagt?«

»Es gab dafür verschiedene Gründe.«

Er verbarg nicht seine Freude: »Sie werden nichts bereuen, was vergangen ist. Ihre Mutter ist klug, und Sie sind es auch. Die Mühen des Lebens finden nicht ihr Ende, wie Dummköpfe in den Zeitungen meinen. Mit ihnen wird nur ein lebendiger Wille eines intelligenten Menschen, wie Sie es sind, fertig.«

Ihr Schamgefühl war gräßlich, wenigstens manchmal. Aber sie bereute nicht, daß es zu einem Bruch gekommen war. Sie hielt diese Verlobung nicht für etwas, das zu einem lebenswerten Leben geführt hätte. Ihrer Familie wären nur neue Unannehmlichkeiten erwachsen. Sie hatte ihren Verlobten nicht geliebt. Jetzt würde sie nichts mehr von dem trennen, den sie liebte, selbst wenn er die Wahrheit über das erführe, worauf sie zusteuerte, denn glücklicherweise erhält jeder das, was zu ihm paßt.

Sie fragte ihn verächtlich: »Was sagen denn die Dummköpfe in den Zeitungen?«

»Sie erzählen Märchen wie aus ›Tausendundeiner Nacht‹ über eine Reformierung der Gesellschaft und des Lebens. Was nützt das Ihnen?«

Sie hob spöttisch die Schultern.

Er fuhr fort: »Wäre da nicht die Religion, so würde ich Sie sofort heiraten.«

Sie senkte den Blick. Er spürte, daß er sich rechtfertigen müsse, und erklärte: »Wenn ich eine andere Religion annähme, so wäre das Grund genug, daß man mir meine Stellung nähme und mit ihr alles, womit ich Sie glücklich machen könnte.«

»Das ist verständlich und klar«, entgegnete sie, insgeheim erleichtert.

Er ereiferte sich: »Wenn ich Ihnen eine ganze Villa bereitstellte, so würde ich Sie verletzen. Aber Sie werden meine Sekretärin sein, das ist normal und natürlich. Und Sie werden alles bekommen, was die Welt an Genüssen bietet. Glauben Sie mir, Geld ist das Geheimrezept zum Glück im Leben, und ich bin entschlossen, Sie zum glücklichsten Geschöpf in dieser Welt zu machen.«

»Oh, ich danke Ihnen ...«

Er nichte erleichtert: »Ich schicke Sie jetzt zu Hamdi Ragab, dem Verwaltungsdirektor, er wird Sie prüfen. Das ist nur eine Formalität, damit alles seinen geregelten Lauf nimmt.«

»Herzlichen Dank.«

»Und sagen Sie Ihrer Mutter, sie soll sich darauf vorbereiten, nach Heliopolis zu ziehen.«

»Aber das hat doch Zeit.«

Wieder bereute sie die Worte, die ihr entschlüpft waren. Sie neigte wirklich zu vorschnellen Reaktionen, auch wenn sie weiterhin ruhig lächelte. Fast ärgerte sie sich über ihren wahnsinnigen Ehrgeiz. Sie stand auf und sagte: »Ich werde zum Verwaltungsdirektor gehen.«

Er erhob sich ebenfalls und kam um seinen Schreibtisch herum. Sie ging auf die Tür zu. Er folgte ihr und starrte auf die Umrisse ihres wohlgeformten Rückens. Dann standen sie sich an der Tür gegenüber. Er ergriff ihre Hand und neigte sich, als wollte er sie küssen. Aber auf halbem Wege wandte er das Gesicht ihrer Wange zu und küßte sie. Er blieb mit seinem Gesicht nahe bei dem ihren. Sein Atem streifte die seidenen Fransen, mit denen das Oberteil ihres Kleides besetzt war.

Er gierte vor fiebrigem Verlangen: »Geben Sie mir keinen Kuß?«

Sie deutete auf ihre rot geschminkten Lippen und fragte: »Und das da?«

»Und wennschon!«

Sie küßte ihn auf den Mundwinkel, dann wandte sie sich zur Tür.

Der dritte begab sich zum Appartement Nummer 50 im achten Stock. Noch immer belebte das Bild des hübschen Mädchens seine Phantasie auf das angenehmste. Es wollte aus seinen Gedanken und Gefühlen nicht weichen. Er stellte sich lebhaft vor, wie vielfältig dieses Beispiel lebendiger Schönheit das Leben bereichern könnte. Aber die Gedanken an sie verschwanden beim Anblick der streng wirkenden intelligenten Sekretärin, die ihm entgegenlächelte, als er eintrat, schnell in einem unbekannten Winkel seines Hirns. Er begrüßte sie freundlich und wies fragend mit dem Kopf zur Tür des Direktors.

Sie sagte sofort: »Er erwartet Sie, Ustas.«

Er trat ein, da erhob sich der Direktor lächelnd und empfing ihn mit den Worten: »Herzlich willkommen, Ustas Wadi. Sie kommen wie gerufen.«

Sie gaben einander die Hand, dann setzte sich Wadi. Der Direktor wandte sich zu einem in der Nähe stehenden Schrank und langte kurz mit der Hand hinein. Dann überreichte er dem Professor ein silbrig glänzendes Päckchen, bei dessen Anblick dieser sofort begriff, daß es sich um »Stoff« handelte.

Der Direktor erklärte: »Ein Geschenk für Sie. Ich habe nur durch Zufall erfahren, daß Sie Genußmittel und Narkotika schätzen.«

Wadi lächelte verwirrt und steckte es in die Tasche. Der Direktor setzte sich und begann: »Ich habe die Geschichte gelesen. Sie ist hübsch, wirklich. Ich werde noch ein paar Bemerkungen dazu machen, wenn die Beratung beginnt.« Er blickte dabei auf die Uhr. »Wenn die anderen auch noch etwas vorzubringen haben, so hoffe ich, daß

Sie mit Ihren Änderungen vor Monatsende fertig werden. Dann hat der Szenarist genügend Zeit, um zu schreiben, und wir kommen noch zum vereinbarten Termin ins Studio.«

Die Geschichte ist zwar eine andere, aber die Geschichte der Geschichte, die Geschichte aller Geschichten ist ein und dieselbe. Das ist das Problem, das bei jeder Diskussion über welche seiner Geschichten auch immer auftaucht. Ihre Geschichte ist gut, Ustas, aber ... Sie ist gut, aber Sie müssen sie neu schreiben. Er fragte sich, und seufzte unhörbar dabei, wo ein Winkel in der Welt sei, in der die Dinge ihren natürlichen Lauf nähmen, wo die Vögel ungehindert zwitschern könnten, ohne Furcht, ohne Unwissenheit und ohne Druck. Er zweifelte nicht daran, daß er dort das hübsche Mädchen finden würde, das durch seine Phantasie geisterte.

Er machte eine sinnlose Bewegung und verteidigte sich: »Ustas Magdi, Sie haben mich gefragt, ob ich eine Geschichte hätte. Ich habe sie vorgelegt. Dann haben Sie mir mitgeteilt, daß sie angenommen sei. So verhält es sich doch?«

»Natürlich. Aber die Geschichte ist nur ein Entwurf. Wir müssen etwas Fertiges in der Hand haben, um einen ordentlichen Film produzieren zu können. Meine Gesellschaft hat einen Ruf für ihre saubere Produktion. Wissen Sie nicht, daß man mich aus diesem Grunde ›den verrückten Produzenten‹ nennt?«

Er folgte seiner Stimme mit unterdrücktem Groll und sah verwundert in das Gesicht des anderen, der im Vollgefühl seiner Gesundheit und seiner überlegenen Position hinter seinem Schreibtisch hervor auf ihn herabblickte. Seine ganze Miene wirkte herausfordernd: seine hervorquellenden Augen, seine spitze Nase, seine breiten starren

Kinnbacken. Sein Bemühen, elegant zu wirken, war außerordentlich. Ein Duft von Moschus ging von ihm aus. Aber alle, die mit ihm zu tun hatten, wußten, daß er sich damit einrieb, weil er in einer sexualkundlichen Abhandlung von seiner anregenden Wirkung gelesen hatte. Dieser große Direktor, der die Blütezeit seines Lebens als Vertreter einer Versicherungsgesellschaft verbracht hatte, er rühmte sich immer noch seiner Fähigkeit, fließend Französisch zu sprechen, und brachte bei passender oder auch unpassender Gelegenheit französische Wörter und Redewendungen an. Ja, er prahlte auch mit seinem Wissen um viele Dinge des praktischen Lebens. Das einzige allerdings, wovon er überhaupt nichts verstand, war die Kunst im allgemeinen und die schöne Literatur im besonderen. Wadi fragte sich nach dem sonderbaren Fluch, durch den er von Beginn seines literarischen Schaffens an dazu verurteilt war, immer die Haltung des für seine Kunst um Erlaubnis Bittenden einnehmen zu müssen vor Leuten, die nichts mit der Literatur verband. Insgeheim seufzte er tief.

Punkt sechs Uhr abends kam der Regisseur, Ustas Mohammed Tantawi, ihm folgte kurz danach der Verleiher, Monsieur Disraili. Dann erhoben sich alle Anwesenden zum Empfang von Awatif Suchdi, dem Star. Verschiedene Erfrischungsgetränke wurden gereicht. Der Raum hallte wider von Gesprächen, Witzeleien und Kommentaren, während Ustas Wadi in seinem Sessel versunken darauf wartete, daß das »Untersuchungsgericht« seine Arbeit begänne. Insgeheim beobachtete er ihre Mienen.

Er fragte sich, wann die Herrschaft dieser Tyrannen ein Ende finden würde. Wann würde Mohammed Tantawi denken können wie ein Mensch? Wann würde Monsieur

Disraili etwas anderes im Kopf haben als Zahlen und Geld? Wann würde Awatif Suchdi die alten, ihr im Freudenhaus zur Gewohnheit gewordenen Umgangsformen ablegen, aus dem sie aufgelesen worden war, um die Welt der Kunst zugeführt zu werden? Wann würde Magdi El-Sajid aufhören, mit jedem Film eine neue Liebesaffäre zu starten? Wann endlich würden alle diese Faktoren nicht mehr auf seine Erzählungen einwirken? Er ertappte sich dabei, wie er sich das Bild des hübschen Mädchens wieder ins Gedächtnis zurückrief, das seit kurzem in ihm lebendig war. Wieder träumte er von dem bunten Leben, das ihre bezaubernde Schönheit hervorrufen könnte.

Da mahnte die Stimme des Direktors: »Wir wollen zum Thema kommen. Ustas Wadi El-Rasik ist hier, um eure Meinungen über sein Manuskript zu hören. Wir müssen heute abend die Diskussion abschließen, damit er sofort darangehen kann, die Geschichte umzuschreiben.«

Die Blicke richteten sich auf Monsieur Disraili, denn er war schließlich der Geldgeber. Von kleiner und schmächtiger Statur wirkte er ganz verloren in dem riesigen Sessel. Er rückte nach vorn, bis er auf dem Sesselrand saß, und ereiferte sich: »Die Geschichte beginnt heiß, aber sie endet kalt. Das ist sehr gefährlich.«

Die aufmerksamen und respektvollen Blicke aller waren auf ihn gerichtet. Eine wortlose Zstimmung bahnte sich an. Als der Regisseur etwas einwenden wollte, wehrte Disraili ab: »Verzeihung, Mohammed. Ich habe einen Termin und muß sofort gehen. Laß mich bitte ausreden! Ich sagte heiß und kalt. Die Gestalt des Helden ist unsympathisch, weil er reich ist. Die Zuschauer in Bulak und Sajida Seinab mögen keine reichen Helden. In der Geschichte gibt es nichts, worüber gelacht werden kann. Das Publikum will aber lachen. Eine lustige Episode bietet gute Gelegenheit, einen Tanz oder ein Lied einzufügen. Sprecht über diese Punkte. Wenn die Geschichte nicht umgeschrieben werden kann, dann habe ich für euch ein fertiges Drehbuczh, mit dem wir sofort beginnen können.«

Wadi fragte ärgerlich: »Ein Drehbuch?«

Er lächelte ihn begütigend an und erwiderte: »Mir untersteht der Verleih ausländischer Filme. Gewöhnlich lasse ich mir alle Drehbücher bringen, um nach ihnen die Filme auszusuchen, die zum Verleih kommen. Ich kaufe die Filme, die ich will, aber ich bewahre die Drehbücher der anderen auf, damit sie mir wie hier aus der Not helfen können. Ihr Recht als Autor geht nicht verloren, da Ihr Name unter der neuen Geschichte erscheint. Sie werden auch nicht des Plagiats bezichtigt, denn der Film, der nach diesem Drehbuch gedreht wird, gelangt nicht in den Nahen Osten. Denkt über das nach, was ich gesagt habe. Ich werde dich heute nacht um ein Uhr anrufen, Magdi, um das Ergebnis zu erfahren.«

Er stand auf und hob die Hand zum Gruß. Alle erhoben sich, dann ging er.

Alle bekamen einen anderen Gesichtsausdruck, nachdem er fort war, sie blickten freier, ein Beweis dafür, daß eine nicht greifbare Spannung geherrscht hatte, die nun verflogen war. Magdi blickte in die Runde und ermutigte die anderen: »Kümmert euch nicht um das, was er gesagt hat. Ich kenne ihn, er redet viel und läßt sich zum Schluß doch von mir überzeugen. Auf jeden Fall ist diese Geschichte genau das Richtige für Awatif.«

Awatif warf ein: »Von dem Drehbuch, das er erwähnte, hat er mir am Telefon eine kurze Zusammenfassung gegeben. Es sagt mir auf gar keinen Fall zu. Ich bin ungeeignet, eine treulose Ehefrau darzustellen. Das verärgert die Mehrheit meines Publikums.«

Mohammed Tantawi zündete sich eine Zigarre an: »Dann wollen wir über die Geschichte von Ustas Wadi sprechen.«

»Sag deine Meinung dazu!«

»Ich bin der Meinung von Disraili, nämlich daß ihr der Humor fehlt.«

Wadi entgegnete hitzig: »Es geht doch aber um ein ernstes Thema. Wenn ihr hier oder da einen lustigen touch wollt, schön, dann blendet ihn meinetwegen während der Produktion ein, aber ohne den Grundgedanken zu verderben.«

»Das meine ich nicht. Ich will, daß eine lustige Person geschaffen wird, die durch den ganzen Film eine Rolle spielt, etwa ein Anhänger oder ein Freund des Helden.«

Wadi verteidigte sich verzweifelt: »Aber das erscheint aufgeklebt. Wir haben das in unseren Filmen schon bis zum Überdruß gehabt.«

»Im Gegenteil, eine solche Person findet immer Anklang. Und die Rolle ist geeignet für Hammuda«, erwiderte Awatif.

Hammuda war niemand anders als ihr Bruder. Deswegen hielt Wadi weiteren Widerstand für zwecklos und gab nach: »Gut, ich werde Platz für eine solche Rolle finden.«

Nun kam der Regisseur auf den früheren Einwand zurück: »Heizen Sie den Schluß mehr an. Er ist nicht kalt, wie Disraili sagt, aber ihn anzuheizen kann nichts schaden. Schließen Sie mit einer Schlägerei zwischen dem Helden und seinem Widersacher.«

»Aber nein, ein solcher Schluß paßt nicht zu einem psychologischen Thema, er paßt überhaupt nicht zu unserem Thema. Überlegen Sie bitte. Das wäre ein geeigneter Schluß für einen Cowboyfilm oder etwas Ähnliches.«

»Eine Schlägerei findet immer Anklang. Ich bin spezialisiert auf Schlägereien.«

Magdi machte sich einen Spaß: »Ustas Wadi, tun Sie unserem Regisseur nicht unrecht. Gönnen Sie ihm in einem langen Film wenigstens eine einzige Schlägerei! Wollen Sie, daß er die Zuschauer verprügelt oder den Produzenten?«

Alle lachten laut außer Wadi, der schweigend seinen Groll schluckte.

Da sagte Awatif: »Meine Rolle ist soweit ganz akzeptabel, nur in der ersten Hälfte des Films wirkt sie zu passiv.«

Wadi, verzweifelt über die auf ihn einprasselnden Schläge, erwiderte: »Ihre Rolle ist am Anfang die einer gewöhnlichen Frau, wie sie uns zu Tausenden in ihrer häuslichen Umgebung vertraut sind. Ihre eigentliche Rolle beginnt damit, daß Sie den Helden heiraten.«

»Das ist keine Rolle für die Heldin eines Films.«

»Aber die Geschichte ist nun einmal so.«

»Und wennschon!«

Er fragte sich, ob er nicht eine andere Arbeit finden könnte, als zu schreiben, und seufzte lautlos.

Da meinte Magdi: »Das sind alles in allem ein paar Kleinigkeiten, die am Kern der Geschichte nichts ändern. Natürlich sind Sie einverstanden, Ustas Wadi?«

»Tatsache ist, daß ich nicht einverstanden bin.«

Sein Gelächter strotzte vor Gesundheit und Wohlergehen. Er entgegnete: »Das ist jedesmal Ihre Reaktion. Die Diskussionen dauern stets bis Mitternacht, dann fügen Sie sich.«

Der Regisseur stimmte ihm zu: »Ustas Wadi ist hartnäckig, aber schließlich paßt er sich unseren Wünschen an.

Die Persönlichkeit eines Filmkünstlers muß ja auch in der Gemeinschaft aufgehen!«

Magdi seufzte, als sei ihm erst jetzt etwas Wichtiges eingefallen. Er holte aus seiner Schreibtischschublade einen Scheck heraus und erklärte: »Die zweite Rate ist seit zwei Wochen fällig. Immer diese Abhaltungen!«

Er streckte ihn ihm entgegen. Wadi nahm ihn, und es war, als spürte er den ersten erfrischenden Windhauch in dieser höllischen Sitzung. Er sah so aus, als wolle er sein Plädoyer fortsetzen, aber Magdi ließ ihn gar nicht erst zu Worte kommen und faßte zusammen: »Wir sind uns über folgendes einig: Es wird eine lustige Person für Hammuda geschaffen. Der Schluß wird durch eine Schlägerei angeheizt. Es werden noch ein paar pikante Episoden für Awatif eingefügt, bevor sie den Helden heiratet.«

Und indem er laut zu lachen begann: »Aber wir wünschen keine Episoden, bevor sie den Produzenten heiratet.«

Alle fielen in sein lautes Lachen ein. Der Regisseur und Wadi verabschiedeten sich und brachen zusammen auf. Tantawi lud ihn ein, in sein großes Auto einzusteigen und bis zur Haltestelle des Trolleybusses mitzufahren. Der Wagen glitt mit ihnen dahin wie eine Windsbraut.

Der Regisseur sagte: »Für die Sphinx-Gesellschaft verlangt man von mir eine Geschichte, die ich unmittelbar nach diesem Film herausbringen will. Haben Sie nicht eine Idee?«

Neue Qualen, wenn er sich diesen zusätzlichen Verdienst nicht entgehen lassen wollte. Die Bitte erfreute und bekümmerte ihn zugleich. Er dachte kurz nach, dann fragte er: »Was meinen Sie zu einer Geschichte über das Thema Geld?«

»Eine Kriminalgeschichte?«

»Nein, ich möchte über das Geld als fürchterliches Gespenst schreiben, das alle Werte wie Charakter, Schönheit und Geist gnadenlos verschlingt.«

Mohammed Tantawi schnipste vor Freude mit zwei Fingern und sagte eifrig: »Beginnen Sie zu schreiben. Wir treffen uns am Freitag, um den Vertrag aufzusetzen. Eine großartige Idee, gesellschaftskritisch und sehr geeignet zur Teilnahme am Preisausschreiben des Ministeriums für Kultur!«

Ein Haus mit schlechtem Ruf

Er war in seine Arbeit vertieft, als eine Dame um eine Unterredung bat.

Sie setzte sich und grüßte: »Guten Morgen, Herr Achmed!«

Es war deutlich, daß sie schon älter war. Ihre Wangen waren eingesunken und schlaff, ihr Mund trat hervor, und ihre Augen blickten müde. Trauerkleidung gab ihr ein düsteres und schwermütiges Aussehen. Aus der Art, wie sie das Gespräch begann, merkte er schnell, daß sie ihn in der Hoffnung aufgesucht hatte, er könne ihr die Wege ebnen, um eine Pension zu erlangen. Er wollte sie schon mit einer Empfehlung zu dem Direktor schicken, der für Pensionen zuständig war, als ein Blick in ihre müden Augen ihn aufmerken ließ. Es kam ihm so vor, als ob sie ihn in besonderer Weise ansähe, als schwanke sie zwischen Verlegenheit und Scham. Was mochte dahinterstecken? Ob sie ihn vielleicht kannte? Da blitzte in seiner Erinnerung ein Funke auf, der Licht warf in die Dunkelheit des Vergangenen, und er rief betroffen: »Sie sind …?«

Sie erwiderte, vor Scham und Ergriffenheit den Blick senkend: »Ja. Glücklicherweise habe ich erfahren, daß Sie Generalinspektor für Beamtenfragen sind.«

Ihm fiel ihr Name nicht ein, nur der Kosename, unter dem sie damals bekannt war, kam ihm wieder ins Gedächtnis: Mimi. Sie sah älter aus, als sie war. Sie konnte nicht älter als fünfzig sein. Vielleicht wäre es taktvoll, einen Grund zu erfinden, daß er sie nicht so schnell erkannt hatte, wie sie es zweifellos erwartete. So sagte er: »Ich war sehr beschäftigt, deswegen habe ich Sie mit abwesendem Blick angesehen und nicht gleich erkannt.«

Sie lächelte, so daß er ihre ebenmäßigen Zähne sah, und beschwichtigte: »Ich habe mich auch verändert. Der Blutdruck ... Gott bewahre Sie davor! Außerdem war es ein aufreibendes Leben. Ich habe zwei verheiratete Töchter und eine dritte, die sich als Stipendiatin im Ausland aufhält. Als wir endlich in Ruhe hätten leben können, starb mein Mann.«

Sie tauschten Fragen aus über ihre Familien, sprachen davon, wer geheiratet hatte und wer gestorben war, wer noch in Kairo wohnte oder inzwischen in der Provinz lebte. Währenddessen versuchte er angestrengt, sich das Bild der früheren Mimi ins Gedächtnis zu rufen. Es fiel ihm so schwer, daß er gegen die Härte des grausamen Spiels aufbegehrte. Schließlich schrieb er ihr eine Empfehlung an den Direktor für Pensionen, und die Zusammenkunft war beendet.

Er kehrte zu seinem Stuhl zurück, nachdem er sie zur Tür geleitet hatte, und fühlte sich wie im Traum. Im Nebel des Traums suchte er nach dem Jahr. Welches Jahr war es doch gewesen? 1925. Das Jahr war voller historischer Ereignisse, aber Mimi war wichtiger als sie alle zusammen, Mimi und ihr seltsames Haus und der alte Stadtteil Manschijat El-Bakri, der in der Banadeira-Wüste vor sich hinschlummerte, die Milwani-Straße und die kleinen ein- oder zweistöckigen Häuser, die beiderseits der Straße standen. Oberhalb der Haustüren hingen Lampen, die die Gegend nachts erleuchteten. Jedes Haus schien in sich gekehrt, als hüte es ein Geheimnis. Frauen waren etwas, dessen man sich schämte, und die Liebe galt als

Sünde. Die Heirat war eine Maßnahme, die in den Kompetenzbereich der Männer gehörte, und die Braut war die letzte, die davon erfuhr. Nur das Haus der Familie Halawa verstieß gegen Sitte und Brauch und stand für sich allein da wie eine Herausforderung. Man kannte es als »das Haus mit dem schlechten Ruf«, das wie von einer Hecke aus Furcht umgeben war. Wenn ein Junge oder ein Mädchen es nur erwähnte, war das bereits ein Vergehen, das Tadel verdiente. Es war so isoliert, als ginge dort eine Seuche um. Selbst heute gedachte er seiner noch mit Mißtrauen, und deswegen versuchte er, sich genauer zu erinnern. Wie war das nur gewesen?

Die Dame des Hauses – sie war die Ehefrau eines höheren Beamten – war eine reizvolle Frau. Sie zeigte sich auf der Straße stets sehr gepflegt und war von überragender Schönheit, obwohl sie damals bereits fünfzig war, in dem Alter, in dem Mimi heute stand. Sie war die erste Frau in der Gegend, die unverschleiert ging. Sie trug weder einen weißen noch einen schwarzen Schleier. Manchmal begleiteten sie ihre vier Töchter, ebenfalls unverschleiert. Sie trugen ihre Schönheit zur Schau, und das war etwas, was sich damals für ein Mädchen nicht gehörte, bevor es einem Mann versprochen war. Sie gingen einmal in der Woche – meist in Begleitung des Familienvaters, manchmal aber auch ohne ihn – ins Kino »Kosmograph«. Zuweilen verbrachten sie auch den Abend in einem Theater und kehrten nicht vor ein Uhr morgens zurück. Was war das für eine Frau, was für ein Mann und was waren das für Töchter! Außerdem – noch schlimmer als das alles – gab es bei dieser Familie einen Besuchstag, an dem sie andere Familien empfing – vollzählig –, so daß Männer und Frauen ungehindert zusammenkamen. Die jungen Burschen der Gegend gingen grüppchenweise unter dem Empfangssalon entlang, der hell erleuchtet war, und hörten auf das aufsteigende Gelächter, auf Musikinstrumente und Gesang. Jedesmal, wenn sich am Fenster ein Tarbusch zeigte, zwinkerten sie sich gegenseitig zu und witzelten miteinander. Sie versuchten, alles zu deuten, und gelangten dabei zu den seltsamsten Vorstellungen. Deshalb war es nicht verwunderlich, daß das Haus Halawa ohne Zögern mit dem Begriff »Ausschweifung« verbunden wurde. Die Familie wußte um die Ansichten und Empfindungen der Nachbarn, aber sie kümmerte sich nicht im geringsten darum. Die Dame des Hauses sah stolz über alles hinweg und ging hocherhobenen Hauptes ihres Wegs, als habe sie mit der ganzen Gegend gar nichts zu tun.

Mimi war häufig auf der Straße oder im Süßwarenladen zu sehen. Man sah sie allein, sie war die jüngste der Töchter, fünfzehn Jahre alt. Sie war hübsch wie ihre Schwestern und ihre Mutter, auch wenn er sich nicht mehr an Einzelheiten ihrer Schönheit erinnern konnte, höchstens an ihr schwarzes Haar, das in zwei glänzenden Zöpfen zusammengefaßt war, an grüne Augen und an ein Grübchen im Kinn. Er hatte sie immer erschrockenfragend angesehen, voller Neugier, anfangs nicht ohne Verachtung und Spott, dann aber mit Bewunderung und Faszination, wehmütig sich eingestehend: Wie schade! Er verliebte sich leidenschaftlich, war er doch nur ein oder zwei Jahre älter als sie. Aber er behielt sein Geheimnis für sich, um nicht ins Gerede zu kommen. Es gab einige, die ihr begehrlich den Hof machten, weil sie sie als leicht zu erringende Beute betrachteten, aber er verstand sich noch nicht darauf, andere auszunutzen. Eines Abends schaute sie ihn ganz unverhofft an. Sie standen vor dem Süßwarenladen, da warf sie ihm einen langen Blick zu, der ihn berauschte, so daß er sich plötzlich herausgelöst fühlte aus Raum und Zeit und sein Herz von einer tiefen Freude erfüllt wurde. Er war durchströmt von einem leuchtenden Glück, das alles Gerede, das er gehört hatte, in ihm auslöschte. Von nun an beteiligte er sich nicht mehr an den Gesprächen über das Haus mit dem schlechten Ruf. Er glaubte, daß das echte Gefühl seines Herzens alles das, was da gesagt wurde, überwog. In den Nächten des Ramadan umwarb er sie von weitem. Seine Verliebtheit wuchs, wenn er sie auf der Straße erblickte, so wie sie ihm nachschaute, wenn sie ihn vom Fenster aus sah. Sie verabredeten sich, sich an der Banadeira-Wüste zu treffen. Er war bei diesem Stelldichein wirklich aufgeregt, aber sie erwiderte seinen Gruß ohne zu stottern und mit einer Unbefangenheit, die ihm seinen verloren geglaubten Mut wiedergab.

Sie sagte: »Du siehst im Anzug viel eleganter aus als im Gilbab, und ich mag Eleganz.«

Jedes Wort, das sie von sich gab, war für ihn eine neue Entdeckung und sprach von verblüffender Kühnheit. Sie waren sehr klein im Vergleich zur Wüste, die sich hinter ihnen erstreckte. Trotzdem sagte er vorsichtig: »Es könnte uns jemand sehen.«

Sie fragte: »Wer zum Beispiel?«

»Von der Familie oder den Nachbarn.«

Sie zuckte verächtlich mit den Schultern, während die frische Sommerluft mit ihren Zöpfen spielte, dann wandte sie sich ihm zu: »Was meinst du zum Tiergarten?«

Er unterließ es aus Höflichkeit, sie zu küssen, obwohl die Gelegenheit sich mehrfach bot. Sie gab ihm ihre Telefonnummer, damit sie einen passenden Zeitpunkt verabreden konnten – vielleicht stand sie immer noch in seinem alten Notizbuch.

Sie wollte wissen: »Gehen wir zusammen in den Tiergarten?«

Er bat: »Treffen wir uns lieber dort und verabschieden wir uns dort auch wieder voneinander!«

Sie trafen sich vor dem Eingang des Tiergartens. Es war ein glücklicher Tag. Sie gingen Hand in Hand von einem Weg zum anderen. Ihre Berührung erfüllte ihn mit einem Strom von Wärme, Freude und Zufriedenheit.

Er fragte sie, um sich über sie Gewißheit zu verschaffen: »Was hast du deiner Mutter erzählt?«

Sie entgegnete einfach: »Ich habe gesagt, daß ich in den Tiergarten gehe.«

Achmed fragte erstaunt: »Allein?«

Sie schüttelte verneinend den Kopf und sagte mit derselben Einfachheit: »Mit dir.«

Er lachte ungläubig, aber als er merkte, daß sie tatsächlich ernst blieb, fragte er sie: »Und, war sie einverstanden?«

»Ja, aber nicht gerade begeistert.«

Er wußte nicht, ob er das alles glauben sollte, sie aber fuhr fort: »Sie hat mir geraten: ›Meide diesen Jungen! Er ist wie die anderen, und seine Familie ist wie die übrigen Nachbarn.‹«

Ihm war, als hätte man ihn angegriffen. Er blieb verwirrt vor einem Strauß stehen, der über das metallene Gitter hinweg in den Himmel starrte, und sagte dann beunruhigt: »So weiß sie also, daß wir hier zusammen sind?!«

»Und sie hat mit mir gewettet, daß du eine Enttäuschung für mich sein wirst.«

»Wieso?«

»Was weiß ich?«

Sie wußte es aber recht gut, doch sie tat so, als ob sie sich für die Affen interessiere. Dann blieb sie auf einer Brücke stehen und schaute auf das Wasser, das von herabgefallenen Blättern bedeckt war. Sie schlug vor, bis zur Grotte zu laufen, aber er preßte ihre Hand und bat: »Sag es mir doch!«

Sie sah ihm mutig in die Augen und entgegnete: »Du glaubst es nicht? Doch, sie weiß, daß wir hier zusammen sind, aber du, du billigst sogar, daß dein ältester Bruder gleichzeitig mit drei Frauen verheiratet ist!«

Er wurde rot und verteidigte sich: »Er ist frei!«

»Bitte, werde nicht ärgerlich, dein Ärger bestätigt ihre Ansicht. Weißt du jetzt Bescheid über das, wonach du gefragt hast?«

Er wurde traurig. Die Wirklichkeit überstieg seine Vorstellungskraft. Sie stammten aus zwei verschiedenen Welten. Trotzdem liebte er sie nun noch mehr als zuvor.

Dann fragte er mit gedämpfter Simme: »Sag, wieso bist du eigentlich gekommen?«

»Warum denn nicht, ist das etwas Schlechtes?«

Er gab keine Antwort. Da fragte sie mit leichtem Spott: »Warum bist du denn gekommen?«

Er antwortete wieder nicht, so fragte sie: »Müssen wir schon gehen?«

Er versuchte eifrig, sie versöhnlich zu stimmen, und entschuldigte sich: »Sei nicht böse, ich mache vieles falsch, aber der Grund ist, daß ich zum erstenmal mit einem Mädchen zusammen bin.«

Sie sah ihn ängstlich und fragte: »Und was denkst du über mich?«

Er entgegnete schnell, um Schwierigkeiten aus dem Wege zu gehen: »Alles ist in Ordnung! Ich ... ich liebe dich, Mimi ...«

Sie lächelte. Sie ging mit ihm zu einer Bank, vor der sich

ein grasbedeckter Hügel erhob, über den Leute in kleinen Gruppen spazierten. Sie setzten sich schweigend nebeneinander, bis sie schließlich das Schweigen brach und ihn aufforderte: »Erzähl mir von deiner Zukunft!«

Er erzählte von einer glänzenden Zukunft nach dem Besuch der juristischen Fakultät, auch wenn es wahrscheinlicher war, daß er sein Leben als Inspektor für Beamtenfragen beschloß und nicht als Richter am obersten Gericht, wie er es sich erträumte.

Sie sagte: »Das ist wirklich schön! Aber was wird aus mir?«

Er fühlte sich wie in einem Käfig, vergleichbar den Tieren, die ihn von allen Seiten umgaben, und stieß vor Schreck ganz kurz hervor: »Die Ehe...!«

Sie lächelte und wandte dabei das Gesicht ab. Sie blickte zum Gipfel des grünen Hügels. Er hörte die Geräusche um sich herum nicht mehr, weder die Stimmen der Menschen noch die Rufe der Tiere. Dann warf sie ein und blickte dabei immer noch in die Ferne: »Aber vor uns liegen noch lange Jahre... Wie denkst du dir das?«

Er rang tief nach Luft: »Es bleibt uns nichts übrig, als zu warten, bis ich mit dem Studium fertig bin.«

»Ich würde mich freuen zu warten, aber ich brauche etwas, was mein Warten vor den anderen rechtfertigt. Was soll das sein? Welche Art der Bindung?«

Er stellte sich vor, wie er von seinen Eltern eine Bindung an ein Mädchen aus dem Haus mit dem schlechten Ruf verlangte, und fühlte sich unglücklich und verschreckt. Seine Zunge war wie gelähmt. Er blieb stumm.

»Was hast du gesagt?«

»Es ist jetzt wirklich schwierig für mich, das zu verlangen.«

»Willst du diesen Schritt nicht meinetwegen wagen?«

Er seufzte hörbar und hatte das Gefühl, eine lange Epoche der Geschichte ohne Zwischenhalt durchlaufen zu haben.

Sie setzte ihm zu: »Du willst nicht. Du hast nicht genügend Mut. Ist denn unser Haus wirklich so furchterregend?«

»Nein, die Angelegenheit und alles, was damit zusammenhängt...«

»Lüg doch nicht, ich weiß alles. Meine Mutter hat sich nicht geirrt. Unsere ganze Straße ist mehr als albern.«

Er stöhnte auf: »Du denkst zu schlecht von mir. Ich brauche ... Ich möchte, daß du mich verstehst. Gib mir...«

»Du mußt nicht so verlegen sein. Wir wollen alles vergessen, was wir geredet haben. Alles ist von Anfang bis Ende töricht.«

»Aber ich liebe dich! Laß das doch ein Geheimnis zwischen uns bleiben, bis...«

»Wir mögen Heimlichtuerei nicht!«

»Bis ich auf eigenen Füßen stehe!«

»Du wirst nie auf eigenen Füßen stehen!«

Dann rief sie und zerriß vor Erregung fast ihr kleines Taschentuch: »Gott behüte, ich habe keine Achtung mehr vor jemandem in unserer Straße, vor niemandem. Ohne Ausnahme, ohne Ausnahme!«

So gingen sie für immer auseinander.

Er überließ sich dem Strom der Erinnerungen und blickte dabei auf den Stuhl, von dem aus sie ihn mit einem Gesicht angesehen hatte, das von seiner früheren Schönheit nur wenig bewahrt hatte, eine Witwe, aufgerieben von Mühsal und Trauer, aber stolz auf wirkliche Siege. Bilder der Erinnerung – lieblich wie Veilchen – tauchten aus seinem Gedächtnis auf. Er erinnerte sich daran, wie die

Töchter des Hauses mit dem schlechten Ruf geheiratet hatten, eine nach der anderen, obwohl er immer und immer wieder gehört hatte, daß sie Mädchen wären, die nicht zur Ehe taugten, und daß keine von ihnen überhaupt heiraten wollte. Immer wenn ihm zu Ohren kam, daß sie erfolgreich geheiratet hatten, war er verstört, und er geriet aus dem Gleichgewicht.

Nach Dienstschluß im Büro ging er nach Hause, aß zu Abend und legte sich schlafen, um sich für einen Besuch der Oper auszuruhen, zu dem er, seine Frau und seine drei Töchter eingeladen waren. Eingeladen hatte sie ein Kollege seiner ältesten Tochter, die Angestellte eines Übersetzungsbüros im Ministerium war. Er hatte die Einladung angenommen, obwohl zwischen diesem Kollegen und seiner Tochter bisher noch keine offizielle Bindung bestand. Als es Abend wurde, saß er allein in seinem Arbeitszimmer, während seine Frau und seine Töchter sich eifrig für die bevorstehende Ballettaufführung bereitmachten. Es würde nicht mehr lange dauern, dann würden sie schön und elegant vor ihm stehen, später dann würden sie unter dem Lichterglanz vor ihm hergehen, von bewundernden Blicken begleitet.

Wie ganz natürlich holte er sein altes Notizbuch aus der Schublade mit den Wertpapieren, der Grundbesitzurkunde und der Versicherungspolice hervor. Seit seiner Jugend, seit einer Zeit, in der er davon geträumt hatte, mit Strophengedichten berühmt zu werden, schrieb er regelmäßig Tag für Tag Begebenheiten aus seinem Gefühlsleben und seinem Leben in der Gesellschaft auf. Er blätterte zurück bis zum Jahre 1925 und der Zeit kurz davor oder danach. Sogar die Telefonnummer fand er. Aus Gründen, die ihm selbst dunkel blieben, griff seine Hand zum Telefon, und er wählte die alte Nummer.

Eine Stimme sagte: »Hallo?«

Er fragte, wobei er wie im Scherz lächelte: »Haus Halawa?«

Die rauhe Stimme entgegnete: »Nein, mein Herr, hier ist das Sackleinwand-Geschäft El-Tambali.«

Auf der Flucht vor dem Untergang

Die deutschen Truppen haben Polen überfallen...

Die Nachricht ertönte aus einem Radio, das an einem kleinen Fenster in der Wand der einzigen Unterkunft befestigt war, die sich auf dem Schrottplatz befand. Sie drang über die Mauern bis hinüber zu dem weiträumigen Friedhof.

Dachrug rief ärgerlich: »Pst, hört zu!«

Der Junge und seine drei Schwestern verstummten. Als sie das ernste Gesicht ihres Vaters sahen, stahlen sie sich zwischen den Haufen von Schrott, Autoreifen und Ersatzteilen fort zum äußersten Ende des Schrottplatzes, dort spielten sie ungestört weiter. Amina unterbrach das Wäscheaufhängen, hob den Kopf über die Leine, die zwischen dem Fenstergitter des winzigen Hauses und dem Dach eines alten Lastwagens gespannt war, und begann ihren Mann auszuschimpfen: »Du hast die Kinder erschreckt. Verdammtes Radio mit seinen Nachrichten!«

Dachrug achtete nicht auf sie, er wurde nicht einmal ärgerlich. Er zog ein letztes Mal an der Zigarettenkippe, die er zwischen den Fingerspitzen hielt, dann stieß er hervor: »Das heißt also Krieg!«

Salama begriff, daß die Worte an ihn gerichtet waren, und hob seinerseits den Kopf von einem Rad, dessen Reifen er gerade flickte. Er sah den Mann an mit Augen, die über einem dichten schwarzen Bart leuchteten, von dem das Gesicht eingerahmt und der ganze Hals bedeckt wurde. Dann sagte er verächtlich: »Ja. Endlich haben sie die Wahrheit gesagt.«

Salama nutzte die Gelegenheit, als Dachrug sich dem Radio zuwandte, und schaute heimlich zu der Frau hin. Sein verstohlener Bllick blieb an ihrem Gesicht haften, um dann an ihrem schlanken Körper mit den üppigen Brüsten herabzugleiten. Die Frau ertappte ihn dabei, bevor er wegsah. Als hätte sie seinen Blick abgewartet, drehte sie ihm schnell den Rücken zu. Der Mann beugte sich wieder über das Rad und dachte: Wie scheußlich ist der Krieg in der Septemberhitze, wie scheußlich ist diese Hitze!

Dachrug meinte zu ihm: »Schon seit langem haben sie prophezeit, daß ein Krieg die Welt vernichten wird. Was wird bloß aus uns werden?«

Der Bärtige entgegnete lächelnd: »Wir sind weit weg. Sollen sie sich dort ruhig gegenseitig auffressen!«

Er schlug die Beine übereinander, wie er da auf einem umgestürzten Kanister saß, blickte träumerisch in die Ferne und sagte dann: »Was hat es nicht im letzten Krieg für erstaunliche Dinge gegeben!«

Amina machte sich über ihn lustig: »Wie lange ist das her, du armer alter Mann!«

Dachrug lachte, so daß man seine schwarzen Zähne sah, und spottete: »Ach du, dich kümmert ja nur dein Bauch.«

Der mindestens zehn Jahre jüngere Salama stimmte seinem Freund zu: »Wir haben wirklich erstaunliche Dinge gehört.«

»El-Asjuti, wer ist er schon? Vor dem Krieg war er Gepäckträger!«

Die Kinder kamen ungeachtet der Drohung wieder aus ihrem Winkel hervor und lärmten weiter, Machmud, der Siebenjährige und Älteste, vorneweg, seine Schwestern folgten ihm. Sein Vater maß ihn mit einem stolzen Blick und rief ihm zu: »Du Bürschchen Machmud, sei schlau, der Krieg ist ausgebrochen!«

Am späten Nachmittag saßen Dachrug und Salama nebeneinander auf einem Sack an der Mauer draußen vor dem Schrottplatz. Vor ihnen erstreckte sich die Wüste bis zum Fuß des Gebirges, im Schatten wirkte der Sand wie erloschen. Über den klaren Himmel breitete sich ein fahlgelbes Licht, die letzten Atemzüge der würgenden Hochsommerglut. Strahlen der sich schon neigenden Sonne erklommen schnell den Gipfel des Gebirges, während die Wüste im nahenden Abend einen erfrischenden Lufthauch ausatmete. Dachrug begann das Geld zu zählen, während der Bärtige, den Kopf an die Umfassungsmauer gelehnt, den Blick in die Ferne schweifen ließ. Amina brachte Tee, die Kinder liefen barfuß und halbnackt in die Wüste hinaus.

Dachrug schlürfte von dem heißen Tee und sagte: »Salama, mein Herz sagt mir, daß wir viel zu tun bekommen werden.«

»Hoffentlich behält dein Herz recht, Abu Machmud.«

»Wenn ich mich doch auf dich stützen könnte!«

»Sei beruhigt. Ich bin dein Freund, und schließlich hast du mich in der Hand, denn ich kann den Schrottplatz ja nicht verlassen.«

Dachrug dachte kurz nach, dann fragte er: »Erkennt dich denn einer in der großen Stadt hinter diesem Bart?«

»Sie erkennen sogar den Teufel.«

»Da soll wohl dein Leben auf dem Schrottplatz enden?«

»Das ist immer noch besser als am Galgen, Abu Machmud!«

Dachrug lachte laut und sagte dann: »Ich muß immer noch lachen, wenn ich daran denke, wie du den zwei Wächtern entflohen bist.«

»Die Flucht war gelungen, denn man hatte nicht mit ihr gerechnet.«

Amina stand der Wüste zugewandt, während ihr Schal ihr schwarzes Haar den Blicken preisgab. Sie sagte: »Der Mann ist tot und ungesühnt.«

Salama entgegnete in zornigem Ton: »Er war ein Mörder und der Sohn eines Mörders, und er war schon so alt, daß ich befürchtete, der Tod könnte mir zuvorkommen. Außerdem forderte mich die Familie ständig auf, Blutrache zu nehmen.«

Dachrug lachte laut auf: »Und du flohst, während die Papiere schon beim Mufti waren.«

Salama preßte voller Dankbarkeit seinen Arm: »Und dann fühlte ich mich verloren und sagte mir: ›Ich habe niemanden als Dachrug, meinen Jugendfreund‹, und du gewährtest mir Zuflucht, anständig, wie du bist.«

»Wir sind doch Männer, Salama.«

»Jedenfalls braucht das Vorratslager hier einen Mann, und ich bin der Richtige dafür.«

Ein Leichenzug, der vom Stadtrand her am Horizont auftauchte, unterbrach ihr Gespräch. Er rückte langsam auf dem Weg vor, der an der westlichen Begrenzungsmauer des Schrottplatzes entlang zum Karafa-Friedhof führte. Man sah die Bahre, die mit einem weißen Leinentuch bedeckt war, und Amina murmelte: »Ein junges Mädchen, schade um sie!«

Salama sagte: »Der Platz hier ist schön und sicher, er hat nur einen Fehler, daß er am Wege zum Karafa-Friedhof liegt.«

Dachrug fragte lachend: »Ist das nicht schließlich unser aller Weg?«

Es hatte sich keine nennenswerte Veränderung in der Wüste ergeben, seitdem der Krieg erklärt war. Sie blieb ein Spielplatz für die Sonne vom Aufgang bis zum Untergang, eine Passage für Leichenzüge und ein Lager des Schweigens. Sirenen ertönten, wenn Probealarm gegeben wurde. Und das alte abgenutzte Radio erlebte seine Glanzzeit, als es Dachrug ermöglichte, die Bombardements zu zählen, die zwischen dem Westwall und der Maginotlinie stattfanden. Jedesmal, wenn Salama dann einen Liedfetzen, eine spielerische Bewegung oder einen, wenn auch unbeabsichtigten, Blick auffing, brannte sein Inneres vor Begierde und gleichzeitig vor einem gnadenlosen Zorn auf sich selbst.

Dachrug sagte ärgerlich: »Nichts hat sich verändert. Wo bleibt das, was wir vom Krieg gehört haben?«

»Gedulde dich, erinnerst du dich nicht daran, was dir dein jüdischer Kunde vorausgesagt hat?«

Dachrug blickte auf die Haufen von Metall, mit denen er das Gelände auf den Rat seines Kunden hin gefüllt hatte, und sagte dann: »Wenn doch die Tage schneller vergingen!«

»Ja, und ihnen müßten fünfzehn Jahre folgen!«

»Fünfzehn Jahre?«

»Wenn sie zu Ende sind, verfällt meine Strafe.«

»Was für ein Leben! Dann werden wir uns am Rande des dritten Krieges befinden!«

»Alles ist besser als der Galgen.«

Er begann mit röchelnder, fremder Stimme zu singen: »O Bahija, sag mir...«, dann rief er: »Meister Dachrug, von meiner Familie sind nur noch die Frauen übriggeblieben.«

Er sagte sich, daß Amina mit ihm spielte, ohne es zu wissen oder vielleicht doch ganz bewußt, und daß er in die Hölle kommen würde, schon bevor der Tod nach ihm griff. Der Krieg kümmerte ihn nicht, aber er hörte zwischen den Liedern Nachrichten über die Niederlage Hollands und Belgiens und den Fall von Paris. Vor seinen Augen zogen Bataillone von Flüchtlingen vorbei, und die Leere füllte sich mit Seufzern und Tränen. Dann erklärte Italien den Krieg.

Dachrug wurde unruhig: »Jetzt klopft er an unsere Tür.«

Salama entgegnete unbekümmert: »Nicht gegen uns und nicht für uns.«

Amina murmelte, während sie dem Spiel der nackten Kinder um ein volles Wasserfaß herum mit Blicken folgte: »Unser Herr ist groß.«

Zum erstenmal ertönte die Alarmsirene bei einem wirklichen Angriff. Dachrug und seine Familie wurden aus dem Schlaf gerüttelt ebenso wie Salama auf seinem Lager im Lastwagen. Amina ängstigte sich um ihre Kinder und jammerte, daß der Luftschutzkeller weit entfernt sei. Dachrug erwiderte: »Bleib im Haus, sie werden die Wüste oder den Karafa-Friedhof nicht angreifen.«

Salama beschaute den Vollmond, der in ewiger Ruhe auf sie herabschien, dann meinte er: »Ich sehe nur verrückte Lichter.«

Vom Fenster des Lastwagens aus richtete er seinen Blick auf das verschlossene Haus. Es stand neben der Mauer zur Linken des Eingangs mit einem Dach, das sich zur Tür hin neigte, und einer Wand ohne Farbe, überzogen vom Licht des Mondes, und barg angstvolle Menschen. Es sah aus wie eine verlassene Hütte oder ein fremdartiges Traumbild. Ein Verlangen schüttelte ihn, das nicht zu bändigen war wie die verrückten Lichter der Scheinwerfer. Er hatte die phantastische Vorstellung, er verwandle sich in einen Geist der Nacht und der Wüste, während der Angriff alles in der Stadt zerstörte und niederriß und Gesetz, Mufti, Richter, Gefängnisse und Galgen hinwegfegte. Das Innere der Erde barst und überflutete alles, sogar die Moral erstickte. Aus den Trümmern erhoben sich ein nackter Mann und eine Frau in zerrissenen Kleidern, während die Aufseher ums Leben gekommen waren.

Es gab nun immer häufiger Alarm, eine Nacht um die andere. Alarm, nachdem es stumm war wie in der Wüste, oder Nächte, durchlöchert von den Abwehrgeschützen. Dachrug hatte sich angewöhnt, während der Angriffe zu Salama auf den Lastwagen zu steigen, um mit ihm gemeinsam den Himmel zu betrachten und sich zu unterhalten:

»Die Angriffe sind nicht wie die, von denen wir gehört haben.«

»Die Italiener sind nicht die Deutschen.«

Dachrug lachte und packte Salama am Bart, während er sagte:

»Du beschwindelst den Todesengel um dein Leben.«

»Ja, eigentlich müßte ich schon seit mindestens eineinhalb Jahren im Grabe liegen.«

»Und deswegen fürchtest du den Tod nicht?!«

»Doch, ich fürchte ihn, seitdem ich seinen Geruch gespürt habe, als sie den Toten zum Mufti schleppten.«

»Stell dir vor, wie du jetzt aussähest.«

»Ich lobe Allah, der mir Aufschub gab, so daß ich jetzt das Aufblitzen der Scheinwerfer und der Abwehrgeschütze sehen kann.«

Eine neue Geschäftigkeit zog ein auf dem Schrottplatz, und sie wuchs in einem Maße an, wie Dachrug nie vorher zu träumen gewagt hätte. Er verschwand jeden Tag mehrere Stunden vom Gelände, und schließlich hatte er den ganzen Tag auswärts zu tun. Salama arbeitete mit vollem

Eifer als Wächter und Lagerverwalter auf dem Schrottplatz. Während der freien Stunden saß er auf einem Gummireifen, den Rücken gegen den hinteren Kotflügel des Lastwagens gelehnt, und rauchte eine Zigarette oder kämmte seinen Bart, während seine scharfen Augen sich mit wachsendem Gehorsam seinen unbezähmbaren Wünschen fügten. Er sagte sich, daß sie von seinen Augen nichts wissen wollte, aber sie spürte sie stark während der ganze Zeit und merkte, daß seine durchdringenden Blicke auf ihr ruhten, ob sie sich bewegte oder nicht, als umspielte er sie mit einem verborgenen Band. Er schaute zum Himmel und blickte einer Gabelweihe hinterher, die am Nachmittag ihre Abschiedsrunde flog, dann sah er vor sich hin und gewahrte Amina wenige Meter von sich entfernt vor dem Wasserhahn, von dem das Wasser in die Kanne floß.

Er sagte: »Das war ein heißer Tag.«

Sie nickte zustimmend mit dem Kopf. Sie sah ihm in die Augen, dann senkte sie den Blick und lächelte insgeheim. Das Lächeln fegte allen inneren Widerstand in ihm weg, und Stürme durchtobten ihn. Da schalt die Frau Machmud, der seine Schwester an der Tür am Zopf gezogen hatte.

Sie fragte ihn: »Soll ich dir Tee machen?«

Er entgegnete in einem Ton, der gegen seine Selbstbeherrschung aufbegehrte: »Es ist zu erwarten, daß er demnächst in die Ostprovinzen fährt.«

Als es Abend wurde, kehrte Dachrug zurück. Er war müde und staubbedeckt, aber der Erfolg leuchtete ihm aus den Augen. Er lachte laut, als er zu Salama sagte: »Mein Lieber, der Krieg ist nicht, wie man sagt. Der Krieg ist eine große Wohltat.«

Er gab Amina ein großes Stück Fleisch und fügte hinzu: »Beeil dich, ich habe heute noch keinen Bissen gegessen.«

Als er seine Kleidung wechselte, war seine Stimme aus

dem Inneren des Hauses zu hören: »Ich werde morgen in die Ostprovinzen fahren.«

Er war zwei Tage lang fort. Am Nachmittag des dritten erwartete ihn Salama auf dem Sack vor der Mauer. Er saß ruhig und mit schweren Lidern da, durchkämmte seinen Bart mit den Fingern, zählte die noch verbliebenen Gabelweihen und war so träge und ergeben wie die Wüste. Über die Mauer drang die Stimme Aminas zu ihm, die ausgelassen vor Fröhlichkeit die Kinder schalt. Er blickte auf den Saum der Sonne, der sich langsam vom Gipfel des Gebirges zurückzog, und sagte sich, daß die Nacht sich bald herniedersenken würde. Ein Geräusch vom Westen her ließ ihn aufmerken. Er sah ein Taxi herankommen, das am Ende der Mauer stehenblieb. Dachrug stieg aus. Der Mann kam näher, stampfte dabei mit schweren festen Schritten auf den Boden und hielt den Kopf hoch erhoben. Er empfing ihn stehend, sie schüttelten einander die Hände, dann stieß ihn der Mann in die Brust und lachte: »Salama, Sohn der Sainab, die Engländer sind Männer!«

Er blickte ihn forschend an, da rühmte der andere: »Doch, doch, beinah wie die Oberägypter!«

Er wünschte ihm noch mehr Erfolg. Der Mann betrat den Schrottplatz und rief froh wie ein Kind: »Machmud, mein Junge...«

Er begann zu singen: »Sie hat mich gegrüßt...«, tanzte und schnipste dabei mit den Fingern.

Die Sirene heulte vor Anbruch der Morgendämmerung. Dachrug und Salama gingen hinaus in die Wüste außerhalb der Mauern, wie sie es sich in der letzten Zeit angewöhnt hatten. Dachrug sagte: »Die Sirene jagt niemandem mehr Angst ein.«

Die Wüste erstreckte sich unter dem Licht des Mondes wie eine üppige Weide für Träume. Dachrug lachte lange, bis ihn Salama fragte, was ihn lachen machte. Er wies mit dem Ellenbogen auf das Haus und sagte: »Diese Nacht hat deinen Onkel Dachrug in einer Form erlebt, wie ihn nur die Nächte der Jugend kannten!«

Ein kurzes Schweigen trat ein, überstrahlt von den Lichtern der Scheinwerfer, dann fuhr Dachrug in ernstem, kameradschaftlichem Ton fort: »Salama, es ist heute nicht mehr so wie gestern. Es werden viele neue Kunden kommen. Ich habe Angst um dich.«

Salama fragte niedergeschlagen: »Muß ich gehen?«

»Ja, ich werde dir zur Flucht nach Palästina verhelfen, und du wirst dort auf meine Rechnung arbeiten. Was meinst du dazu?«

»Es steht nur dir zu, eine Meinung zu haben.«

Er sagte voll Vertrauen: »Es ist alles geplant, Sohn der Seinab.«

Plötzlich bebte die Erde, und eine Explosion erfolgte, die das Herz stocken ließ. Dachrug preßte nervös Salamas Arm: »Was ist das?«

Salama antwortete, und sein Gesicht wirkte bleich im Mondlicht: »Eine Bombe! Lauf schnell ins Haus!«

Amina schrie laut auf. Dachrug rief ihr zu: »Bleib, wo du bist, Amina, bleib dort!«

Dann folgte ein Einschlag dem anderen, pausenlos. Die Männer liefen auf den Schrottplatz. Im nächsten Moment schrie Dachrug auf, dann fiel er aufs Gesicht. Salama rief: »Meister!«

Er beugte sich über ihn, um ihm beim Aufstehen zu helfen, aber er konnte nichts tun und fiel über ihn, ohne es zu wollen. Seine Stirn bohrte sich in den Sand. Die Erde stürzte ein. Ein Flügel der Wüste erhob sich gegen den Himmel. Ein dichtes Etwas verhüllte das Antlitz des Mondes.

»Was hast du, Dachrug?« rief eine Stimme, dann verschluckte die Dunkelheit jeden Laut und jede Farbe.

Salama wollte zu einem Gefährten sagen: »Verzeih mir, der Schlaf hat mich überwältigt.« Aber er sagte kein einziges Wort mehr.

Die Einöde

Es sollte ein heißer, wilder Kampf werden, und er sollte den Durst stillen, der sich in zwanzig Jahren des Ausharrens und zermürbenden Wartens angestaut hatte. Das Gesicht des Mannes sprühte Funken, während ihn seine Gefährten umgaben. Sie zogen hinter ihm her und hielten ihre Knotenstöcke gepackt. Jeder Knoten verhieß ein Loch in den Knochen anderer. Der Prozession hatten sich Leute angeschlossen, die Körbe voller Steine und Kiesel trugen. Die Männer schritten auf dem öden Gebirgsweg voran, fest entschlossen zu kämpfen. Jetzt kommt das Unglück über dich, Schardacha! Von Zeit zu Zeit schauten ein Straßenkehrer oder ein Erdarbeiter auf den seltsamen Zug und richteten einen Blick voller Neugier, Staunen und Ablehnung auf den Mann, der in seiner Mitte ging. Sie fragten einander nach dem Anführer der Bande, den noch niemand von ihnen gesehen hatte. Ihr werdet ihn noch kennenlernen und seinen Namen auswendig behalten, ihr Geschmeiß der Schöpfung. Die sich westwärts neigende Sonne warf heiße Strahlen auf die gestickten Tücher. Wahnsinnig machende Chamassinluft lief um und brannte auf den Gesichtern. Sie blies Düsternis und Haß in die Atmosphäre. Einer seiner Gefährten neigte sich zum Ohr des Mannes vor und fragte: »Meister Scharschara, liegt Schardacha an der Gebirgsstraße?«

»Nein, wir müssen durch das Gawwala-Viertel, um dorthin zu kommen.«

»So wird die Kunde von unserem Kommen uns vorauseilen, und dein Feind wird sich darauf vorbereiten.«

»Das ist genau, was ich will. Ein Schlag aus dem Hinterhalt verhilft zwar zum Sieg, aber er stillt den Rachedurst nicht.«

Den Rachedurst von zwanzig Jahren, während derer er sich verborgen hatte, fern vom nächtlich wachen Kairo, in unbekannten Gegenden des Hafens von Alexandria. Keine Hoffnung mehr im Leben als die, sich zu rächen. Essen, Trinken, Geld, Frauen, Himmel und Erde waren wie in dunklen Wolken versunken. Alles Fühlen beschränkte sich auf schmerzhafte Bereitschaft, kein Gedanke mehr als den, Rache zu nehmen. Keine Liebe mehr, kein Zuhause, kein Geborgensein im Wohlstand. Alles war der Vorbereitung auf den fürchterlichen Tag geopfert. So war die Blüte des Lebens verkohlt im Feuer des Zorns, des Hasses und des Schmerzes. Du warst nicht glücklich über deine langsam, aber ständig wachsende Überlegenheit unter den Hafenarbeitern. Du zogst keinen rechten Nutzen aus deinem Sieg über die Dschafars in den Straßenkämpfen vonKum El-Dikka. Wie leicht wäre es gewesen, als geachteter Anführer einer Bande zu leben und Alexandria zur Heimatstadt zu machen, unter deren Himmel der Name Scharschara lauten Widerhall gefunden hätte. Aber deine blutenden Augen sahen nichts mehr im Leben als Schardacha mit seiner engen Straße, seinen verzweigten, ansteigenden Gassen und seinem mächtigen, verhaßten Anführer Lachluba. Wehe!

Der öde Gebirgsweg endete bei einem Tor, durch das die Prozession in das dicht bevölkerte Gawwala-Viertel zog. Scharschara rief in befehlendem Ton, hart, als schlüge eine Axt auf Stein: »Kein Wort zu irgend jemandem, keine Antwort auf Fragen!«

Die Passanten gaben der Prozession den Weg frei. Man reckte die Hälse in den kleinen Läden und Trinkstuben und blickte lange auf den gemessen dahinschreitenden Anführer. Dann breitete sich Unruhe und Furcht aus. Sein Gefährte warnte: »Sie werden glauben, daß wir ihnen Unheil bringen wollen.«

Scharschara wandte den Blick den beiden Gesichtern zu und sagte mit vernehmlicher Stimme: »Ihr Männer, wir kommen in Frieden zu euch.«

Die Gesichtszüge entspannten sich, und Stimmen erhoben sich zum Gruß. Dann wandte er sich plötzlich an die Leute, wobei er seinen Gefährten einen bedeutungsvollen Blick zuwarf: »Wir wollen nach Schardacha.«

Er schwang seinen furchteinflößenden Stock, während er seinen Weg fortsetzte. Sie blickten immer noch erstaunt auf dich, so dachte er, als wärst du nicht in diesem Viertel geboren, mitten in Schardacha. Aber es bleibt offenbar nur die Erinnerung an Mord und an Verbrechen. Er war damals ein junger Mann von zwanzig Jahren, ein Arbeiter in der Sattlerei. Die einzige Zerstreuung für ihn bestand darin, unter dem Maulbeerbaum mit Glaskugeln zu spielen. Er war Waise. Selbst eine Schlafstätte hatte er nur in der Sattlerei gefunden, als ein Almosen von Onkel Sachra, ihrem Besitzer. Als er das erstemal heißes Öl in das Haus Lachlubas brachte, schlug ihn der auf den Hinterkopf. Das war seine Art der Begrüßung. Wie schön war Seinab damals! Wenn es nicht den allgewaltigen Lachluba gegeben hätte, so wäre sie seit zwanzig Jahren deine Frau. Es hätte ihm freigestanden, um ihre Hand zu bitten, bevor du es tatest, aber erst in der Hochzeitsnacht fand er Gefallen an ihr. Die Gaslampen wurden zertrümmert, der Musikant floh, die Musikinstrumente zerbrachen. Du wurdest gepackt, als wärst du ein Gefäß oder ein Möbelstück. Du warst nicht schwach oder feige, aber der Widerstand ging über deine Kraft. Er warf dich zu Boden, und Dutzende von Füßen umgaben dich. Er lachte widerwärtig und stieß verächtlich hervor: »Herzlich willkommen, du Bräutigam des heißen Öls!«

Der neue Gilbab wurde zerrissen, der Schal ging verloren, und die restlichen Ersparnisse deines Lebens wurden gestohlen. Du flehtest: »Ich bin aus Schardacha, Meister, wir sind alle deine Männer und stehen unter deinem Schutz.«

Da schlug er dich auf den Hinterkopf, um dir sein Mitgefühl zu zeigen, und fragte seine Leute spöttisch: »Welche Behandlung schlagt ihr vor, ihr Schurken?«

»Ich stehe zu Diensten, Meister, aber laß mich gehen!«

»Die Braut wartet wohl auf dich?«

»Ja, Herr des Viertels, und ich verlange mein Geld. Was den Gilbab anbetrifft, so wird ihn Allah ersetzen.«

Da packte er dich an der Stirnlocke und zog dich und sagte in einem neuen, scharfen, furchterregenden Tonfall: »Scharschara!«

»Was ist, Herr?«

»Gib sie frei!«

»Was?«

»Ich sage dir, scheide dich von ihr, scheide dich von deiner Braut und jetzt ...«

»Aber ...«

»Sie ist schön, aber das Leben ist schöner.«

»Ich habe erst heute nachmittag den Ehekontrakt mit ihr unterschrieben.«

»So wirst du heute abend die Scheidungsurkunde schreiben. Die beste Wohltat ist, die schnell erfolgt.«

Verzweifeltes Stöhnen wurde laut. Er trat ihn brutal mit den Füßen. In Sekunden riß man ihm die schon zerfetzte Kleidung vom Leib. Er fiel zu Boden nach einem Schlag auf den Nacken. Der andere schlug mit seinem Stock auf ihn ein, bis er bewußtlos wurde. Er stieß ihn mit dem Gesicht in eine Grube mit Pferdeurin und wiederholte: »Scheide dich von ihr!«

Er weinte vor Schmerz, Zorn und Schande, aber er entgegnete nichts. Da spottete der andere mitleidig: »Niemand wird dir den Rest der Morgengabe abverlangen.«

Einer der Helfer schüttelte ihn heftig und rief: »Lobe Allah und danke deinem Herrn!«

Schmerz, Erniedrigung. Und die Braut verloren. Da sind die Gerüche des Gewürzhandels in Gawwala. Sie bringen dich der Vergangenheit näher als die Rückkehr selbst. Die alten Spielplätze und das Gesicht Seinabs, das du schon liebtest, seit sie zehn Jahre alt war. Während der zwanzig Jahre hat nur Haß dein Herz bewegt. Vorher kannte es nur Liebe und Freude. Aber bald werde ich nicht mehr stöhnen über das Leben, das mir entgangen ist. Wenn ich dich mir zu Füßen werfe, Lachluba, und dich auffordere: »Scheide dich von ihr!« Dadurch werde ich zwanzig in der Hölle verlorene Jahre zurückgewinnen, und das Geld wird mich nicht reuen, das ich für diese Truppe ausgegeben habe, das Geld, das ich erworben habe durch Elend und harte Arbeit, durch Diebstahl und Raub und dadurch, daß ich mich Gefahren aussetzte.

Als er in nicht allzu weiter Ferne den überdachten Gang vor sich sah, der nach Schardacha führte, wandte er sich an seine Männer: »Überlaßt den Mann selbst mir, fallt ihr über seine Leute her, aber tut niemandem außer ihnen etwas!«

Er zweifelte nicht daran, daß die Kunde von seinem Einzug ihm nach Schardacha vorausgeeilt war, daß er binnen kurzem Lachluba von Angesicht zu Angesicht ge-

genüberstehen würde und daß ihn von seinem Ziel nur noch ein kurzer überdachter Gang trennte. Vorsichtig ging er vor ihnen her, aber er traf niemanden in dem Gang. Sie stießen auf einmal vor, wobei sie ihre Stöcke fest gepackt hielten und furchterregende Laute ausstießen, aber sie fanden den Gang leer. Die Leute hatten sich in die Häuser und kleinen Läden geflüchtet. Der Weg nach Schardacha erstreckte sich einsam vor ihnen bis hin zu der Einöde, die ihn von der Seite der Wüste her begrenzte.

Der neben ihm ging, flüsterte ihm ins Ohr: »Das ist eine List, eine List bei meinem Herrn Abu l-Abbas.«

Scharschara entgegnete mißbilligend: »Lachluba kennt keine List.«

So laut er konnte, rief er: »Lachluba, komm heraus, du Feigling!«

Aber niemand antwortete ihm, und niemand trat auf den Weg heraus. Er blickte abwartend und verwirrt auf das, was vor ihm lag. Eine Wolke würgend heißen Staubs hüllte ihn ein. Wann endlich würde er der Last von zwanzig Jahren Zorn und Haß ledig sein? Er sah die niedrige, gewölbte, jetzt geschlossene Tür der Sattlerei vor sich und ging vorsichtig darauf zu. Er schlug mit seinem Stock gegen sie, bis eine zitternde Stimme zu hören war, die inständig flehte: »Laß mich leben!«

Er rief triumphierend: »Onkel Sachra, komm heraus, dir geschieht nichts!«

Das Gesicht des alten Mannes erschien hinter einem kleinen Guckloch in der Wand oberhalb der Tür, er ließ seinen müden Blick schweifen.

»Hab keine Angst, niemand will dir etwas zuleide tun! Erinnerst du dich nicht an mich, Mann?«

Der alte Mann blickte ihn lange an, dann fragte er erstaunt: »Wer bist du, Allah beschütze dich?«

»Hast du denn deinen Jungen Scharschara vergessen?«

Die trüben Augen weiteten sich, dann rief er: »Scharschara! Beim Buch Allahs, es ist Scharschara und niemand anders.«

Schnell öffnete er die Tür und eilte mit ausgebreiteten Armen auf ihn zu, so als hieße er ihn freudig willkommen, innerlich aber voller Furcht. Sie umarmten sich. Scharschara faßte sich in Geduld, bis das vorbei war, dann fragte er ihn: »Wo ist Lachluba? Warum kommt er nicht, um sein Viertel zu verteidigen?«

»Lachluba!«

»Wo ist euer Anführer, der Feigling?«

Der alte Mann schluckte und hob den Kopf über dem mageren, von Adern durchzogenen Hals. Dann sagte er: »Weißt du es denn nicht, mein Sohn? Lachluba ist schon vor einer Weile gestorben!«

Scharscharas Kehle entrang sich ein: »Nein!«, wobei er taumelte, als hätte man ihn geschlagen.

»Es ist die Wahrheit, mein Sohn!«

Mit lauterer und rauherer Stimme als das erstemal schrie er: »Nein, nein, du Schwachkopf!«

Der alte Mann trat furchtsam einen Schritt zurück: »Aber er ist gestorben und ist wirklich tot.«

Seine Arme fielen schlaff herab, er sank zusammen, und der alte Mann fuhr fort: »Vor fünf Jahren oder mehr...«

Ach, warum verschwand plötzlich alles Lebendige aus seinen Augen, nur der Staub blieb?

»Glaub mir, er ist gestorben. Er wurde zu einem Gastmahl im Hause seiner Schwester eingeladen und aß Kuskus. Dann waren er und viele seiner Helfer vergiftet. Niemand entkam.«

Ach ... Er atmete so schwer, als hätte sich die Luft in Kieselsteine verwandelt. Er hatte das Gefühl, in die Tiefen der Erde versunken zu sein, und wußte nicht mehr, was von ihm noch auf der Erdoberfläche verblieben war. Er maß Sachra mit einem schwerfälligen, enttäuschten Blick und murmelte: »So ist Lachluba gestorben.«

»Seine letzten Anhänger gingen auseinander, denn es war dann leicht für die Leute, sie zu verjagen.«

»Und niemand von ihnen ist übriggeblieben?«

»Niemand, Allah sei Dank!«

Da brüllte er plötzlich mit Donnerstimme: »Lachluba, du Feigling, warum bist du gestorben?«

Der alte Mann erschrak über die Heftigkeit seiner Stimme und bat inständig: »Beruhige dich und bekenne dich zu Allah!«

Er schickte sich an, zu seinen Gefährten zurückzukehren, und sank dabei in sich zusammen, aber dann blieb er matt stehen und stellte noch einmal eine Frage: »Und was weißt du über Seinab?«

Der alte Mann fragte erstaunt: »Seinab?«

»Alter, hast du denn die Braut ganz vergessen? Er zwang mich doch in der Hochzeitsnacht, sie freizugeben.«

»Ach ja, sie ist heute Eierverkäuferin in der Eselsstraße.«

Niedergeschlagen blickte er auf seine Männer, die Schar, die sein Leben, sein Geld und seine Ausdauer aufgezehrt hatte. Jetzt war da nur noch Blindheit, die sie dem Nichts preisgab. Er sagte gequält: »Erwartet mich am Berg!«

Sein Blick erstarrte, als sie einer nach dem anderen im Gang verschwanden. Würde er ihnen folgen? Wann würde er ihnen folgen und warum? Würde er auf dem Weg durch Gawwala zurückkehren oder durch die Einöde? Aber da war Seinab. Ja, Seinab! Ihretwegen waren zwanzig Jahre des Lebens wie leergebrannt. Waren sie es wirklich ihretwegen? Du wirst nicht zu ihr kommen als Sieger über einen allmächtigenMann, wie du es vorhattest. Er ist tot, und es ist sinnlos, Gräber zu öffnen. Wie scheußlich ist diese Leere! Da ist sie in ihrem Laden. Ja, sie ist es und niemand anders. Wer hätte sich ein Wiedersehen wie dieses vorgestellt, lau, rätselhaft und schüchtern? Er saß auf einem Stuhl in einem kleinen Café so groß wie eine Gefängniszelle und beobachtete den Laden, der voll war von Kunden. Da war sie, eine fremde Frau, füllig und voller Erfahrung. Die Jahre hatten ihre schlichten Gesichtszüge reifen lassen. Sie war von Kopf bis Fuß in Schwarz gehüllt, aber ihr Gesicht hatte noch viel von der alten Schönheit bewahrt. Da feilscht sie und kämpft, sie ist freundlich und streitet wie eine Marktfrau, die ihr Geschäft versteht. Da ist sie, wenn du sie willst, ohne Kampf, aber auch ohne Ehre. Nie mehr wirst du die Möglichkeit haben, auf Lachlubas Brust zu stehen und ihm zu befehlen, sie freizugeben. Wie widerwärtig ist dieses Gefühl der Leere! Er wandte nicht einen Moment den Blick von ihr. Erinnerungen strömten auf ihn zu und erfüllten ihn mit einem Gefühl der Fremde, der Trauer und der tödlichen Ratlosigkeit. Was sollte er tun? Wie sehr hatte er geglaubt, daß sie ihm alles sei im Leben; aber wo war sie?

Die Dämmerung kam wie das Ende des Lebens. Die Kunden gingen nach und nach. Schließlich ließ sie sich auf einem kleinen Sitz aus geflochtenem Stroh nieder und begann, eine Zigarette zu rauchen. Er beschloß, einfach zu ihr zu gehen, um seiner Ratlosigkeit zu entfliehen. Er stellte sich vor sie hin und grüßte: »Guten Abend!«

Sie blickte, die Augen von schwarzer Schminke umrahmt, fragend zu ihm auf. Sie erkannte ihn nicht, fuhr fort zu rauchen und murmelte: »Sie wünschen?«

»Ich habe keinen Wunsch.«

Sie sah ihn mit plötzlicher Aufmerksamkeit an, ihre Blicke trafen sich. Ihre Augenbrauen hoben sich, und ihre Mundwinkel verzogen sich zu einem halben Lächeln.

»Ja, ich bin's.«

»Scharschara!«

»Er ist es, aber nach zwanzig Jahren.«

»Ein langes Leben!«

»Lang wie Tage des Krankseins.«

»Allah sei Dank, du bist gesund! Wo warst du?«

»In Gottes weiter Welt.«

»Hast du Arbeit, Familie und Söhne?«

»Nichts von allem.«

»So bist du schließlich doch nach Schardacha zurückgekehrt!«

»Aber die Rückkehr ist sinnlos.«

In ihren Augen leuchteten Zweifel und Fragen auf. Er sagte zornig: »Der Tod ist mir zuvorgekommen.«

Freudlos murmelte sie: »Es ist alles vorbei und vergangen.«

»Mit ihm ist auch die Hoffnung zu Grabe getragen.«

»Alles ist vorbei und vergangen.«

Sie blickten sich lange an. Dann fragte er: »Und wie geht es dir?«

Sie zeigte auf die Eierkörbe und sagte: »Wie du siehst, blendend.«

Dann fragte er zögernd: »Hast du nicht ... Ich meine, hast du nicht geheiratet?«

»Meine Söhne und Töchter sind erwachsen.«

Eine Antwort, die nichts besagte. Eine haltlose Entschuldigung wie eine Falle. Was hatte die Rückkehr für einen Sinn, wenn die verlorene Ehre nicht wiederhergestellt war? Aber wie widerwärtig ist die Leere! Sie wies auf einen leeren Stuhl in der Ecke des Ladens, lud ihn ein: »Setz dich doch!«

Eine liebliche Melodie wie vor langer Zeit. Aber es war nichts geblieben als Staub.

Er entgegnete: »Ein andermal.«

Er zögerte in qualvoller Verlegenheit, dann gab er ihr die Hand und ging. Die Gelegenheit würde nie wiederkehren. So ging es dir vor zwanzig Jahren. Aber damals war die Hoffnung noch nicht begraben. Durch die Straße von Gawwala zum Berg zu gehen, war ihm unangenehm. Es war ihm unangenehm, Leute zu sehen oder gesehen zu werden. Es gab noch den Weg durch die Einöde. So ging er auf diese zu.

Ein Betrunkener singt

Im Lokal befand sich kein Gast mehr. Der alte Kellner strich sich über die Glatze und gähnte dabei so laut, daß es sich anhörte, als stöhne er vor Schmerz. Er fuhr fort, die hölzernen Stühle und die nackten Tische übereinanderzustellen. Der Besitzer des Lokals ging in dem engen Raum umher und inspizierte die Ecken und den Waschraum. Er zählte gemächlich die Piaster und schloß dann die Schubladen, die unterhalb des Schanktisches angebracht waren, und die Schublade mit den Coupons. Dann löschte er die Lampe über dem Schanktisch. Der Raum wurde dunkel und noch trübseliger.

Er sagte, zum Kellner gewandt: »Beeil dich, es geht auf zwei Uhr morgens!«

Der Mann hörte auf, die Stühle und Tische aufeinanderzustellen. Dann legte er die an mehr als einer Stelle angeschmutzte Schürze ab und hängte sie an einen in die Wand geschlagenen Nagel. Er ging zur Tür und zog dabei seine schweren, in Gummischuhen begrabenen Füße hinter sich her, während sein magerer Körper in einem viel zu weiten Gilbab hin- und herschwankte. Der Gastwirt löschte die letzte Lampe, so daß Dunkelheit herrschte. Er verließ den Raum, schloß die Tür ab und ging fort. Mit seinen schweren Schuhen verursachte er ein unaufhörliches Knarren, das die Stille der Straße unterbrach.

Da gab es aber einen Mann, der unter dem mittleren Faß hockte und mit Ungeduld darauf gewartet hatte, daß die beiden Männer heimgingen. Er lauschte auf das Knarren der Schuhe, bis es nicht mehr zu hören war. Dann seufzte er erleichtert auf und kroch unter dem Faß hervor.

Er stand nun da in der tiefen Dunkelheit und versuchte, sie mit Blicken zu durchdringen, aber er sah nichts, auch keinerlei Umrisse, er war wie blind im vollen Sinne des Wortes und hilflos, als hätte man ihn in die unsichtbare Welt befördert. Aber er erinnerte sich, daß die Bar zur Linken war, wenn man das mittlere Faß hinter sich hatte, und daß sich an der Seite der Bar die Geldkassette befand. Vorsichtig schritt er nach links und streckte dabei die Arme vor, bis seine Finger die Tischplatte berührten. Dann tastete er sich am Tisch entlang bis zu dem erhöhten Schanktisch. Ein starker Geruch, gemischt aus den Düften von Essiggemüse, Sardinen und Käse, stieg ihm in die Nase. Er fühlte sich ganz verloren, aber da war die gesuchte Schublade. Hier verbarg Manoli das Geld, das er verdiente, indem er Gläser voll Alkohol verkaufte, der aus dem Höllenfeuer destilliert war.

Er holte aus seiner Tasche so etwas wie eine Feile hervor und machte sich damit so lange am Schloß zu schaffen, bis es sich öffnen ließ. Ein Niesen, das von draußen hereinklang, erschreckte ihn so, daß seine Hand erstarrte. Insgeheim fluchte er. Ärgerlich stellte er sich denjenigen vor, der draußen in der engen, fast dunklen Straße herumtappte, die nur eine Laterne an der Ecke zur Bawaki-Straße erleuchtete. Er steckte ungeduldig die Hand in die Schublade und tastete den Boden von einer Seite zur anderen ab. Aber er fand nichts, gar nichts. O Manoli, du Hund, nimmst du deine Einnahmen mit? Läßt du nicht einen Millim zurück? Ist dein Geld im Lokal nicht sicherer als auf der Straße und im Haus?

Er runzelte wütend die Stirn. Die Dunkelheit steigerte

seinen Zorn. Sollte denn das ganze Abenteuer umsonst gewesen sein? Die Leere um ihn herum spottete über die umsonst aufgewandte List, die Vorbereitung und kluge Planung. Der Zorn veranlaßte ihn, alle Schubladen des Tisches zu öffnen, aber er fand nur Reste von italienischem Käse, Oliven und für die Zubereitung gekeimte Bohnen. Er blieb hinter dem Tisch stehen, dort, wo der schlaue alte Mann sonst stand, und dachte an nichts, dabei nahm er von den Bohnen, ohne sie zu schmecken.

Schließlich ergab er sich in seine Niederlage. Aber er war entschlossen, sich selbst wieder heiter zu stimmen, bevor er das Fenster öffnete, um zu fliehen. Mit der Hand langte er hinter sich ins Regal und griff sich eine Flasche Wein. Er öffnete den Korken, setzte die Flasche an den Mund und trank sie gierig leer. Der Wirbel, den das in seinem leeren Magen hervorrief, benahm ihm die Sinne. Fürchterlich ... herrlich ... unvergleichlich. Es war unbezahlbar, und keine Art und Weise, das Geld auszugeben, konnte besser sein als für Wein. Es bestand kein Anlaß, verdrießlich zu sein. Wirklich bedauernswert war nur, daß seinem Eselskarren morgen die Besuchszeit auf dem Karafa-Friedhof entgehen würde. Allahs Fluch über dich, Manoli!

Er streckte die Hand aus und nahm eine zweite Flasche. Die Dunkelheit und das Blindsein waren scheußlich. So wollte er trinken, bis er genug hatte, und die Flucht hinausschieben, bis der Polizist seine Runde machte. Aber die Dunkelheit war wie eine Mauer, sie hatte einen weingeschwängerten Atem und einen eisernen Griff.

Da war eine dritte Flasche Feuerwasser. Du mußt dich setzen, dachte er, aber auf die Bar. Manoli ist fort und mit ihm das Geld. Zur Hölle mit dir, Manoli! Nur die Dunkelheit war fürchterlicher als die Hölle. Er räusperte sich unvorsichtig. Das Räuspern durchdrang das Dunkel des Raumes, aber er achtete kaum darauf. Er war zu unbekümmert, um sich um irgend etwas zu kümmern. In Wahrheit, so überlegte er, bist du ein Feind der Dunkelheit. Ich arbeite in der Sonne und schlafe unter den Sternen, und in den Winternächten erleuchtet die Lampe in der Gasse mein Kellerloch. Ich habe mich mit zahllosen Männern geschlagen und mich furchtlos Stockschlägen entgegengeworfen, aber ich fürchte mich davor, daß mein einziger Gilbab zerrissen werden könnte. Mein Esel zieht mich, er ist nackt, aber niemand stellt sich ihm in den Weg. Ich dagegen brauche einen Gilbab, und ich brauche Wein.

Er hob die vierte Flasche an, und ein glucksendes Geräusch entstand, als er sie sich in die Kehle goß. Das hallte zwischen den in Schweigen und Dunkelheit versunkenen Wänden wider. Der Scheich Sawi hat mir gesagt: »Trink nicht!« Ich entgegnete ihm: »Ich bin doch der Sultan der Türken und Perser.« Er antwortete mir: »Allahs Fluch über dich!« Da legte ich einen Eid ab, meinen Esel Sawi zu nennen.

Er begann mit leiser Stimme zu summen: »Die Zeit der Liebe ...« Als er die fünfte Flasche nahm, stützte er sich auf und streckte die Beine auf dem Tisch aus. Er erinnerte sich an den Dichter mit dem Rebab und fragte sich, warum schöne Dinge verschwinden. Dann begann er zu singen, als wäre er zu Hause: »Die Zeit der Liebe ist nahe ...« Der trunkene Gesang klang verquer, aber er schüttelte bewundernd den Kopf. Bei dem Wort »Liebe« ging seine Stimme in eine höhere Tonlage über. Er setzte sich aufrecht hin und klatschte in die Hände.

Da plötzlich hieb eine Faust gegen die Tür, und die Stimme des Polizisten rief: »Wer ist da drin?«

Zunächst sang er weiter, aber das unaufhörliche Klopfen störte ihn. Er hielt inne und murmelte ärgerlich: »Ich habe nichts von euch, und trotzdem behandelt ihr mich schlecht.«

Dann fragte er stolz: »Wer sind Sie?«

»Ich bin der Polizist. Aber das ist doch merkwürdig! Sag zuerst, wer du bist!«

Er entgegnete lachend: »Ein Gast.«

»Alles schläft. Wieso bist du hier drin geblieben?«

»Was geht denn Sie das an?«

»Du Trunkenbold und Ruhestörer, dafür wirst du zahlen müssen!«

»Ich habe nicht einen Millim.«

»Ich erkenne dich an der Stimme trotz deiner Betrunkenheit.«

»Wer kennt denn auch Achmed Inaba nicht?!«

»Den, der mit dem Eselskarren fährt?«

»Eben den! Kann ich was für Sie tun, Herr Wachtmeister?«

Der Polizist ließ seine Trillerpfeife ertönen und erschreckte damit die Stille der Nacht. Der Mann fühlte die Wand oberhalb der Tischplatte ab, bis er auf den Lichtschalter stieß, und knipste das Licht an. Er runzelte die Stirn und kniff die Augen zusammen. Sorgfältig suchte er den Raum ab, bis der Blick seiner geröteten, hervorquellenden Augen auf den Gasherd und die Gasflasche fiel. Ihm drehte sich der Kopf, und die Gedanken fuhren darin Karussell, so daß er nicht einen nur eine Sekunde lang zu fassen bekam. Er hatte den Polizisten und seine Stimme schon fast vergessen, da drangen von draußen Lärm und Geschrei zu ihm herein. Ah, das waren der Polizeioffizier, Polizisten und die, die auf dem Straßenpflaster hausten, wie die Kippensammler, und andere Leute.

Er erkannte die Stimme Manolis und rief ärgerlich: »Manoli!«

Der Mann entgegnete aufgeregt: »Ich bin Manoli, Onkelchen Achmed.«

»Öffne die Tür nicht! Bei der ersten Bewegung an der Tür steht dein Lokal in Flammen.«

»Nein, du wirst dich doch nicht selbst verbrennen!«

»Kümmere dich nicht um mich, Manoli! Das Gas ist überall, über dem Boden und dem Faß, auf den Stühlen und Tischen, und hier habe ich ein Streichholz in der Hand. Nimm dich in acht, Manoli!«

Der Mann sagte mit deutlicher Erregung: »So beruhige dich doch! Ich werde nicht öffnen, bevor du es befiehlst.«

»Seit wann bist du denn so höflich, Manoli?«

»Das bin ich schon mein ganzes Leben lang. Beruhige dich und sag mir, was du willst.«

»Ich habe alles, was ich will.«

»Willst du denn nicht herauskommen?«

»Nein, und es soll auch keiner hereinkommen!«

»Du kannst doch nicht bis in alle Ewigkeit dort drin bleiben!«

»Warum denn nicht? Ich habe alles, was ich brauche.«

»Sei mir nicht böse. Ich habe dich aus Versehen eingeschlossen.«

»Du lügst, du weißt das ganz genau.«

»Aber es stimmt wirklich.«

»Du weißt, daß ich hier bin, um zu stehlen.«

»Du hast doch dort nichts, was sich zu stehlen lohnte.«

»Und die Fässer mit dem giftigen Wein?«

»Ich schenke dir alles, was du getrunken hast.«

»Kein einziger Millim ist in der Schublade.«

»Die Schublade ist auch nicht für das Geld da.«

»Warum sperrst du sie dann zu, Manoli?«

»Eine schlechte Angewohnheit. Beruhige dich, und verbrenn dich nicht selbst!«

»Du hast wohl Angst um mich?«

»Natürlich, auf die Fässer pfeife ich, aber du bist doch eine lebendige Seele.«

»Du Lügner, Manoli! Frag doch mal die Polizisten um dich herum!«

Währenddessen entfalteten die Männer der Polizeistation eine große Aktivität. Sie trieben die Leute aus dem Haus, in dessen Erdgeschoß das Lokal lag. Sie verständigten die Besitzer der kleinen Läden, die um das Lokal herum gelegen waren, Leute, die Holz, Farbe und Eisenwaren verkauften und die in der Straße arbeiteten, die von der Zerstörung bedroht war. Feuerwehr kam herbeigeeilt und traf ihre Vorbereitungen.

Achmed Inaba lachte lange und rief: »Das Streichholz ist in meiner Hand, Manoli.«

Der Mann erwiderte niedergeschlagen: »Ich kann nichts dafür, beruhige dich!«

»Ich habe fünf Flaschen auf die Zerstörung deines Hauses geleert.«

»Dann trink noch eine sechste, aber steck dich nicht selbst in Brand!«

Der Gedanke gefiel ihm. Er streckte die Hand ins Regal und setzte seine Trinkerei fort. Er hatte das Gefühl, sich der letzten angenehmen Minuten zu erfreuen, die ihm noch vergönnt waren.

Da drang eine ruhige Stimme zu ihm, die sagte, während sich der Lärm draußen gelegt hatte: »Achmed.«

Ah, diese tiefe, laute Stimme war unverkennbar!

»Herr Offzier?«

»Ja!«

»Herzlich willkommen!«

»Du mußt Vernunft annehmen und uns die Tür öffnen lassen!«

»Warum?«

»Um das Lokal seinem Besitzer zu übergeben.«

»Eine Weinstube ist für die da, die trinken!«

»Komm doch zu Verstand, Achmed!«

»Und was wird aus mir?«

»Du wirst ruhig und sicher herauskommen.«

»Und dann?«

»Dann ist gar nichts.«

»Sogar Sie lügen, wie Manoli.«

»Man wird dich fragen, warum du im Lokal warst. Aber es ist klar, daß du im Rausch eingeschlafen bist. Du hast das Bewußtsein verloren. Du kannst nichts dafür.«

»Und die aufgebrochenen Schubladen?«

»Du hast das unbewußt getan und im Zustand der Trunkenheit.«

»Ach, Sie! Und was ist mit Ohrfeigen, Schlägen, Beschimpfungen und Gefängnis?«

»Nichts davon. Ich verspreche dir die beste Behandlung.«

Er leerte die Flasche fast völlig, dann rief er: »Achmed Inaba ist der Sultan der Türken und Perser, und ihr seid alle nichts wert!«

»Allah verzeihe dir!«

»Herr Offzier, ich verstehe Sie.«

»Allah verzeihe dir!«

»Erinnern Sie sich noch an den Tag, als der Esel vor die Polizeiwache gepinkelt hat, während Sie gerade herauskamen?«

»Ich habe nichts gemacht.«

»Den Esel haben Sie gehen lassen, aber mich haben Sie geohrfeigt.«

»Das war doch nur Spaß!«

»Und jetzt mache ich Spaß!«

»Aber bring dich nicht selbst um!«

»Mich selbst! Als ob Sie sich wirklich um mich kümmern!«

»Natürlich. Und außerdem bin ich um das Wohlergehen der Leute und Läden besorgt.«

»Mit den Leuten draußen und den Läden habe ich nichts zu tun.«

»Aber du fürchtest Allah.«

»Sie fürchten Allah nicht.«

»Und du willst anderen nichts zuleide tun.«

»Aber Sie tun anderen etwas zuleide.«

»Allah verzeihe dir!«

»Das Steichholz ist in meiner Hand. Geht von der Tür weg!«

Er machte die Flasche leer und fing an zu singen: »Ich habe die Liebe oft besungen.«

Als er mit der ersten Strophe fertig war, ertönte die Stimme des Offiziers: »Das hast du gut gemacht, Onkelchen! Vielleicht bist du jetzt zur Vernunft gekommen.«

Er erwiderte spöttisch: »Ich habe der sechsten Flasche den Garaus gemacht.«

»Du bringst dich noch um!«

»Hören Sie zu, ein letztes Wort!«

»Ja?«

»Sagen Sie: ›Ich bin ein Weib‹!«

»Das kann dir doch nicht gefallen!«

»Das würde mir sogar sehr gefallen, und nur unter der Bedingung lasse ich die Tür öffnen.«

Manoli schrie: »Ich bin ein Weib.«

»Du bist ein Weib, das ist klar, aber der Offizier soll das sagen!«

»Schäm dich, Achmed!«

Er lachte laut und lange, dann rief er in befehlendem Ton: »Laßt mich hochleben!«

Eine Minute des Schweigens verstrich, dann erhoben sich die Stimmen der jungen Burschen und der anderen Leute wie ein Orkan: »Achmed Inaba soll leben!« Das Hochrufen nahm kein Ende. Da sprang er auf den Boden des Lokals und begann vor Freude und Verzückung zu tanzen. Er drehte sich auf der engen leeren Fläche, und die Stühle und die Tische, das Dach und die ganze Welt drehten sich mit ihm. Die Tür wurde plötzlich geöffnet, ohne daß er es merkte, und die Polizisten stürzte herein. Taumelnd stand er vor ihnen, die ihn am Gilbab, am Arm und am Hals packten. Trotzdem maß er die Menge mit einem königlichen, hoheitsvollen Blick, der den Eindruck machte, als käme er direkt vom Himmel herab.

Er sagte mit schwerfälligem, schläfrigem Ton wie eine zu langsam abgespielte Schallplatte: »Ich habe kein einziges Streichholz bei mir.«

Ein störender Laut

Er saß wie jeden Morgen im Baum-Kasino, trank Kaffee und rauchte eine Zigarette. Er blickte abwechselnd auf das ruhige Wasser des Nils und auf den reinen Julihimmel, der blaß wirkte, so stark strahlte die Sonne. Unruhig dachte er nach und schloß die Augen, um sich besser konzentrieren zu können. Dann öffnete er sie wieder und sah auf die unbeschriebene Seite seines Heftes, die aufgeschlagen vor ihm lag, und auf den Bleistift, der hingeworfen war, als wartete er darauf, von ihm benutzt zu werden. Er ließ seinen Blick im Garten schweifen und sah hier zwei Leute und dort zwei Leute, sonst war niemand da. Sogar der Kellner saß, als hätte er Urlaub, auf der Mauer, unter der der Nil dahinzog. Nur er war hierhergekommen, um zu arbeiten und um sich von einem übelgelaunten, widerspenstigen Julitag zu einem neuen Thema inspirieren zu lassen, mit dem er die Seite »Gestern und heute« seiner Wochenzeitschrift füllen könnte. Das war ein Thema, das Woche für Woche neu sein mußte, bis ins Endlose; und von seinem Erfolg dabei hing sein Glück ab: seine hübsche Wohnung, seine Frau, sein zweijähriges Kind und seine Opel-Limousine, ganz zu schweigen von dem Junggesellen-Appartement, das er im El-Schark-Gebäude für gewisse Eventualitäten gemietet hatte. »O Himmel, sei freigebig mit Gedanken ...«

Er setzte die Brille auf und schaute auf den Palast am anderen Ufer des Nils. Seine Fenster und Türen waren geschlossen, die Wände schimmerten im Sonnenlicht, nirgendwo bewegte sich etwas, sogar die Bäume standen dort so ruhig und starr da, als wären sie Statuen.

»Wenn man doch in einem Palast leben könnte, frei von der Sorge um den täglichen Lebensunterhalt und mit nichts anderem beschäftigt, als Betrachtungen anzustellen!«

Er seufzte, sah auf den Kaffeesatz am Boden der Tasse und sagte: »Ich habe Gedanken und Pläne, aber ich vergeude mein Leben damit, leeres Gewäsch niederzuschreiben und allseits bekannte Lösungen für allseits bekannte Schwierigkeiten vorzuschlagen...«

Eine zarte Stimme, die von oben her an sein Ohr drang, überraschte ihn mit den Worten: »Ustas Adham, guten Morgen!«

Er wandte sich um und verbarg seinen Ärger über die Störung hinter einem Lächeln, dann stand er auf und riß sich von seinen Gedanken los: »Nadira, ich freue mich!«

Sie gaben sich die Hand, dann setzte sie sich ihm gegenüber hin und legte ihre weiße Tasche auf die unbeschriebene Seite.

»Ich habe Sie von der Straße aus von hinten erkannt.«

»Wann werden Sie mich am Gesicht genauso erkennen, wie Sie mich von hinten erkennen?«

»Aber Ihr Gesicht hat sich meinem Herzen eingeprägt«, scherzte sie.

Er sah die ganze Zeit auf ihre schlanke Figur und ihr Antlitz, das von Jugendfrische leuchtete. Obwohl in ihrem Alter gewöhnlich noch Kindheit und Jugend miteinander kämpfen, hatte sie ihr Gesicht, ihre Augenlider, Wimpern und Augenbrauen geschminkt und ihre Fingernägel lackiert.

Ohne auf ihren kleinen Scherz einzugehen, fragte er sie:

»Kommen Sie schon von einer Verabredung oder gehen Sie erst?«

»Ich mag Verabredungen am Morgen nicht. Ich bin mit dem Auto durch die Straßen gefahren ohne ein bestimmtes Ziel.«

Ohne ein bestimmtes Ziel! Ein verführerisches Wort! Immerhin bist du fünfunddreißig, und sie ist siebzehn. Sie ist sehr emanzipiert, so daß sie die Bewunderung eines jeden Mannes errregt, der ein Junggesellen-Appartement besitzt. Und sie ist eine begeisterte Leserin von Françoise Sagan. Wie hatte sie ihn an dem Abend, an dem er sie bei einem Zusammensein mit Freunden im Sanssouci kennengelernt hatte, in Verwirrung versetzt. Sie glänzte in Gesprächen über die Kunst und das Leben und fand auch nichts dabei, einen gewagten Witz zu erzählen, wenn es sein mußte. Nachdem sie ihr Universitätsstudium aufgegeben hatte, nahm sie Schauspielunterricht, vielleicht hielt sie Ausschau nach einem Platz am Himmel der Stars. Sie hatte sich auch als Schriftstellerin versucht, doch war es ihr trotz ihrer Schönheit nicht gelungen, ihre Werke in einer Zeitschrift zu veröffentlichen oder beim Rundfunk unterzubringen. Bei seiner letzten Begegnung mit ihr hatte sie in Gegenwart einiger Kollegen ihre Bewunderung für den atheistischen Existentialismus erklärt.

»Was soll ich für Sie bestellen?« fragte er sie und verbesserte sich dann in einem fast ernsthaften Ton: »Oder wollen wir das auf später verschieben, wenn wir in meiner Privatwohnung sind?«

»Bestellen Sie einen Kaffee und träumen Sie nicht!«

Er bot ihr eine Zigarette an und gab ihr Feuer. Sie trank ihren Kaffee, ohne sich um das Drängen in seinen Augen zu kümmern. Schließlich scherzte er: »Wie geht es der Existenzangst?«

»Großartig. Aber ich habe gestern nur zwei Stunden geschlafen.«

»Haben Sie nachgedacht und philosophiert?«

»Ich hatte einen Streit mit meiner Mutter und meinem Vater.«

Voller Unruhe dachte er an das Thema, nach dem er angestrengt suchte, aber sie fuhr fort und machte den Tonfall ihrer Eltern nach: »Schließ deine Ausbildung ab ... heirate ... treibe dich nachts nicht herum wie die jungen Männer...«

Eine abgeleierte Platte, aber das Mädchen war hübsch, und das Zusammensein mit ihr inspirierte. Wer weiß, was daraus werden konnte? Nur daß er heute mit dem Artikel fertig werden mußte, egal, ob er dann die Abendverabredung einhalten konnte.

Er fragte: »Wie sollen sie Verständnis für eine kleine Philosophin aufbringen?«

Ein Stirnrunzeln warnte ihn davor, den Scherz weiterzutreiben. Sie sagte: »Niemand will anerkennen, daß ich um meine Selbstbehauptung kämpfe, aber ich lebe ja auch mit den Siebenschläfern zusammen!«

Er erinnerte sich an mehrere Gespräche mit ihrem Vater im Fernsehen und meinte: »Aber Ihr Vater ist doch ein moderner Mann!«

»Modern!«

»Zumindest im Vergleich mit meinem Vater.«

Sie unterdrückte ein Lachen: »Im Vergleich mit der Steinzeit?«

Er blickte verträumt in die Ferne und erwiderte verführerisch: »Die Steinzeit! Wenn wir auch nur eine einzige Stunde zu ihr zurückkehren könnten, so würde ich Sie einfach auf die Schultern laden und Sie mit in meine Höhle im El-Schark-Gebäude nehmen!«

»Ich habe Ihnen doch gesagt, Sie sollen nicht träumen! Lassen Sie mich Ihnen erzählen, weswegen ich gekommen bin.«

»Ach, dann haben wir uns also nicht zufällig getroffen?«

»Na hören Sie, ich weiß schließlich, daß Sie hier jeden Morgen schreiben.«

In gespielter Ernsthaftigkeit entgegnete er: »Dann wollen wir in das El-Schark-Gebäude gehen, um bei unserem wichtigen Gespräch ungestört zu sein.«

Sie zündete eine Zigarette an der anderen an und erwiderte: »Merken Sie denn nicht, daß ich keinen Spaß mache?«

Dann sah sie ihn mit ihren honigfarbenen Augen durchdringend an: »Sie haben mir einmal versprochen, mich mit Ustas Ali El-Kabir bekannt zu machen.«

Interessierte fragte er: »Meinen Sie das ernst?«

»Völlig!«

»Zweifellos bewundern Sie ihn als Schauspieler?«

»Natürlich.«

Ihre Blicke kreuzten sich, dann warf er ein: »Er ist fünfundvierzig!«

»Das weiß ich. Haben Sie nie etwas vom Zauber des Alters gehört?«

»Nein, aber ich habe viel über die Tragödie des Alters gehört.«

»Sie sind vielleicht als Prediger auf der Seite ›Gestern und heute‹ erträglich, aber hier...«

»Welche Rolle habe ich denn in der Geschichte zu spielen?«

»Sie sind sein bester Freund.«

»Aber er hat eine Tochter in Ihrem Alter.«

»Ja, ich glaube, sie studiert an der juristischen Fakultät.«

Er überlegte kurz, dann forderte er sie auf: »Sagen Sie mir, was Sie vorhaben. Denken Sie zum Beispiel daran, seine Familie zu zerstören und ihn zu heiraten?«

Sie mußte unwillkürlich lachen und entgegnete: »Ich denke überhaupt nicht an Zerstörung.«

»Nur an Liebe?«

Sie zuckte mit den Achseln, ohne etwas zu sagen.

»An einen Weg zur Leinwand?«

Verächtlich gab sie zurück: »Ich bin keine Opportunistin!«

»Was wollen Sie denn?«

»Sie müssen Ihr Versprechen wahr machen!«

Unerwartet schoß ihm ein Gedanke durch den Kopf. Er rief: »Sie haben mich auf ein Thema gebracht!«

»Wie lautet es?«

»Die freie Liebe gestern und heute.«

»Erzählen Sie mir mehr!«

Mit einer Heftigkeit, die er nicht zu besänftigen suchte, stieß er hervor: »Hier haben Sie einige Beispiele zu einzelnen Punkten des Themas: Früher bezeichnete man ein Mädchen, das einen Fehltritt begangen hatte, als gefallenes Mädchen, heute nennt man ihr Verhalten zeitgemäße oder philosophische Unruhe.«

Empört wies sie ihn zurecht: »Sie sind ja verknöchert, auch wenn Sie behaupten, fortschrittlich zu sein.«

»Was erwarten Sie anderes vom Nachkommen eines Steinzeitmenschen?«

»Können Sie denn nicht wahrhaben, daß ich ein Mensch Ihresgleichen bin?«

»Wenn ich narzißtisch wäre, ja.«

»Da machen Sie sich über mich lustig, und mein Vater schreit mich an.«

»Und Sie?«

»Ich fordere Sie immer noch auf, Ihr Versprechen wahr zu machen.«

»Zunächst sollen Sie wissen, was Sie von ihm zu halten haben. Er ist ein großer Künstler, nach Meinung vieler der beste Filmschauspieler unseres Landes, und er hat eine allbekannte Gewohnheit, von der er nicht abgeht. Wenn er ein Mädchen wie Sie kennenlernt, dann nimmt er es sofort mit in seine Privatwohnung bei den Pyramiden und beginnt dort, wo andere aufhören.«

»Ich danke Ihnen für Ihre Auskünfte.«

»Bestehen Sie immer noch auf Ihrer Bitte?«

»Ja.«

Herausfordernd sagte er: »Gut, aber ich verlange den Preis im voraus.«

Sie machte eine fragende Kopfbewegung, dabei löste sich eine Strähne ihres schwarzen Haars, die als Kringel über ihrer Augenbraue lag.

»Daß Sie mich mit einem Besuch im El-Schark-Gebäude beehren.«

Sie lächelte ungläubig und ohne etwas zu sagen.

»Einverstanden?«

»Ich weiß doch ganz genau, daß Sie da viel zu sauber denken.«

»Aber ich bin ein wenig von der modernen Unruhe befallen.«

»Nein, nicht so, vermengen Sie nicht Scherz und Ernst miteinander!« Dann bedauernd: »Ich habe Ihnen kostbare Zeit gestohlen.«

Sie zündete sich die dritte Zigarette an. Beider Blicke ruhten lange ineinander, schließlich lächelten sie. Er dachte kurz an sein Thema. Die Atmosphäre war nun ganz frei von Mißtrauen. Sie spürten jetzt wieder, was sie bisher verdrängt hatten, die Hitze und die Feuchtigkeit.

Sie scherzte: »Sie sind ein Reaktionär im modernen Gewand.«

»Nein. Sie trauen sich selbst nicht. Aber Sie sind vergnüglich, und Ihre Art zu scherzen ist angenehm. Sie werden ihn in der Redaktion der Zeitschrift treffen. Kommen Sie am Mittwoch – ganz zufällig – gegen neun Uhr abends in mein Büro.«

»Danke!«

»Ich verdanke Ihnen den Artikel für die kommende Woche.«

»Ich bin gespannt, was Sie aus dem Thema machen.«

»Aber wenn ich schreibe, werde ich ein neuer Mensch.«

Lachend ging sie darauf ein: »Sie berücksichtigen schließlich alle Seiten, die berührt werden müssen, auch wenn Sie damit Ihr Gewissen belügen.«

»Vielleicht. Tatsache ist, daß ich das Beste in mir noch nicht preisgegeben habe.«

Als sie sah, daß er den Blick auf sein Skizzenheft richtete, verstummte sie und legte ihre Tasche auf einen leeren Stuhl. Er schaute noch einmal zu dem schlafenden Palast hinüber, der in seine gleißende Pracht versunken war. Ihm gefiel die Terrasse, die eine Verbindung zum Park hatte. Mehr noch gefiel ihm der Balkon im oberen Stock, der auf zwei Säulen ruhte, die wie Obelisken aussahen. Wie schön müßte es sein, im Mondlicht auf diesem Balkon zu sitzen und die Gedanken frei schweifen zu lassen, ohne an irgendwelche Konventionen gebunden zu sein, oder eine Yacht zu haben, mit der man die Meere durchstreift, um unzählige Menschen und Länder kennenzulernen, natürlich nur, wenn die eigene Frau in Kairo bleibt, oder auf den Inseln von Hawaii mit Blumen zu spielen und den Themen von »Gestern und heute« mit all den Problemen der Armut, Unwissenheit und Krankheit den Rücken zu kehren, gleichzeitig auf Unbekanntes und den Lauf der menschlichen Geschichte zu blicken. Du zweifelst manchmal an deinem Talent, aber diese unergründlichen und staunenerregenden Ausbrüche, die jede Verantwortlichkeit übersteigen, überdecken jeden Zweifel. Man versteht sie nicht, man fragt nicht nach ihnen, und es ist unmöglich, über sie zu urteilen. Diejenigen, die sie deuten wollen, unterwerfen sich den Spekulationen von Hasardeuren und Fixern.

»Nadira, was denken Sie über das Absurde?«

Sie entgegnete eifrig: »Das ist etwas Vernünftiges.«

»Es tändelt mit mir wie ein Traum.«

»Ich habe vor, ein absurdes Stück für das Puppentheater zu schreiben.« Sie seufzte kummervoll und fuhr fort: »Wenn mein Vater nicht wäre, dann würde ich eine verrückte Geschichte über meine Erfahrungen schreiben.«

»Wenn Sie mich doch Ihren Erfahrungen zugesellen könnten«, scherzte er.

»Spotten Sie nicht, sondern denken Sie an den Erfolg, den die Geschichte verdiente.«

Eine ganze Weile gaben sie sich auf angenehme Weise ihren Phantasien hin. Sie verloren sich in langem Schweigen.

Plötzlich schreckte sie ein rauher Laut auf und lähmte sie für einen Moment, jemand hatte »Ho« gerufen. Sie sahen einen Mann, der ein Schiff mit eingelegtem Segel festmachte. Er stand fast unbeweglich da oder bewegte sich so langsam und schwerfällig, daß es schien, als klebe er von außen an der Mauer, zwei Meter unterhalb der Stelle, wo sie saßen. Er zog das Schiff an einem langen Seil, das um seine Schultern gewickelt war, neigte sich vornüber und spannte mit aller Kraft seine Muskeln an. Das Schiff kroch in der sengenden Glut langsamer als eine Schildkröte über das träge dahinfließende Wasser. An seinem Bug stand im Gilbab und mit Turban ein alter Mann, der der Mühsal des anderen mit müdem und mitleidigem Blick folgte.

Ihr Schreck war verflogen, aber ihre Verärgerung blieb, doch sagten sie nichts. Der Mann bot mit äußerster Anstrengung seine ganze Energie auf, bis er auf gleicher Höhe mit ihnen war. Es war ein junger, dunkelhäutiger Mann in den Zwanzigern mit groben Gesichtszügen, barhäuptig, kahlgeschoren und barfüßig. Er trug einen farblosen Gilbab, der über der Brust offen war und auch die Beine freiließ, an denen sich die Adern deutlich abzeichneten. Die Augen traten hervor, seine Kinnbacken waren angespannt. Er hielt den Kopf nach unten geneigt, um das Gesicht vor der fiebrig heißen Sonne zu schützen. Wenn ihn Erschöpfung übermannte, blieb er einen Moment lang stehen, um tief Atem zu holen, dann rief ihm der alte Mann zu: »Streng dich an!«

Er seinerseits stieß hervor: »Ho!«

Verbissen kämpfte er weiter. In der kurzen Spanne, in der er auf gleicher Höhe mit ihnen war, spürten sie seinen Körpergeruch, eine Mischung aus Schweiß und Staub. Ihre Gesichter verzogen sich. Nadira verbarg ihr zartes Näschen in einem Tuch, das von einem lieblichen Duft getränkt war. Aber während sie seinem mühseligen Ringen folgten, taten sie so, als empfänden sie gar nicht Unmut und Ekel. Sie beobachteten ihn Schritt für Schritt, bis ihre Teilnahme erschlaffte, da wandten sie die Blicke von ihm ab. Dann lächelten sie bedauernd und zündeten sich jeder eine Zigarette an.

Der Zauberkünstler hat meinen Teller gestohlen

Meine Mutter meinte: »Du könntest dich endlich mal nützlich machen!«

Sie drückte mir einen Piaster in die Hand: »Hier, nimm und lauf Bohnen holen! Aber spiel nicht unterwegs und geh nicht zu nah an die Wagen heran!«

Ich nahm den Teller, zog meine hölzernen Stelzschuhe an und ging los, vor mich hinträllernd. Vor dem Stand des Bohnenverkäufers war ein ziemliches Gedränge. Ich wartete, bis eine Lücke entstand, durch die ich zu dem marmornen Tisch schlüpfen konnte. Dann rief ich mit meiner lauten Stimme: »Für einen Piaster Bohnen, Onkelchen!« Er fragte mich eilfertig: »Nur Bohnen, Bohnen mit Öl, mit Butter?«

Ich war um eine Antwort verlegen, da raunzte er: »Mach anderen Platz!«

Ich verkrümelte mich voller Scham und lief enttäuscht nach Hause. Gleich rief mir meine Mutter entgegen: »Du kommst mit leerem Teller zurück! Hast du die Bohnen verschüttet oder den Piaster verloren, du Schlingel?«

Ich schimpfte: »Nur Bohnen, Bohnen mit Öl, mit Butter? Davon hast du nichts gesagt!«

»Du meine Güte! Was ißt du denn jeden Morgen? Bohnen mit Öl natürlich!«

Ich lief erneut zum Verkäufer und verlangte: »Für einen Piaster Bohnen mit Öl, Onkelchen!«

Er runzelte die Stirn und blickte mich durchdringend an: »Mit Leinöl, Sesamöl, Olivenöl?«

Ich war verwirrt und wußte wieder nicht, was ich antworten sollte, da schrie er mich an: »Los, mach anderen Platz!«

Ich kehrte wütend zu meiner Mutter zurück. Sie war ganz bestürzt: »Du kommst, wie du gegangen bist, wieder ohne Bohnen und ohne Öl!«

Mir war es zum Heulen: »Leinöl ... Sesamöl ... Olivenöl, warum sagst du mir das nicht?«

»Bohnen mit Öl heißt Bohnen mit Leinöl.«

»Wie soll ich's denn wissen?«

»Du bist ein Dummkopf, und der Bohnenmann ist eine Plage! Sag ihm, Bohnen mit Leinöl!«

Ich rannte wieder los und war noch meterweit vom Stand entfernt, als ich dem Verkäufer zurief: »Bohnen mit Leinöl, Onkelchen!«

Er steckte den Schöpflöffel in den Kessel und befahl: »Leg den Piaster auf die Marmorplatte!« Ich fuhr mit der Hand in die Tasche, aber der Piaster war weg. Aufgeregt suchte ich, drehte die Tasche von innen nach außen, aber ich fand nichts. Der Mann zog den Schöpflöffel wieder heraus und schalt: »Du hast den Piaster verloren, du bist ein Nichtsnutz.«

Ich blickte auf den Boden zu meinen Füßen und um mich herum, dabei beteuerte ich: »Ich habe ihn nicht verloren ... Er war die ganze Zeit in meiner Tasche.«

»Mach anderen Platz und jammere nicht herum!«

So kehrte ich unverrichteterdinge zu meiner Mutter zurück, sie war ganz außer sich: »Was ist denn nun wieder? Bist du denn zu nichts imstande, Junge?«

»Der Piaster ist verschwunden!«

»Was, hast du dir etwa dafür Süßigkeiten gekauft?«

»Aber nein, bei Allah!«

»Schwöre beim Koran, daß du dir dafür nichts anderes gekauft hast!«

»Ich schwöre.«

»Aber wie kann er denn verlorengegangen sein, hat deine Tasche Löcher?«

»Aber nein!«

»Vielleicht hast du ihn dem Verkäufer schon beim ersten- oder zweitenmal gegeben?«

»Möglich!«

»Bist du dir nicht sicher?«

»Ich bin hungrig!«

Sie schlug die Hände zusammen: »Was bleibt mir nun übrig? Ich werde dir einen zweiten Piaster geben, aber ich nehme ihn aus deiner Sparbüchse. Wenn du wieder mit leerem Teller zurückkommst, gehts dir an den Kragen.«

Ich lief los und träumte von einem leckeren Frühstück. An der Ecke vom Gäßchen des Bohnenverkäufers bemerkte ich größere und kleinere Kinder in einem Kreis, die vor Freude jauchzten. Mir wurden die Füße schwer, mich zog es zu ihnen. Wenigstens wollte ich im Vorbeigehen schauen, was es da gab. Ich mengte mich unter sie. Da tauchte der Zauberkünstler vor mir auf. Vor Freude war ich ganz verwirrt. Ich vergaß alles um mich her. Aus vollem Herzen freute ich mich an seinen Kunststücken mit den Eiern, den Kaninchen, den Stricken und den Schlangen. Als der Mann näher kam, um Geld einzusammeln, verdrückte ich mich nach hinten und flüsterte: »Ich habe kein Geld bei mir.« Da fiel er wie wild über mich her. Mühsam machte ich mich von ihm los. Ich lief fort, aber seine Faust traf noch meinen Rücken. Doch ich war überaus glücklich. Ich ging zum Bohnenverkäufer und verlangte: »Für einen Piaster Bohnen mit Leinöl, Onkelchen!«

Er sah mich an, ohne sich zu rühren, da sagte ich ihm noch einmal, was ich wollte. Er fuhr mich barsch an: »Gib deinen Teller her!«

Den Teller! ... Wo war der Teller? ... Hatte ich ihn fallen lassen, als ich fortlief? Hatte ihn mir der Zauberkünstler weggenommen?

»Na Bürschchen, wo hast du nur deine Gedanken?«

Ich kehrte um und suchte auf dem Weg nach dem verlorenen Teller. Die Stelle, wo ich den Zauberkünstler gesehen hatte, war leer, aber das laute Ah und Oh der Kinder lockte mich in eine Gasse in der Nähe. Ich lief um den Kreis herum, den sie um den Zauberkünstler bildeten, er sah mich und drohte mir: »Bezahl oder verschwinde, das ist besser für dich!«

Ich rief verzweifelt: »Mein Teller!«

»Was für ein Teller, du Satansbrut?«

»Geben Sie mir meinen Teller zurück!«

»Verschwinde oder ich werfe dich den Schlangen zum Fraß vor!«

Er hatte den Teller gestohlen. Aber mir war bange, und ich lief weg. Vor Kummer brach ich in Tränen aus. Jedesmal, wenn mich ein Vorübergehender fragte, warum ich weinte, erklärte ich: »Der Zauberkünstler hat mir den Teller gestohlen.« Aber ich vergaß meinen Kummer, als ich rufen hörte: »Kommt und seht alle her!«

Ich schaute mich um, da sah ich ein Panoptikum und Dutzende von Kindern darauf zulaufen. Alle drängelten sich vor den Gucklöchern des Schaukastens, und der Mann gab verführerische Erklärungen zu den Bildern: »Hier sehen Sie den heldenhaften Reiter, und hier die Krone der Schöpfung, die Zierde aller Mädchen.«

Meine Tränen trockneten, und ich blickte begehrlich auf die Schaubude. Der Zauberkünstler und auch der Teller waren völlig vergessen. Die Verlockung war zu groß. Ich bezahlte den Piaster und stellte mich vor das Guckloch neben ein Mädchen, das vor dem anderen Guckloch stand. Vor meinen Augen wechselten die Bilder packender Geschichten einander ab. Als ich in meine Welt zurückkehrte, besaß ich weder den Piaster noch den Teller, und an den Zauberkünstler dachte ich auch nicht mehr. Aber mich kümmerte nicht, was ich verloren hatte. Die Bilder von Rittertum, Liebe und Kampf füllten mich ganz aus. Ich vergaß meinen Hunger. Sogar der Ärger, den es zu Hause geben würde, machte mir nichts aus. Ich trat ein paar Schritte zurück, um mich an eine uralte Mauer zu lehnen, die irgendwann einmal für ein Schatzhaus oder den Sitz eines Kadis errichtet worden war, und um mich völlig meinen Träumen zu überlassen. Ich träumte lange vom Rittertum, von der Zierde aller Frauen und vom Ghul. In meinem Traum redete ich sogar mit vernehmlicher Stimme und fuchtelte in vielerlei Bewandtnis mit den Händen herum. Während ich in meiner Phantasie mit der Lanze zustieß, rief ich: »Nimm das hin in dein Herz, Ghul.«

Eine zarte Stimme drang an mein Ohr: »Da hob er die Zierde aller Frauen hinter sich auf das Pferd.«

Ich blickte nach rechts und sah das Mädchen, das neben mir am Guckloch gestanden hatte. Sie hatte ein schmutziges Kleid und farbige Stelzschuhe an und spielte mit ihrem langen Zopf. In der anderen Hand hielt sie weiß-rote Lakritzenbonbons, an denen sie genüßlich lutschte. Wir sahen uns an. Ich wollte etwas zu ihr sagen und forderte sie auf: »Komm, wir setzen uns hin, um uns auszuruhen!«

Mein Vorschlag schien ihr zu gefallen. Da nahm ich sie

am Arm, und wir traten durch die Pforte in der alten Mauer und setzten uns auf eine Stufe der Treppe, die nirgendwohin führte, eine Treppe, die einige Stufen hinanstieg und dann auf einer Plattform endete, hinter der der blaue Himmel und die Minarette schimmerten. Wir setzten uns nebeneinander und schwiegen. Ich nahm ihre Hand, und wir saßen immer noch stumm da und wußten nicht, was wir sagen sollten. Mir war irgendwie sonderbar zumute, ich wußte selbst nicht, was in mir vorging. Ich kam ihr mit meinem Gesicht so nahe, daß ich sie fast berührte, und spürte den natürlichen erdigen Geruch ihres Haares und in ihrem Atem das Aroma der Lutschbonbons. Ich küßte ihre Lippen und hatte davon noch mehr den süßen Geschmack schmelzender Lakritzenbonbons. Auch als ich den Arm um sie legte, sagte sie nichts dazu. Da küßte ich sie auf die Wange und den Mund. Ihre Lippen wurden ruhig, als ich sie küßte, dann lutschte sie wieder an den Lakritzen. Schließlich stand sie auf. Ich packte sie unruhig am Arm und bat: »Setz dich doch wieder!«

Da entgegnete sie einfach: »Ich gehe.«

»Wohin?« fragte ich sie beklommen.

»Zu Umm Ali, der Hebamme.«

Sie zeigte auf ein Haus, in dessen Untergeschoß ein Bügler lebte, der, wie es auf dem Lande üblich ist, mit den Füßen bügelte.

»Was willst du da?«

»Um ihr zu sagen, daß sie schnell kommen soll. Meine Mutter schreit zu Hause. Sie hat mich zu Umm Ali, der Hebamme, geschickt und gesagt, sie soll schnell kommen.«

»Und kehrst du dann wieder hierher zurück?«

Sie nickte mit dem Kopf und ging. Als sie ihre Mutter

erwähnte, fiel mir auch die meine wieder ein. Mir krampfte sich das Herz zusammen. Ich verließ die alte Treppe, um nach Hause zu gehen. Vorsorglich heulte und schluchzte ich laut, das war meine bewährte Methode, um Unheil abzuwenden. Ob mir Mutter entgegenkäme? Aber nein, sie tat es nicht. Ich lief von der Küche zum Schlafzimmer, konnte sie jedoch nirgends finden. Wo war die Mutter nur hingegangen? Und wann würde sie wiederkommen? So allein in dem leeren Haus fühlte ich mich unbehaglich. Da kam mir ein guter Gedanke. Ich nahm einen Teller aus der Küche und einen Piaster aus meiner Sparbüchse und machte mich sofort auf den Weg zum Bohnenverkäufer. Ich fand ihn, wie er auf einer Bank vor dem Laden schlief, das Gesicht mit dem Arm bedeckt. Der Kessel mit den Bohnen war nicht mehr da, die Ölflaschen standen wieder im Regal, die Marmorplatte war abgewaschen. Ich ging auf ihn zu und flüsterte: »Onkelchen ...«

Nur sein Schnarchen war zu hören. Ich berührte ihn an der Schulter, da hob er abwehrend den Arm und sah mich aus geröteten Augen an: »Onkelchen ...«

Jetzt merkte er, daß ich da war, erkannte mich und fragte grob: »Was willst du?«

»Für einen Piaster Bohnen mit Leinöl ...«

»Hä?«

»Ich habe jetzt den Piaster, und ich habe auch einen Teller mit.«

Er schrie mich an: »Du bist wohl nicht bei Trost, Junge! Jetzt hau aber ab, oder ich schlage dir den Schädel ein.«

Da ich mich nicht von der Stelle rührte, versetzte er mir mit der Hand einen solchen Schlag, daß ich hinfiel, als ich ausweichen wollte. Alles tat mir weh, als ich aufstand. Ich fing aber nicht an zu weinen, obwohl ich die Lippen verzog. Meine eine Hand umklammerte den Teller, die andere den Piaster. Ich sah ihn wütend an. Wieder mußte ich unverrichteterdinge heimgehen. Aber noch waren die Träume vom Rittertum in mir lebendig. Wie ein Blitz durchschoß es meine Gedanken. Mit aller Kraft, die ich besaß, schleuderte ich den Teller nach ihm. Der flog los und traf ihn am Kopf. Ich rannte weg, ohne noch irgend etwas zu bedenken. Ich war überzeugt, daß ich ihn getötet hatte wie der Ritter den Ghul. Erst nahe der alten Mauer blieb ich stehen. Keuchend blickte ich mich um, aber ich sah, daß niemand hinter mir her war. So verhielt ich, bis ich wieder ruhig atmen konnte. Was sollte ich nun tun, war doch jetzt auch der zweite Teller dahin. Erst zögerte ich, sofort nach Hause zurückzukehren. Bald darauf überließ ich mich einer Woge der Gleichgültigkeit, die mich trug, wohin sie wollte. Gewiß, eine Tracht Prügel würde mich bei der Rückkehr erwarten, so wollte ich erst heimgehen, wenn es Zeit wurde. Da war der Piaster in meiner Hand. Ich konnte mir also zunächst noch etwas gönnen, das war nicht zu verachten. Ich beschloß zu vergessen, was ich falsch gemacht hatte. Aber wo waren jetzt der Zauberkünstler und die Schaubude hin? Ich suchte hier und dort nach ihnen, aber ohne Erfolg. Das vergebliche Suchen machte mich müde, und ich ging zu der alten Treppe, um dort auf das kleine Mädchen zu warten. Ich setzte mich geduldig hin und malte mir aus, wie es sein würde, wenn ich sie ein zweites Mal küßte und das Aroma ihrer Süßigkeiten schmeckte. Es war so schön gewesen, neben diesem Mädchen zu sitzen, so etwas hatte ich nie zuvor erlebt. Und während ich wartete und träumte, hörte ich ein Flüstern hinter mir. Ich stieg vorsichtig die Stufen hinauf und legte mich beim letzten Treppenabsatz, um nicht bemerkt zu werden, auf den Bauch, damit ich sehen konnte, was es da hinten gab. Ich sah eine Ruine, die von einer hohen Mauer umgeben war. Sie war das letzte, was von dem Schatzhaus und dem Sitz des obersten Kadis übriggeblieben war. Unmittelbar unter der Treppe saßen ein Mann und eine Frau. Von ihnen kam das Flüstern. Er sah aus wie ein Landstreicher, sie war eine Zigeunerin, vermutlich eine Ziegenhirtin. Zunächst schien es mir, daß sie sich dort getroffen hatten gleich mir und dem Mädchen. Davon sprachen ihre Lippen und ihre Blicke. Aber sie waren beide überraschendem Tun hingegeben, das ich mir nicht zu erklären vermochte. Bestürzt sah ich ihnen zu, neugierig, erstaunt und belustigt, aber auch wieder ängstlich.

Schließlich saßen sie nebeneinander. Keiner kümmerte sich mehr um den anderen. Nach längerer Zeit stieß der Mann hervor: »Das Geld!«

»Du bist unersättlich«, entgegnete sie bedrückt.

Er spie verächtlich aus: »Hab dich nicht so!«

»Du bist ein Dieb ...«

Er versetzte ihr mit dem Handrücken einen heftigen Schlag. Sie nahm eine Handvoll Erde und warf sie ihm ins Gesicht. Da drückte er ihr seine Finger in die Kehle. Es begann ein höllischer, erbitterter Kampf. Sie strengte vergeblich alle ihre Kräfte an, ihren Hals aus seiner Hand freizubekommen. Die Stimme versagte ihr, ihre Augen quollen hervor, ihre Füße stießen in die Luft. Ich starrte furchtsam und stumm, bis ich sah, wie ihr ein dünnes Rinnsal Blut aus der Nase quoll. Da schrie ich auf. Ich kroch zurück, bevor der Mann den Kopf hob, stürzte die Treppe hinunter und lief wie ein Wahnsinniger, wohin mich meine Füße trugen. Ich hielt erst inne, als mir die Luft wegblieb. Ich keuchte, ohne etwas von meiner Umgebung wahrzunehmen. Als ich wieder ruhiger atmen konnte, fand ich mich unterhalb eines hohen Gewölbes, das sich mitten auf einer Wegkreuzung erhob. Nie vorher hatten mich meine Füße hierher gebracht, und ich wußte mir keinen Rat, wo unser Wohnviertel liegen könnte. An den Seiten der Kreuzung saßen blicklose Bettler, und Leute gingen vorbei, in unterschiedliche Richtungen, ohne sich um irgend jemanden zu kümmern. Voller Furcht merkte ich, daß ich mich verirrt hatte und daß ich nur mit äußerster Mühe meinen Weg wiederfinden würde. Sollte ich mich an einen Passanten wenden und mir von ihm zeigen lassen, wo ich langgehen müßte? Aber was sollte ich tun, wenn ich dabei an einen Mann geriet wie den Bohnenverkäufer oder den Vagabunden in der Ruine? Könnte nicht ein Wunder geschehen, das mir meine Mutter schickte? Ich würde aus innerstem Antrieb zu ihr eilen. Sollte ich allein versuchen loszulaufen und herumzuirren, bis ich durch Zufall meinen Weg fände?

Ich sagte mir, daß ich zu einem Entschluß kommen müßte, schnell und ohne Zögern, denn der Tag ging zur Neige, und binnen kurzem würde sich die Dunkelheit aus unbekannten Gegenden herniedersenken.

Anbar Lulu

Mitten im Südflügel des Parks befand sich ein Pavillon aus Baumwurzeln, er hatte die Form einer Pyramide und war rings von Jasmin umgeben. In diesem Pavillon wartete ein Mann, ein Mann in den besten Jahren und von schlanker Figur. Obschon sein Haar weiß schimmerte, verrieten seine Gesichtszüge noch immer jugendliche Frische. Er sah auf seine Armbanduhr und blickte dann in den weiträumigen Park. Durch die Jasminzweige traf ein goldener Strahl der langsam über dem Nil sich neigenden Sonne auf sein Gesicht. Da tauchte das junge Mädchen auf. Über das Mosaik des Hauptweges kam es an den Pavillon heran. Als es durch den niedrigen Eingang eintrat, bückte es sich etwas. Es ging auf den Mann zu, braunhäutig und mit grünen Augen. Sie gaben einander die Hand. Dann sagte sie sanft und um Verzeihung bittend: »Ich schäme mich.«

Der Mann beruhigte sie freundlich: »Ich freue mich, daß Sie gekommen sind.«

»Ich habe nicht das Recht, Ihnen die Zeit zu stehlen.«

»Es ist keine verlorene Zeit, die man für ein ernsthaftes Gespräch opfert.«

»Danke, Sie sind sehr gütig.«

Er wies auf die Bank und lud sie ein, sich zu setzen. Als er sich neben ihr niedergelassen hatte, begann sie: »Ich hätte nicht den Mut gehabt, Sie hierherzubitten, aber ich wußte mir keinen anderen Rat.«

»Es geht jedem einmal so. Allerdings, wer Sie im Büro sieht, glaubt kaum, daß Sie Sorgen haben.«

»Man soll sich nicht vom Schein täuschen lassen.«

Er nickte zustimmend, und sie fuhr fort: »Ich habe mich lange gefragt, an wen ich mich wohl wenden könnte, bis Sie mir einfielen.«

»Aber bitte, wer würde Ihnen nicht gern helfen.«

Sie zögerte einige Augenblicke lang: »Nun ja, Sie kennen mich nur als Kollegin in der Verwaltung. Aber Sie sollen wissen, wie es um mich steht. Ich komme mir so vor, als sei ich unter ständiger Qual in ein ewiges Gefängnis gezwungen.«

»Das ist doch sicher übertrieben. Aber schütten Sie mir ruhig Ihr Herz aus, wir werden ja sehen.«

»Nein, es ist wirklich so. Hören Sie wenigstens ein Stück von meiner Tragödie an. Ich bin Vollwaise und habe drei jüngere Geschwister, wir leben im Hause unseres Stiefvaters.«

»Eine schwierige Sache.«

»Er ist ein eigensinniger, zänkischer Mann.«

»Ist er ein alter Mann wie ich?«

»Nein, älter, und er liebt uns nicht.«

»Und haben Sie auch Stiefgeschwister?«

»Nein, er hat keine eigenen Kinder.«

»Dann sollte er eigentlich zu euch lieb sein.«

»Das ist es ja. Aber er gab mir bereits nach dem Tode meiner Mutter zu verstehen, daß ich allein für meine Geschwister zu sorgen hätte.«

Eine kurze Zeit lang schwieg sie, dann fuhr sie nachdenklich fort:

»Vielleicht war diese Entscheidung nicht einmal unvernünftig.«

»Nein, aber zumindest unbarmherzig.«

»Ach, ich möchte gar nicht auf seine Barmherzigkeit angewiesen sein!«

»Das verstehe ich.«

»Er gewährt uns Unterkunft und einige Unterstützung, allerdings hält er das für gestundete Schulden.«

Der Mann nickte stumm mit dem Kopf.

Sie zeufzte auf: »Vielleicht können Sie sich jetzt ein Bild machen, wie ich lebe. Tatsache ist, daß mir nicht einmal so viel Geld bleibt, um mich zu kleiden wie die anderen jungen Mädchen, die einem Beruf nachgehen.«

»Und wie ein junges Mädchen in der Blüte seiner Jahre.«

»So vergehen meine Tage traurig und öde und unter einer strengen Aufsicht, die kein Erbarmen kennt, ohne jede Hoffnung auf eine bessere Zukunft.«

Der Mann versuchte zu beschwichtigen: »Sie sollten nicht so schwarz für Ihr Leben sehen!«

»Auch wenn es so verläuft, wie ich es Ihnen geschildert habe?«

»Ja, auch dann!«

Darauf fragte er, und es schien fast, als spräche er zu sich selbst: »Wer kann mit Sicherheit sagen, was das Morgen birgt?« Sie hob die Schultern, und ohne auf seinen Gedanken einzugehen, klagte sie weiter: »Und plötzlich fühle ich, wie die Zeit verfliegt. Mitten in einem Leben des Verzichts und der Bitterkeit beginnt die Zeit mich zu peinigen.«

»Aber Sie haben doch das Leben noch vor sich!«

»Ich bin immerhin vierundzwanzig Jahre alt.«

»Das ist die Blüte der Jugend.«

»Ach, in meiner Lage ist das schon eine Stufe der Vergreisung.«

»Sie dürfen nicht übertreiben! Auch sind Sie nicht die

einzige in unserem Lande, der es so geht. Es gibt viele ähnliche Fälle, auch wenn die Umstände und die Ursachen andere sind.«

Sie warf ihm einen rätselhaften Blick zu: »Aber ich habe Ihnen von der eigentlichen Schwierigkeit noch nichts erzählt. Etwas, was mich Tag und Nacht verfolgt. Denn an das, was ich eben erzählt habe, kann man sich gewöhnen so wie an eine Krankheit, die man schließlich übersteht.« Der Mann hob fragend die Augenbrauen, und sie sagte: »Ich spüre meine Jugend nicht mehr nur als eine Zeit, die ungenutzt verfliegt, sondern als treibende, mehr noch: als eine überwältigende Kraft, als ein heiliges Geschenk und ein göttliches Recht.«

Der Mann blickte wie benommen in ihre leuchtenden grünen Augen, und sie fuhr hingerissen fort: »Ich fühle mich getrieben von einem Ding zum anderen, zu allen Dingen, zum Dasein insgesamt.« Dann, mit gesenktem Blick und einem Ton, der bedrückt war von Kummer und Schmerz: »Ich möchte tanzen und singen und fröhlich sein!«

Der Mann verkroch sich in sein Schweigen und preßte nachdenklich die Lippen zusammen.

Sie wartete eine Weile, dann bemerkte sie: »Vielleicht hat Sie meine Offenheit überrascht!«

Er brach sein Schweigen nicht, so fuhr sie fort: »Sie haben das nicht erwartet. Daß wir anders scheinen, als wir sind, ist uns ja zur alltäglichen Gewohnheit geworden. Aber was hätte unser Gespräch für einen Sinn, wenn ich Ihnen nicht anvertraute, wie es wirklich um mich steht?«

Der Mann murmelte vorsichtig: »Ich danke Ihnen für so viel Offenheit.«

»Ich mußte über das sprechen, was mich bewegt, ich hätte es anders nicht länger ertragen, aber ich mußte erst jemanden finden, dem ich mich anvertrauen konnte. Sie sind mir immer wieder eingefallen. Sie sind ein ernsthafter und beliebter Mann, genießen einen guten Ruf und haben eine rühmliche Vergangenheit. Sie waren selbst dazu verurteilt, ein Opfer zu sein, und können am besten ermessen, was es heißt, Opfer auf sich nehmen zu müssen.«

»Oh, ich danke Ihnen für Ihre hohe Meinung.«

»Ich habe zwar zwei gute Freundinnen in der Verwaltung, aber ihre Ratschläge halfen mir nicht weiter.«

»Haben Sie zu ihnen so offen gesprochen wie zu mir?«

»Nein, aber ich habe sie in ernsten und wichtigen Dingen um ihre Meinung gebeten.«

»Und was haben sie Ihnen geraten?«

»Die eine konnte sich offenbar gar nicht in meine Lage versetzen.«

»Wie soll ich das verstehen? Sprechen Sie deutlicher!«

»Ich möchte jetzt darüber nicht reden.«

»Und die andere?«

»Sie ist ganz sonderbar. Sie tröstete mich damit, daß es mir nicht allein so gehe, auch wenn mir das so schiene, und daß es einen Ausweg nur gäbe, wenn allen, die ein gleiches Schicksal erleiden, geholfen würde. Wir müßten unser Danken von Grund auf ändern, um eine allgemeine und umfassende Veränderung herbeizuführen.«

Er lächelte: »Ihre Meinung ist nicht neu für mich. Aber was haben Sie ihr geantwortet?«

»Wir haben uns danach nur noch kurze Zeit gesehen, denn sie wurde plötzlich verhaftet.«

»Ich weiß jetzt, wen Sie meinen. Ist es nicht unsere frühere Kollegin aus der Buchhaltung?«

»Ja, und so blieb mir niemand, an den ich mich hätte wenden können, außer Ihnen.«

Er sagte mit väterlichem Ton: »Sie sehen das alles viel zu schwarz. Sie haben vergessen, daß Sie vielleicht schon morgen oder übermorgen einen Mann kennenlernen und heiraten können.«

»Solche Männer gibt es im Überfluß.«

»Und Sie haben noch nicht gewählt?«

»Nein, es sind alles junge Beamte, die genauso gestellt sind wie ich. Entscheide ich mich für einen von ihnen, müßte ich meine Geschwister verlassen. Ganz abgesehen davon, was eine Heirat kostet und was für Probleme sie mit sich bringt.«

Der Mann ließ nicht locker: »Aber es ist doch möglich, daß eines Tages ein reicher Bräutigam auftaucht, der alle Kosten übernimmt und auch dafür sorgt, daß Sie mit Ihrem Gehalt nicht mehr für Ihre Geschwister aufzukommen brauchen.«

»Das ist ein Traum, aber kein Bräutigam.«

»Manchmal werden Träume Wirklichkeit.«

»Aber ich will nun einmal mein Leben nicht auf Träumen aufbauen. Um mich ist tödliche Leere und Hoffnungslosigkeit, aber ich brenne vor Sehnsucht nach Leben und Glück. Mit einem Wort, ich wünsche mir aus tiefstem Herzen, zu tanzen, zu singen und fröhlich zu sein.«

Der Mann war wieder ratlos und schwieg, so gestand sie ihm: »Das ist meine eigentliche Schwierigkeit.«

Da er weiterhin stumm blieb, fuhr sie fort: »Wie bin ich glücklich, daß ich mir das alles von der Seele reden durfte!«

Er fing an, unverständliche Worte zu murmeln, da lächelte sie: »Natürlich möchte ich gern, daß Sie zu allem nicht nur schweigen.«

Er gab sich einen Ruck: »Wissen Sie, nach allem, was

ich durchgemacht habe, gehe ich davon aus, daß grundsätzlich alle Wege offen sind.«

»Aber für mich sind alle Wege versperrt.«

»Es gibt immer noch ...«

»Ich möchte, daß Sie es auch so ansehen, mir zuliebe. Ich habe mich an Sie gewandt, weil ich litt und weil ich nicht mehr an Träume und Wunder glaube.«

»Schön, dennoch gibt es so etwas wie die Ehre, die man nicht verletzten darf.«

»Die Ehre?«

»Ich meine, auch Sie, die ich sehr verehre, müssen sich verhalten, wie es sich für ein junges Mädchen eben schickt.«

Sie begehrte auf: »Mit Ratschlägen, wie man sie überall zu hören bekommt, bin ich vollgestopft bis oben hin.«

»Nun gut, was hatten Sie von mir anderes erwartet? Etwa, daß ich es gutheiße, wenn Sie sich in Gefahr begeben?«

»Ja!«

Der Mann fragte bestürzt: »Sind Sie nicht zu mir gekommen, weil Sie mir wegen meiner Vergangenheit und meines guten Rufes vertrauten, von dem Sie vorhin sprachen?«

»Doch, ja.«

»Und trotzdem haben Sie angenommen, daß ich meinen Segen gebe, wenn Sie Unheil anrichten wollen?«

Sie zuckte mit den Schultern.

Der Mann lachte, ohne es zu wollen: »Also wirklich, ich verstehe Sie nicht ...«

»Aber meine Worte waren doch sonnenklar.«

»Tanzen, singen und fröhlich sein?«

»Was ist dabei?«

»Dann sagen Sie mir, was Sie von mir erwarten?«

»Sie sollen mir klarmachen, daß das Trinken zu den normalen Dingen des Lebens zählt und daß es kein verbotener Genuß ist.«

»Aber es wird dazu, ob wir es wollen oder nicht.«

»So bleibt mir also nichts, als geduldig zu warten, bis ich verwelke, vertrockne und sterbe?«

»Nein, bis es für Sie keine Sorgen mehr gibt ...«

»Das sind Worte, nichts als Worte, sie kosten Sie nichts, mich aber kosten sie mein Leben.«

Er überlegte, wie er ihren hartnäckigen Fragen ausweichen könnte: »Erzählen Sie mir, was Ihnen Ihre andere Freundin geraten hat? Ich meine die, die nicht verhaftet wurde?«

»Ich habe mit ihr gesprochen, nachdem mir ein junger Mann einen Antrag gemacht hatte. Sie forderte mich auf, ohne Zaudern zuzustimmen. Und als ich meine Geschwister erwähnte, meinte sie, niemand habe das Recht, zu verlangen, daß ein anderer in dieser kurzlebigen Welt sich für ihn opfere.«

Der Mann schüttelte verwundert den Kopf und schwieg. Da beteuerte sie: »Es kommt gar nicht in Frage, daß ich meine Geschwister opfere!«

»Wie edelmütig Sie sind!«

»Aber es ist doch mein gutes Recht, das Leben lieben und genießen zu wollen ...«

»Ja, aber wenn wir dabei die Achtung vor uns selbst verlieren, dann ist uns nichts mehr heilig!«

»Achtung, Ehre – wer hat sie geschaffen? Haben Sie nicht gehört, was man von den jungen Mädchen in Europa erzählt?«

»In Europa führen sie ein anderes Leben als wir, aber ich weiß zuwenig, um darüber urteilen zu können.«

»Dort haben sie bewiesen, daß man mit alten Traditionen fertig werden kann und dabei nicht zu opfern braucht, was dem Menschen wertvoll ist.«

»Ich sagte doch schon, daß ich das nicht beurteilen kann.«

»Sie wollen das nur nicht wahrhaben!«

»Nein, ich rede nun einmal nur über das, wovon ich etwas verstehe.«

»Ich fürchte, Sie wollen mir vielmehr ausweichen und keine Verantwortung für etwas tragen müssen, was Sie auf Ihrem ruhigen Weg stört.«

»Nein, ich wünschte von ganzem Herzen, Ihnen helfen zu können.«

Sie bat ihn: »So raten Sie mir zu etwas ganz anderem, Neuem.«

»Zu etwas Neuem?«

»Ja, ich vertraue dem Althergebrachten nicht mehr. Ich habe mein Elend aus der Vergangenheit ererbt, deswegen verabscheue ich alles, was von ihr herrührt. Raten Sie mir zu etwas ganz Neuem, auch wenn das schließlich all desssen spottet, was Sie als Ehre und Ansehen bezeichnet haben.«

»Aber ich habe Ihnen offen erklärt, an was ich glaube.«

»Sie sind ein ungewöhnlicher Mann. Sie müssen den Kopf voller neuer Ideen haben, Ideen, die nicht von unseren Vätern stammen oder sich nach ererbten Gewohnheiten richten.«

»Ach was, für mich gilt nur, immer meiner Natur treu zu bleiben.«

Sie sah ihm mutig in die Augen: »Es kommt mir manchmal so vor, als sei ein zeitgemäßes Laster tugendhafter als eine gute Tat, die schon so oft geschehen und dadurch abgenutzt und wertlos geworden ist.«

»Meine Güte, was geht in Ihnen vor, was ist das für ein Aufruhr in ihrer zarten schönen Seele!«

»Ich fühle, wie mir das Leben aus den Händen gleitet, wenn ich stets nur die abgedroschenen Phrasen zu hören bekomme, die Sterbende immer wieder vor sich hin sprechen.«

»Sicher, Sie machen eine Krise durch, Ihre Geduld ist am Ende.«

»Glauben Sie mir, unser Leben ist wie ein alter verfallener Wakf, über den die testamentarischen Verfügungen längst Verstorbener bestimmen.«

»All das sagen Sie nur, weil Sie tanzen, singen und fröhlich sein möchten?«

»Weil ich mein Leben leben möchte.«

»Vielleicht wollen Sie morgen Menschen töten, Brände legen, Mauern niederreißen?«

Sie lachte fröhlich: »Tatsächlich möchte ich meinen Stiefvater am liebsten umbringen, und ich wünschte, daß alle verbrennen, die mich verurteilen, weil ich angeblich vom rechten Weg abgeirrt bin, und die Mauern des Verwaltungsgebäudes würde ich gern niederreißen.«

Der Mann lächelte und blickte sie mit väterlichem Wohlwollen an: »Vielleicht kommt das von der Liebe?«

»Wie bitte?«

»Vielleicht ist es eine unglückliche Liebe, die Sie so in flammenden Aufruhr versetzt!«

»Zur Zeit kenne ich keinen Mann, den ich liebe. Ich habe mich schon ein paarmal verliebt und bin immer wieder enttäuscht worden. Was ich jetzt liebe, ist die Liebe an sich.«

»Oh, erzählen Sie mir, was verstehen Sie unter Liebe!«

Sie zuckte verächtlich mit den Schultern: »Sie kennen die Liebesgeschichten junger Leute und wissen, wie sie enden. Bei mir war es nicht anders. Dann schwärmte ich für einen Schauspieler. Immer wenn sich jemand für mich interessierte, glaubte auch ich, ihn zu lieben, und meine Liebe war jedesmal erloschen, wenn er mich wieder verließ.«

»Und im Augenblick, gibt es da etwas?«

»Ja, die größte Liebesgeschichte überhaupt – die Liebe zur Liebe.«

Sie blickten sich lange an, dann fragte sie ihn: »Wozu raten Sie mir, Sie edler Herr?«

Er lächelte: »Nun, zu Tanz, Gesang und Fröhlichkeit und zu Mord, Brandstiftung und Zerstörung.«

»Ach Sie, jetzt wollen Sie sich über mich lustig machen!«

»Gott behüte, aber wenn ich mich in Sie versetze, was kann ich dann anderes raten.«

»Wirklich?«

»Was für eine Ähnlichkeit besteht doch zwischen uns!«

»Worin?«

»Na, zumindest im Unglück!«

Das machte sie neugierig: »Ich habe viel von Ihnen gehört.«

Er ging nachdenklich darauf ein: »Auch ich besaß einmal eine blühende Jugend und malte mir eine verheißungsvolle Zukunft aus.« Dann lächelnd: »Damals wollte ich ein Revolutionär werden, mit dem Volke gehen.« Er schwieg einen Augenblick lang, bis er weiter murmelte: »Und mir war das nicht genug, ich arbeitete sogar im Untergrund.« Endlich fuhr er fort und wischte das Folgende gleichsam mit einem Lächeln weg: »Dann verbrachte ich fünfundzwanzig Jahre meines Lebens im Gefängnis.«

»Zuerst wurde ich durch ein Gespräch zwischen einigen Kollegen in der Verwaltung auf Sie aufmerksam. Sie redeten über Sie und sagten: ›Dieser Mann ist einer unserer Helden aus der Vergangenheit.‹«

»Der Held kam aus dem Gefängnis, als er über fünfzig war. Weil einige mit mir Mitleid hatten, wurde ich Beamter mit dem Gehalt eines Anfängers. Es wird nicht mehr lange dauern, dann werde ich den Dienst quittieren, ohne pensionsberechtigt zu sein. Für mich gab es keine Liebe, keine Ehe, keine Familie. Wenn ich noch länger lebe, bleibt mir nur übrig zu vagabundieren und zu hungern.«

»Ein wahrhaft heldenhaftes Leben!«

»Deswegen sagte ich, daß zwischen uns große Ähnlichkeit besteht.«

»Dennoch Sie sind ein Held!«

»Niemand denkt heute mehr an mich.«

Leises Gelächter drang zu ihnen in den Pavillon und wurde immer deutlicher. Ein junges Mädchen und ein junger Mann kamen herein und umarmten sich schnell und leidenschaftlich. Das junge Mädchen legte den Kopf an die Schulter des jungen Mannes und schloß die Augen. Sie drehte den Kopf. Als sie die Augen öffnete, fiel ihr Blick auf den Mann und das braunhäutige Mädchen mit den grünen Augen. Sie lächelte mit unmerklicher Verwirrung, dann nahm sie ihren Geliebten an der Hand, und gemeinsam verließen sie den Pavillon. Das braunhäutige Mädchen brach in ein Lachen aus, der Mann lächelte.

Sie fragte ihn: »Warum haben Sie vorgeschlagen, daß wir uns in diesem Park treffen?«

»Ich bin früher öfter hier gewesen.«

»Und Sie wissen nicht, was heute hier geschieht?«

»Nein, wir haben ihn manchmal als Versteck benutzt, von dem aus wir unsere Gegner überfielen.«

Sie erhob sich behende, nahm ihn am Arm und ging mit

ihm zur Wand des Pavillons. Dort suchte sie eine Lücke zwischen den Jasminzweigen, blickte hindurch und forderte ihn auf, das gleiche zu tun. So schauten sie gemeinsam, dicht nebeneinanderstehend, und der Mann staunte.

Sie flüsterte ihm ins Ohr: »Sehen Sie in den Park!« Dann, ein Lachen unterdrückend: »Er steckt voller Liebespaare!«

»So sehr, daß man es sich kaum vorstellen kann!«

»Man kann sich alles vorstellen, wenn man sich vom Würgegriff des traditionellen Denkens frei gemacht hat.«

Er war sichtlich erregt: »Sehen Sie sich diese Sünderin an!«

»Sie ist trunken vor Liebe!«

»Und das ist ein öffentlicher Park?«

»Ja, er hat nur den einen Fehler, daß er dem Paradies gleicht.«

»Das ist die Zeit der Rosen!«

»Für wen, für den Park?«

»Für diese Sünderin!«

»Ich glaube, ihr flößt kein Stiefvater Schrecken ein, und ihr droht kein Gefängnis.«

Als hätte es ihm den Atem verschlagen, kehrte der Mann hastig zu seinem Platz zurück. Das Mädchen trat ein paar Schritte in die Mitte des Pavillons. Sie stand da, als wollte sie ihren anmutigen Körper zur Schau stellen. Mit einer tänzerischen Bewegung drehte sie sich zweimal um sich selbst. Er fragte sie, ohne seine Selbstbeherrschung wiedergefunden zu haben: »Warum haben Sie sich ausgerechnet mich ausgesucht?«

»Weil Sie ein Mann sind, der die Blüte seines Lebens im Gefängnis verbracht hat.«

»Und deshalb glauben Sie, ausgerechnet bei mir tollkühne Ansichten zu finden?«

»Ich hatte mir gedacht, daß mich nur ein Mann vor dem Tode retten kann, der selbst mit dem Tod gespielt hat.«

»Das ist doch wohl ein Scherz!«

»Aber nein, bei wem sollte ich sonst eine Meinung finden, die eines Helden würdig ist.«

Er zögerte einen Moment, dann fragte er sie: »Fürchten Sie nicht, daß ich mich in Sie verlieben könnte?«

»Nein, da habe ich gar keine Angst.«

Der Mann schüttelte hilflos den Kopf. Sie setzte sich wieder neben ihn auf die Bank und wollte wissen: »Gibt es denn in Ihrem Leben keinerlei Ablenkung?«

Er antwortete gleichgültig: »Ich lese viel und gehe von Zeit zu Zeit ins Kino.«

»Und Sie leben allein?«

»Ja, ich habe keine Angehörigen in Kairo.«

»Haben Sie denn keine Freunde?«

»Ich hatte welche, die einen fielen während der Revolution, und mit den anderen, die sich eines Tages im Ministersessel niederließen, verbindet mich nichts mehr.«

»Und Frauen, gibt es in Ihrem Leben keine Frauen?«

»Ihre Saison ist bei mir vorüber.«

Sie dachte kurz nach: »Ich möchte Ihnen ein Geheimnis anvertrauen.«

In diesem Moment waren mehrere laute Schüsse zu hören. Der Mann schrak zusammen, das Mädchen zitterte.

»Was ist los?«

»Schüsse aus einem Schnellfeuergewehr.«

»Wieso das? Warum nur?«

»Ich weiß es nicht ...«

»Ein Überfall?!«

»Aber die Alarmsirene war noch nicht zu hören, vielleicht ist es nur eine Übung.«

Es war still. Sie lauschten immer noch angespannt und voller Unruhe.

Sie fragte: »Ob sich das wiederholt?«

»Ich weiß es nicht...«

»Ob der Krieg wieder beginnt?«

»Wer weiß!«

»Man spricht immerzu davon.«

»Aber das Gerede endet da, wo es angefangen hat.«

»Denken Sie oft daran?«

»Schon, es geht uns alle an und betrifft unser Schicksal.«

Beide verharrten für eine Weile in Schweigen. Dann sagte er: »Die Schießerei wühlt mein Inneres auf. Ich bin ganz durcheinander. Aber lassen wir das! Sprachen Sie nicht gerade von einem Geheimnis?«

Sie lächelte: »Ja ... es gibt da ein Geheimnis.«

Er blickte sie neugierig an.

So sagte sie: »Es gibt doch einen Mann in meinem Leben.«

»Ach, wirklich?«

»Einen reichen jungen Mann aus Tanta!«

»So wird der Traum Wirklichkeit.«

»Nein, er ist verheiratet.«

»Was ist er von Beruf?«

»Kaufmann.«

»Sind Sie denn damit einverstanden, die zweite Frau zu werden?«

»Er verabscheut den Gedanken, mit mehreren Frauen verheiratet zu sein.«

»Wird er sich denn von seiner Frau scheiden lassen?«

»Er denkt nicht an eine Scheidung.«

»Was will er dann?«

»Er liebt mich.«

»Der Lügner!«

»Ich glaube, er ist aufrichtig.«

»Wird er ... wird er...«

»Wir haben uns zweimal in einer Teestube getroffen.«

»Und was soll nun werden?«

»Er will, daß ich mich ein drittes Mal mit ihm treffe.«

»Aber schickt sich das denn?«

»So sind wir wieder am gleichen Punkt angelangt.«

»Es ist offensichtlich, daß er mit Ihnen nur flirten will.«

»Oder daß ich mit ihm flirte.«

»Bleiben Sie so unschuldig, wie Sie jung sind!«

»Er erzählte mir einmal ganz nebenbei von einer Wohnung, die er besitzt, bei den Pyramiden.«

»So ein Schamloser!«

»Ich bin noch ganz unschlüssig.«

Er brauste auf: »Was soll denn das ganze Theater von Tanzen, Singen und Fröhlichsein!«

»Ich möchte nicht, daß Sie böse werden...«

Sie beugte sich zu ihm hinüber und küßte ihn auf die Stirn. Er sah sie mit leidenschaftlicher Fürsorge an.

Sie bettelte: »Und Sie können mir gar keinen Rat geben?«

»Wozu kann ich Ihnen schon raten? Sie müssen so lange Geduld haben, bis die Freude zu Ihnen kommt, auch ich muß ausharren, bis mich der Tod wegrafft.«

Sie stand auf: »Danke, dann muß ich also gehen...«

Er wollte es nicht wahrhaben und rief: »Sie gehen?«

»Ja, schließlich kann ich nicht für immer hierbleiben.

»Und Sie gehen zu dem reichen jungen Mann aus Tanta.«

»Nein, heute bin ich nicht mit ihm verabredet.«

»Sie dürfen noch nicht gehen...«

»Aber es ist Zeit für mich.«

Wieder trat er zur Wand des Pavillons, warf einen Blick nach draußen und sagte nervös: »Liebe läßt sich nicht zügeln.«

»Genießen Sie, was Sie sehen!«

Er wandte sich ihr erregt zu: »Mir ist, als wären Sie meine Tochter.« Dann neigte er sich zu ihr, küßte sie auf die Stirn und bat: »Geh nicht in die Teestube!«

»Nicht heute.«

»Er will eine Geliebte!«

»Das hat er nicht deutlich gesagt.«

»Bist du naiv? Bist du verschlagen? Was bist du?«

»Ich will nun einmal.«

»Du bist hübsch, du bist bezaubernd. Hab doch Geduld!«

»Ich muß gehen.«

»Er lehnt es ab, sich scheiden zu lassen, er lehnt es auch ab, eine zweite Frau dazuzuheiraten. Warum? Vielleicht ist seine Frau reich. Vielleicht ist sie sein wahres Kapital, und sicher ist sie älter als er. Deswegen hat er sich eine Wohnung zum Zeitvertreib eingerichtet. Er kommt nach Kairo, angeblich um Geschäfte zu machen, in Wirklichkeit aber frönt er seinem Laster. Das ist die Wahrheit.«

»Ich danke Ihnen, aber ich muß jetzt gehen.«

Er packte sie an der Hand und dann am Oberarm und drang in sie: »Geh nicht!«

Sie lächelte: »Lassen Sie sich nicht zu sehr hinreißen?«

»Aber wie könnte mich das kaltlassen!«

»Ich bin Ihnen genug zur Last gefallen.«

»Es gibt mehr als einen Grund, der uns aneinander bindet.«

»Aber es ist schon spät, und mein Stiefvater läßt nicht mit sich spaßen.«

»Wir werden ihm den Schädel einschlagen, aber geh nicht zu dem reichen jungen Mann aus Tanta!«

»Ich muß jetzt heimgehen.«

Er schnipste mit den Fingern: »Mir kommt da ein guter Gedanke!«

»Wirklich?«

»Du steht im Leben und brauchst keine Furcht vor einem Mann meines Alters zu haben. Wir wollen gemeinsam nach Anbar Lulu gehen.«

»Nach Anbar Lulu?«

»Ja, ein Park in der Wüste von Sakkara. In seiner Mitte ist ein Teich aus Rosenwasser, und es gibt dort Logen, die von Blumen umrankt sind. Das ungeschriebene Motto dort heißt: ›Tu, was du willst!‹«

Ihre Augen weiteten sich vor Staunen, und sie fragte: »Sie laden mich dorthin ein?«

»Ja, als dein zuverlässigster Gefährte.«

»Ich glaub's nicht!«

»Es gibt aber nichts, woran man nicht glauben könnte.«

»Aber ... aber es ist jetzt nicht die rechte Zeit dafür.«

»Um Anbar Lulu zu besuchen, ist jede Zeit recht.«

»Ich habe nie vorher davon gehört.«

»Es ist ein Paradies der Träume. Jeder Traum wird wahr in Anbar Lulu.«

»Ihre Stimme hat sich verändert, ebenso Ihr Blick.«

Er zog sie an der Hand zur Wand des Pavillons, blickte durch einen Spalt und forderte sie auf, das gleiche zu tun. Dann stieß er fiebrig erregt hervor: »Sieh hin, sie alle sind töricht, weil sie den Weg nach Anbar Lulu nicht kennen.«

»Jene abgelegenen Parks sind gefährlich!«

»Sie liegen in friedlichem, sicherem Schlummer. Ein Beweis dafür ist, daß es dort keinen einzigen Polizisten gibt.«

»Und was wollen wir dort tun?«

»Was du gerne möchtest. Niemand sieht den anderen in Anbar Lulu.«

»Sieh doch diese Sünderin!«

»Sie ist eine Sünderin, weil sie sich fern von Anbar Lulu vergnügt.«

»Du erschreckst mich!«

»In Anbar Lulu gibt es nichts, was du zu fürchten hättest.«

Sie trat von der Wand zurück, und er folgte ihr mit ungewohnter Lebhaftigkeit, dabei preßte er ihre Hand.

Er fragte: »Bist du nicht gekommen, um einen Ratschlag von einem Mann in mittleren Jahren zu hören?«

»Ach, ich hasse alle Ratschläge!«

»Komm mit mir nach Anbar Lulu ...«

»O Gott! Ich habe mich anders besonnen. Vielleicht hat dein kluges Gerede mich mehr beeindruckt, als du glaubt!«

»Was ich über Anbar Lulu erzählte?«

»Das Gerede über Geduld, Achtung und Ehre!«

»Du glaubst doch nicht an leere Worte!«

»Aber du glaubst an sie?«

»Immerhin war ich ein Vierteljahrhundert im Gefängnis.«

»Du machst mir angst!«

»Nein, auf diese fadenscheinige weibliche List falle ich nicht herein.«

»Sei still, wir wollen uns hinsetzen. Ich möchte dir noch ein Geheimnis verraten ...«

»Noch ein Geständnis?«

Er kehrte dorthin zurück, wo sie zusammen gesessen hatten, und hielt mühsam an sich. Aber bevor sie noch ein Wort hervorbringen konnte, stürmten eilige Schritte heran, begleitet von hellem, jugendlichem Gelächter. Ein junges Mädchen kam hereingelaufen, ein junger Mann folgte ihr, und obwohl beide den Mann und das Mädchen erblickten, kümmerten sie sich nicht um sie. Sie versuchte, sich seiner zu erwehren, während er auf einen günstigen Moment wartete, um sie an sich ziehen zu können. Plötzlich sprang sie zu dem Mann und dem Mädchen auf der Bank, schritt um ihn herum, so daß er für einen Moment hinter ihren Beinen verschwand, und entwischte zur Tür hinaus in den Park, ihr Verfolger blieb ihr dicht auf den Fersen. Der Mann setzte sich wieder zurecht und murmelte wie im Selbstgespräch: »Wie schön wäre es, wenn sie zusammen nach Anbar Lulu gingen.« Und er zögerte, als er sich ihr zuwandte: »Wir verlieren kostbare, unersetzliche Zeit!«

Sie aber gestand ihm in aller Aufrichtigkeit: »Die Geschichte von dem reichen jungen Mann aus Tanta ist von Anfang bis Ende erfunden und stimmt gar nicht.«

»Wirklich? Das macht die Sache nur schwieriger.«

»Ich muß jetzt gehen!«

»Nein, geh nicht!«

»Warum sollen wir jetzt noch bleiben?«

»Wir müssen doch nun herausbekommen, warum du die Geschichte erfunden hast.«

»Das ist doch ganz und gar unwichtig.«

»Nein, so kann man das nicht abtun. Träume sind ebenso begründet wie die Wirklichkeit.«

»Ich bleibe dabei, das ist unwichtig.«

Er schüttelte nachdenklich den Kopf und sagte fürsorglich: »Laß mich nachdenken!«

Dann strich er sich über die Stirn: »Ein junger Mann ... ein Kaufmann ... reich ... aus Tanta ... eine eigene Wohnung bei den Pyramiden.«

»Ich habe diese Einzelheiten schon fast vergessen.«

»Nein, laß, sie sind ganz wichtig.«

»Schön, du bist sehr charmant, aber gleichzeitig so hartnäckig.«

»Hör mir zu! Ein junger Mann, du hast ihn dir als jungen Mann vorgestellt. Die Jugend ist das Symbol einer fast irrsinnigen Liebe zum Leben, und du liebst das Leben bis zur Grenze des Wahnsinns.«

»Aber ich habe mich verändert.«

»Das ist gelogen. Dazu war die Zeit zu kurz.«

»Es kommt mir so vor, als ob ich schon ein ganzes Leben lang mit dir in diesem Pavillon verbracht habe.«

»Hör mir zu, meine Liebe! Ein Kaufmann ... was bedeutet das? Er ist das Gegenteil des Beamten. Ein Beamter ist ein Symbol für Routine, ein Kaufmann, das heißt Beweglichkeit, Aktivität. Ein Beamter verkörpert die konventionelle Moral, ein Kaufmann die Ungebundenheit und Unmoral.«

Sie fragte lachend: »Glaubst du, daß ich von Piraten geträumt habe?«

»Mehr als das, meine Liebe! Du forderst uns auf, so an den Teufel zu glauben, wie dieser an sich selbst glaubt. Du verwirfst den Menschen, weil er Mängel hat und sich entschuldigt, und liebst den Teufel, weil er originell und stolz ist. Angesichts der Erde stellst du das Ansehen der Hölle wieder her.«

»Allah vergebe dir! Du bist geistreich.«

»Und was bedeutet reich? Reich ist, wer Vermögen und Macht besitzt. Aber wir leben nicht mehr im Zeitalter der Reichen. Wer heute reich ist, gleicht eigentlich nur einem Dieb, dem man noch nicht auf die Spur gekommen ist, den aber die Gerechtigkeit heute abend oder um Mitternacht einholen wird. Dein Traum will einen reichen jungen Mann für eine begrenzte Zeit, er fürchtet ein längeres Zusammenbleiben. Er fürchtet, daß er sich im Laufe der Zeit als so elend und böse entpuppt wie dein Stiefvater. Du möchtest ihn haben, aber gleichzeitig verabscheust du den Gedanken an Dauer. Das ist ein Pessimismus, der aus deiner unglücklichen Vergangenheit herrührt.«

»Prophezeist du auch aus Kaffeesatz?«

»Aus Tanta! Was sagt der Traum? Tanta, das ist die Ruhestätte von El-Sajid El-Badawi, dem Mann, der Zeichen und Wunder vollbrachte, der Feinde gefangennahm. Verstehst du, meine Liebe?«

»Ich verstehe, Herr Scheich.«

»Und die Wohnung bei den Pyramiden? Eine Wohnung, das ist klar, aber warum bei den Pyramiden? Die Pyramiden sind rein äußerlich Grabstätten, aber in Wirklichkeit sind sie eine Herausforderung gegenüber der Zeit und dem Tod...«

»Das ist eine unterhaltsame und hübsche Deutung, aber wir müssen nun doch endlich gehen.«

»So laß doch den Gedanken an zu Hause und mach dich auf nach Anbar Lulu!«

»O nein!«

»Was reizt dich denn noch an deinem Zuhause?«

»Jedenfalls ist es mein Zuhause.«

»Nachdem du Anbar Lulu gesehen hast, wird es dir völlig verändert vorkommen!«

Sie blickte ihn zweifelnd an: »Was verbindet einen angesehenen Mann im gesetzten Alter mit Anbar Lulu?«

»Dort gibt es auch eine Klause für Altersschwache. Es gibt alles in Anbar Lulu.«

»Sag mal ... verdienst du eigentlich den guten Ruf, den du genießt?«

»Hast du schon vergessen, was du über die Vergangenheit und die Verfügungen längst Verstorbener gesagt hast?«

»Nein, aber ich habe heute abend von dir hier hübsche Dinge gelernt.«

»Mach dich nicht lustig über einen Mann, der seine Blütezeit hinter Gittern verbracht hat!«

»Verzeih mir, ist's meine Schuld, daß ich mit vierundzwanzig Jahren den Frühling meines Lebens noch nicht hinter mir habe?«

»Aber bei dir gleicht das bereits einer Vergreisung!«

Ihr Gesicht verfinsterte sich, sie stand auf, er folgte ihr, als wollte er sie um Verzeihung bitten, und sagte: »Was soll dein Zorn, wo wir uns so gut verstehen!«

Sie gab spöttisch zurück: »Du hast ein Schloß gebaut, aber auf Sand!«

»Wirklich?«

»Den reichen jungen Mann aus Tanta gibt es nämlich doch!«

»Nein, niemals, das ist die reine Phantasie!«

»Aber glaub mir doch, es gibt ihn wirklich! Er ist eine reale Tatsache!«

Er packte sie heftig am Arm und blickte sie mit flammenden Augen an. Eben wollte er sie mit einem Schwall von Worten überschütten, die ihm auf der Zunge lagen, als ein fremder Mann unerwartet in den Pavillon gestürmt kam. Er brach dort ein, als hätte man ihn hineinkatapultiert, mit wirrem Haar und staubbedecktem Gesicht, naß von Schweiß. Er straffte seine Hose und zog den Gürtel zurecht, dann stampfte er mit beiden Füßen heftig auf, um seine Schuhe vom Schmutz zu befreien. Sie sahen sich schweigend an. Er ging zu der Bank und warf sich erschöpft nieder. Seine Brust hob und senkte sich. Schweißgeruch breitete sich aus. Sie schwiegen wie gelähmt. Das Mädchen brach das Schweigen als erste. Sie befreite sich aus dem Griff des Mannes und sagte: »Tschüß, ich gehe.«

Der Mann bat: »Warte doch, es ist besser, wenn du zu dieser Stunde nicht allein die leeren Wege entlanggehst.«

Da mischte sich der Fremde plötzlich ein: »Die Wege sind nicht leer.« Der Mann warf ihm einen wütenden Blick zu, doch jener ließ sich nicht beeindrucken: »Alle Wege sind von Polizisten besetzt.«

Der Zorn des Mannes verwandelte sich in Staunen: »Warum denn?«

Der junge Mann fragte zurück: »Haben Sie nicht die Schüsse gehört?«

»Doch, vor einer ganzen Weile. Ich glaubte, es handelt sich um eine Übung.«

»Das war kein Übungsschießen.«

Da fragte ihn das junge Mädchen: »War es ein Luftangriff?«

»Nein, das war es auch nicht.«

»Dann wissen Sie Genaues darüber?« fragte ihn der Mann.

Der junge Mann nickte mit dem Kopf: »Jemand ist bis oben auf den Turm gestiegen und hat aus einem Schnellfeuergewehr Schüsse abgegeben.«

»Und was sollte das Ganze?«

»Das weiß niemand.«

»Wen wollte er denn treffen?«

»Er hat nach allen Seiten geschossen, auf alle Menschen.«

»O je! Und wie viele sind ihm zum Opfer gefallen?«

»Er hat niemanden getroffen.«

»Das verstehe ich nicht.«

»Er wollte offenbar nur schießen und nicht treffen.«

»Eine seltsame Geschichte.«

»Ja, das stimmt.«

»Womit läßt sich aber beweisen, daß er nicht doch töten wollte?«

»Sicher, das weiß keiner.«

Der Mann sagte unwillig: »Vielleicht war es ein Wahnsinniger?«

»Das auf keinen Fall!«

»Sie sagen das so bestimmt?«

»Ich wiederhole nur, was ich von den Leuten auf der Straße gehört habe.«

»Aber warum schießt einer in alle Richtungen, ohne jemanden treffen zu wollen?«

»Das dürfte eines der Geheimnisse sein, die die Polizei klären will.«

Das Mädchen gab zu bedenken: »Vielleicht ist er versessen darauf, berühmt zu werden?«

»Auch das scheint nicht der Fall zu sein.«

Sie fuhr fort: »Vielleicht wollte er unbedingt einmal etwas Verrücktes anstellen?«

Der junge Mann lächelte: »Auch das glaube ich nicht.«

Nun fragte der Mann wieder: »Was erzählen denn die Leute noch von ihm?«

»Man sagt, daß er einer Delegation angehörte, die eingeladen war, die Front und die Flüchtlingslager zu besuchen.«

»Tatsächlich? Vielleicht ist ihm das zu sehr an die Nerven gegangen.«

»Aber er ist trotzdem nicht aus dem Gleichgewicht geraten, sonst hätte er sicher Dutzende von Menschen getötet.«

»Er hat das also mit vollem Bewußtsein getan?«

»Bei vollem Verstand!«

»Was für eine merkwürdige Geschichte!«

Das Mädchen warf ein: »Ich möchte ihn so gerne sehen!«

»Du wirst ihn morgen in den Zeitungen sehen«, entgegnete der Mann: »So geht es seit langem in der Welt zu.« Dann wandte er sich an den jungen Mann, so, als wollte er sich ihm vorstellen: »Ich war auch einmal begeistert davon zu schießen.« Dann in einem Anflug von Stolz: »Aber meine Kugeln galten dem Feind!«

Der junge Mann entgegnete unwillig: »Man sagt, der da geschossen hat, habe ausgerufen, bevor er verschwand: ›Die Kugel soll im Herzen des Erzfeindes steckenbleiben!‹«

Der Mann wunderte sich: »Sogar das Töten ist rätselhaft geworden, obwohl doch eigentlich nichts im Leben einen klareren Entschluß verlangt.«

»Ich finde überhaupt nichts Rätselhaftes daran!«

Da fragte der Mann ärgerlich: »Lief denn der Erzfeind über die Köpfe der Passanten hin?«

»Vielleicht hinter ihnen, vor oder unter ihnen, wer weiß?«

Das Mädchen suchte zu beschwichtigen: »Ob nun klar oder rätselhaft, das ist doch egal. Aber wie gut ist es, wenn ein Mensch nach einem Besuch an der Front und in den Flüchtlingslagern auf den Cairo Tower steigt, um einfach nach allen Seiten zu schießen!«

Der Mann fragte sie: »Ist dir denn klar, was mir rätselhaft erscheint?«

»Ja!«

»Aber wieso?«

»Ich verstehe es auf meine Art.«

Schweigen herrschte einige Augenblicke lang, während derer draußen Unruhe entstand, die allmählich ringsum den ganzen Park erfüllte. Sie eilten beide zu den Lücken im Jasmin und sahen, wie die Liebespaare aufgeschreckt waren und sich auf dem Weg zusammengefunden hatten. Dann beobachteten sie, daß die Polizisten die Ecken besetzten.

Das Mädchen bekam offensichtlich Angst: »Was wird nun, jetzt sitzen wir mit in der Klemme.«

Auch der Mann befürchtete: »Womöglich kommt es noch zu einer Schießerei.«

Das Mädchen wandte sich zum Ausgang und sagte zu dem jungen Mann: »Offenbar glauben die Polizisten, Ihr unbekannter Freund befindet sich hier im Park.«

Der junge Mann erwiderte ruhig: »Das ist nicht ausgeschlossen.«

Der Mann meinte: »Hier gibt es keine Möglichkeit mehr zu bleiben.«

Der junge Mann entgegnete: »Wer so etwas gewagt hat, der kann sich nicht darauf einlassen, ewig auf der Flucht zu sein.«

Der Mann blickte ihn voller Zuneigung an: »Das beste für ihn wäre, sich ihnen gleich zu stellen.«

»Meinen Sie?« Er lächelte. Dann stand er ruhig auf und grüßte sie mit einem Kopfnicken: »Leben Sie wohl.«

Er ging zur Tür des Pavillons und trat in den Park hinaus, während sie hinter ihm her riefen: »Auf Wiedersehen.«

Sie stellten sich eng aneinandergeschmiegt an die Tür des Pavillons und beobachteten, was draußen geschah. Nach einer Weile kehrten sie zu ihrem Platz zurück, gleichsam erschöpft und traurig.

Der Mann sagte in sich gekehrt: »Ich hätte ihm noch einiges zu erklären gehabt. Die Zeit war viel zu kurz.«

Das Mädchen erwiderte darauf: »Und ich habe versäumt, ihn zu etwas Unterhaltsamem aufzufordern.«

Der Mann tadelte sie: »Du kannst immer noch scherzen!«

»Hast du meine Leidenschaft für Tanz, Gesang und Fröhlichkeit vergessen?«

Er reagierte unwillig: »Es wird Zeit, daß du zu deinem reichen jungen Mann aus Tanta gehst.«

Sie lachte: »Ach was, er ist ja nur ein Wunschtraum.«

Erneut brauste er auf: »Du, dieses Hin und Her wird mir nun aber doch zuviel.«

Sie entgegnete ergeben: »Laß uns nach Anbar Lulu gehen!«

Sie erhob sich. Aber er griff zärtlich nach ihrer Hand und bat sie, bei ihm sitzen zu bleiben. Dann neigte er den Kopf und sagte: »Laß mich dir gestehen, daß es Anbar Lulu noch nicht gibt.«

Ihre Augen weiteten sich vor Staunen. Sie murmelte: »Was hast du da gesagt?«

»Ja, es war nur ein Plan. Wir hatten ihn in den Verliesen des Gefängnisses entworfen.«

»Im Gefängnis?«

»Das war unser eigentliches Leben, meins und das einiger Kameraden. Wir bildeten den Namen aus Anbar, dem Gefängnisbau, und fügten das Wort Lulu hinzu nach dem Vorbild von Honululu.«

»Und wie sollte er verwirklicht werden?«

»Darüber dachten wir natürlich nach. Wir waren uns alle einig, daß es nur zwei Möglichkeiten gäbe, Diebstahl und Mord.«

Sie lachte und fragte: »Und was hat euch nach eurer Entlassung daran gehindert, dieses Paradies Wirklichkeit werden zu lassen?«

»Verrat. Es gab da Kameraden, die schon binnen eines Jahres reuig zu Gott zurückkehrten und auf die Pilgerfahrt gingen. So wurde nichts aus unserem Plan für Anbar Lulu.«

»Wie schade!«

»Wir können nicht alles erreichen, was wir uns wünschen.« Ein lastendes Schweigen stand zwischen ihnen.

Schließlich sagte der Mann: »Es wird Zeit für uns zu gehen, aber wir dürfen uns nicht wieder trennen.«

»Wirklich?«

»Möchtest du nicht?«

»Leider kannst du weder gut tanzen noch singen, noch fröhlich sein.«

»Ich habe einen wertvollen Plan.«

»Anbar Lulu?«

»Ja.«

»Der Eifer eines einzelnen kann ihn doch nicht verwirklichen.«

»Wenn wir nur wollen, können wir viel erreichen.«

»Ich möchte aber nichts als tanzen, singen und fröhlich sein.«

»Mehr verlange ich auch nicht von dir.«

»Wie meinst du das?«

»Anbar Lulu, das Traumparadies, was wäre es wert ohne Tanz, Gesang, und Fröhlichkeit?«

Das Mädchen lächelte hoffnungsvoll: »Und du?«

»Ich bin schon seit langem versessen darauf zu töten«, entgegnete er stolz.

Beide standen auf. Er reichte ihr seinen Arm, und sie hakte sich ein. Dann verließen sie zusammen den Pavillon.

Er sagte: »Ich werde nach allen Seiten schießen, und wir werden tanzen, singen und fröhlich sein ...«

Ein Fenster im fünfunddreißigsten Stock

Er streckte die Beine aus und überließ sich der Bequemlichkeit des Sessels. Nach einem ziemlich geschäftigen Tag fühlte er sich abgespannt. Der alte Diener knipste die Lampen im Empfangsraum an und warf einen letzten Blick auf die Bar und den appetitlich gedeckten Tisch. Dann schickte er sich an zu gehen, aber der Mann wünschte: »Lösch das Licht, bis die Gäste kommen!«

Der Alte tat es und ging. Er aber – seine schmale Gestalt schien sich aufzulösen in der Abenddämmerung –, er ging, um einen Blick aus dem gegenüberliegenden Fenster auf die Mukattam-Höhen jenseits des Nils, auf die Felder und den Ostteil der Stadt zu werfen.

»Wiederum ein Geburtstag, sieben symbolische Kerzen. Wie viele Jahre sind vergangen, und wie wenige Freunde sind geblieben!« sagte er zu sich, schloß die Augen und murmelte: »Wie viele Laibe Brot habe ich wohl gegessen, wie viele Lämmer und wie viele Kälber? Wieviel Feddan Grünzeug und Hülsenfrüchte und wieviel Wellen Nilwassers habe ich zu mir genommen, wieviel Kalorien bei Spiel und Arbeit verbraucht?«

Langes Gähnen – dann sagte er: »Glücklich, wer dieses Alter erreicht und sich dabei ein gutes Gewissen bewahrt!«

Er gab sich der Stille hin, um neue Kraft zu schöpfen. Es hätte ihm gefallen, im tiefen Schweigen dahinzuschweben, wären nicht das Rascheln eines Kleidungsstückes und

Atemzüge an sein Ohr gedrungen. Er öffnete die Augen und sah ungefähr in der Mitte des Raumes einen alten Mann in ärmlicher Kleidung, einäugig und barfuß.

Er fragte: »Wer ist da?«

Nachdem er schärfer hingesehen hatte, rief er betroffen: »Ach, unser armer Nachbar aus früherer Zeit!«

Der Alte sagte nichts, so sprach der Mann ihn an: »Jugenderinnerungen, die man nicht vergißt. Wie bist du zu meiner Wohnung in den fünfunddreißigsten Stock heraufgeklettert?«

Der Greis antwortete nicht und zeigte keinerlei Neigung zu reden, so fuhr er fort: »Hat dich die Not hierher getrieben?«

Er wartete vergeblich auf eine Antwort, dann fragte er: »Willst du von mir wie in der ersten Zeit ein paar Münzen oder getragene Sachen?«

Der Greis trat ein paar Schritte zurück. Der Mann sagte: »Ich habe öfter an dich gedacht und habe angenommen, du wärest zur ewigen Ruhe eingegangen.«

Zum erstenmal erwiderte der alte Mann etwas mit kalter Stimme: »Sie vermuten richtig.«

»Wirklich?«

»Wirklich!«

»Dann bist du sozusagen als Geburtstagsgratulant gekommen.«

Er entgegnete grob: »Sie sollen verflucht sein!«

»Verflucht?«

»Sie und alle Verbrecher!«

Er trat noch weiter zurück und verschwand dann ganz. Er verschwand, ohne die brennenden Fragen zu beantworten, die er geweckt hatte, und bevor deutlich wurde, warum er dem Mann zürnte und seine Wohltätigkeit ablehnte.

Dieser fragte: »Was für Dinge gehen nur in der anderen Welt vor, die für unseren Verstand schwer zu begreifen sind?«

Da ließ sich eine sanfte Stimme vernehmen: »Führst du immer noch Selbstgespräche wie ein Verrückter?«

Sie tauchte vor ihm auf in ihrem weiten Hauskleid, in blühender Jugend und Gesundheit.

Er rief furchtsam: »Du?!«

»Ich und niemand anderes und mit allen Erinnerungen...«

»Schmerzhafte Erinnerungen, die mein Herz immer noch peinigen.«

»Wie erstaunlich!«

»Sie sind schuld daran, daß ich Widerwillen gegen die Ehe empfunden habe und bis zum Schluß Junggeselle geblieben bin.«

»Aber du hast doch nichts anderes getan, als mich zu lieben.«

»Obwohl du mir als Frau meines Vaters die Mutter ersetztest.«

»In der Liebe ist alles erlaubt.«

»Aber dieses Vergehen lastet noch immer auf meinem Gewissen.«

»Du nennst es ein Vergehen?«

»Du hast mich verführt.«

»Wir haben uns gegenseitig verführt.«

»Es ist die Erinnerung an Höllenqualen in meinem Leben.«

»Für mich ist es die glücklichste aller Erinnerungen.«

»Was bist du doch...«

»Genauso eine gute Frau, wie du ein guter Mensch bist.«

»Denkt man dort so darüber?«

»Wieso, wußtest du das nicht? Viel Glück zum Geburtstag . . .«

Sie entschwand seinen Blicken. Seine Gedanken verwirrten sich. Trotzdem durchströmte ihn ein warmes Gefühl der Zufriedenheit. Schwere Sorgen hatten sich zerstreut. Er sagte zu sich: »Wer weiß, vielleicht habe ich auch übertrieben, als ich mir die Schuld am Tod jenes unbekannten jungen Mannes gab.«

Er hörte einen tiefen Seufzer und sah den jungen Mann nackt vor sich stehen, der ihm ins Gesicht blickte und ihn anklagte: »Sie meinen, Sie hätten übertrieben?«

Unsicher entgegnete er: »Ich glaubte es.«

»Was sind Sie doch für ein Frevler!«

Sie maßen sich lange mit Blicken, bis er sich ganz beklommen fühlte.

Der junge Mann sagte: »Sie haben mich untergehen lassen, Sie Feigling.«

»Ich konnte nichts machen. Sie allein sind schuld.«

»Die Welle überrollte mich. Ich hatte meine Kräfte überschätzt. Da rief ich Sie zu Hilfe.«

»Ich war kein guter Schwimmer.«

»Sie hätten wenigstens versuchen können, mich zu retten. Aber Sie flohen, Sie Mörder.«

»Sagen Sie das nicht! Selbst das Gesetz zu jener Zeit . . .«

»Das Gesetz! Schuld gegenüber dem Ertrunkenen trägt, wer tatenlos zugesehen hat!«

»Ich hatte angenommen, daß Sie das Ganze jetzt in anderem Licht sehen.«

»Warum sollte ich das tun?«

»So haben sich die Grundsätze in Ihrer Welt geändert!«

»Sie haben sich in Ihrem Kopf geändert, weil Sie Angst haben. Ich bereue es, Sie angesprochen zu haben.«

Er ließ ihn in einem Zustand der Unruhe zurück, in

dem ihm sein inneres Gleichgewicht verlorenging. Er war erregt und fühlte sich hin- und hergerissen von Widersprüchen.

Er überlegte: »Welche Taten sind gut und welche sind böse? Welchen Weg soll mein Gewissen einschlagen in diesem Dickicht verwirrender Absonderlichkeiten? Ach, lebte doch mein Vater noch!«

Da hörte er eine Stimme, die er lange nicht vernommen hatte: »Ich danke dir dafür, daß du so gut von mir denkst.«

Er senkte den Blick, um es zu vermeiden, ihm Auge in Auge gegenüberzustehen. Schamgefühl hinderte ihn am Sprechen. Sein Vater sagte in einem Ton, der nicht frei war von Spott: »Ich sehe, daß du dich auf deine Geburtstagsfeier vorbereitest.« Da er nicht antwortete, fragte er ihn: »Was hindert dich, zu sprechen?«

Er entgegnete mit zitternder Stimme: »Das Schuldgefühl. Es ist groß.«

»Denkst du denn immer noch daran?«

»Wie könnte ich es vergessen?«

»Aber ich bin nicht gekommen, um wertlose Erinnerungen wachzurufen.«

Er faßte Mut und stieß hervor: »Ich bin ganz durcheinander. Alles ist zunichte, worauf ich gebaut hatte.«

»Und du wünschst, auf festem Boden zu stehen?«

»Mit aller Kraft, die ich besitze.«

»Gut! Nimm deine Gedanken zusammen und gib zuverlässig Antwort auf das, wonach ich dich frage!«

»Du wirst mich gehorsam finden, Vater.«

»Ich bin nicht dein Vater!« rief er mißbilligend.

»Du bist es nicht?«

»Wenn du das glaubst, lebst du immer noch in der Steinzeit.«

»Aber es ist doch eine tatsächliche Bindung, die niemand leugnet.«

»Nein, eine besondere Art Bindung, die dich hindert, das Richtige zu sehen.«

Er fühlte, daß er sich ihm fügen mußte und nicht widersprechen durfte.

»Bitte entschuldige meinen Irrtum, ich hatte nichts Böses im Sinn!«

»Antworte mir, was war das wichtigste Ereignis deiner Kindheit!?«

»Ich erinnere mich nicht. Vielleicht verlief meine Kindheit ohne besondere Ereignisse.«

»Das ist eine törichte Antwort, die unsinnige Folgen ankündigt.«

»Tatsache ist, daß ich ...«

»Antworte mir, was war der größte Fehler, den du in deiner Jugend begangen hast!?«

Er überlegte eine Antwort, sprach sie aber nicht aus.

Da sagte der Mann: »Du schämst dich immer noch wegen etwas, das keinen Grund dafür bietet. Das läßt erwarten, daß du stolz sein wirst auf Dinge, derer du dich eigentlich schämen müßtest.«

»Es tut mir leid ...«

»Antworte mir, wie viele Menschen hast du getötet?«

»Ich habe niemanden getötet, Gott sei Dank!«

»Hat denn dich niemals einer töten wollen?«

»Nein, wieso nimmst du so etwas an?«

Der Vater seufzte hörbar, da sagte der Mann: »Ich hatte ein gutes Leben ...«

»Ein gutes!«

»Es war durch nichts getrübt als durch ein paar schlichte Fehler, zum Beispiel ...«

»Verschone mich mit deinen schlichten Fehlern!«

»Und ich habe der Gesellschaft nicht unerhebliche Dienste geleistet.«

»Nicht unerhebliche Dienste!«

»Was interessiert dich wirklich, Vater?«

»Schon wieder ›Vater‹!«

»Verzeih!«

»Das Leben hat sich in Nichts aufgelöst.«

»Was soll ich denn deiner Meinung nach tun?«

»Was für eine sinnlose Begegnung, die mit derselben Frage endet, mit der sie angefangen hat!«

»Aber du hast nichts gesagt.«

»Ich habe alles gesagt.«

Der Vater verschwand. Er verschwand, ohne daß der Mann es sah. Aber er spürte, daß er fortgegangen war. Er fühlte sich bitter enttäuscht.

Doch das dauerte nicht lange. Er merkte, daß er ihm fast glaubte, wenn er sich einredete, er habe alles gesagt. Er mußte nun nur seine Worte wiederholen.

Er wollte seine Erinnerung befragen. Aber er stellte fest: »Dieses Fest ist nicht wie die vorhergegangenen. Mir dreht sich der Kopf, und dabei geraten meine Gedanken durcheinander. Alles stiebt davon.«

Er wollte seine Erinnerung befragen, aber da trat die Krankenschwester ein. Sie schüttelten sich herzlich die Hände. Er beobachtete sie, während sie die Spritze vorbereitete, und bewunderte ihre blühende Jugend. Er legte das Jackett ab, krempelte den Hemdsärmel hoch und überließ ihr seinen Arm.

Sie spritzte ihn und sagte: »Wohl bekomm's!«

»Danke.«

Sie legte die Spritze wieder in die sterile Dose zurück.

Da bat er: »Bleiben Sie doch, um an meiner Geburtstagsfeier teilzunehmen!«

»Aber ich kenne doch die Eingeladenen gar nicht.«

»Es sind zwei Männer und ihre Ehefrauen. Außer ihnen ist mir niemand geblieben.«

»Und ich habe auch kein Geschenk mitgebracht.«

»Sie sind das Geschenk.«

Sie zeigte auf ihre bescheidene Dienstkleidung und sagte: »Ich bin nicht darauf vorbereitet.«

»Wir stehen alle im siebenten oder achten Lebensjahrzehnt, so sollen Sie unsere vertraute Verbindung zur Gegenwart sein.«

Sie zögerte etwas, da umfaßte er ihr Handgelenk und sagte: »Ich lasse Sie nicht gehen.«

Sie setzte sich auf den Stuhl neben ihn und lächelte.

Er fragte sie: »Ist alles, wie es sein soll?«

»Gott sei Dank.«

»Wann heiraten Sie?«

»Ende kommenden Monats.«

»Sie werden mir sehr fehlen.«

»Haben Sie immer noch nicht genug?«

Sie lachte, er lächelte matt. Die Gäste kamen, die beiden Freunde und ihre Ehefrauen. Die Geschenke reihten sich auf dem Tisch aneinander. Küsse wurden ausgetauscht. Gelächter war zu vernehmen. Die Herren machten sich mit der Krankenschwester bekannt. Der Mann füllte selbst die Gläser, obwohl der alte Hausdiener hinter der Bar stand. Glückwünsche, Scherze und Gesprächsfetzen klangen durcheinander. Der Mann beteiligte sich nur halben Herzens am Gespräch. Obwohl er sich nach außen hin anders gab, schien er ernst oder doch nachdenklich. Er setzte sich nicht hin, wie es die anderen getan hatten. Bald durchmaß er den Raum, bald blieb er stehen.

Der eine seiner Freunde forderte ihn auf: »Setz dich doch! Daß du stehst, stört uns.«

Die Frau des anderen Freundes fragte ihn: »Warum setzt du dich nicht?«

Er lächelte undurchsichtig und meinte: »Irgend etwas sagt mir, daß dies mein letzter Geburtstag ist.«

Nicht nur eine Stimme rief: »Darüber entscheidet Allah, nicht du!«

Er entgegnete beharrlich: »Ihr werdet schon sehen, daß ich recht habe.«

Der eine Freund fragte ihn: »Was ist mit dir?«

Seine Frau meinte: »Du bist nicht so wie sonst.«

Sie wandte sich an die Krankenschwester: »Ist er auf dem Posten?«

Das Mädchen entgegnete: »Es ist alles, wie es sein soll.«

Der andere Freund sagte zu ihm: »Dann überlaß Allah, was ihm zukommt, setz dich und freu dich über die Feier.«

»Nein«, erwiderte er.

»Nein?«

»Ich habe beschlossen, meine Pflicht zu tun.«

»Welche Pflicht denn?«

»Bevor die Gelegenheit für immer vorüber ist.«

»Das kommt zweifellos nur vom Whisky.«

»Es ist jetzt nicht die Zeit zu schwätzen.«

»Aber es ist der Abend deines Geburtstages.«

Die Frau des anderen Freundes stellte fest: »Unser Freund ist köstlich, das ist alles.«

Der Mann ging auf die andere Seite des Raumes zu. Er trat mit dem Fuß auf einen Stuhl und verlagerte sein Schwergewicht darauf. Er schaute sie aufmerksam an, wobei er den Blick von einem Gesicht zum anderen gleiten ließ.

Er sagte: »Die Tage gehen vorbei, und ihr werdet immer älter. Ihr müßt euch öffnen für jeden Tag.«

Der eine Freund lachte und hob sein Glas: »Auf dein Wohl!«

Die Frau des anderen Freundes warf ein: »Ich möchte ein Prosagedicht vortragen. Wann darf ich das tun?«

Der Mann entgegnete mit ernstem Gesicht: »Heute nacht spricht niemand außer mir.«

»Aber es ist die Nacht deiner Geburtstagsfeier!«

»Die letzte!«

»Hör zu! Ich habe eine Gerichtsverhandlung erlebt und wurde danach mit der Untersuchung, der Urteilsfindung und -vollstreckung beauftragt.«

»Ich wette, das gibt einen herrlichen Spaß!«

»Daran zweifle ich sehr.«

Der eine Freund schlug vor: »Wir wollen uns dennoch bis zum Schluß nach ihm richten.«

Der andere Freund meinte: »Großartig! Betrachte uns als in deiner Gerichtsverhandlung auftretende Personen.«

»Das ist ohnehin der Fall, ob ihr wollt oder nicht.«

»Und was willst du von uns?«

»Ich sagte, daß die Tage vorübergehen und das Leben voranschreitet und daß man einmal reinen Tisch machen muß.«

»Dann beginne damit!«

Er deutete auf die beiden Männer und fragte: »Antwortet mir, wie viele Personen habt ihr getötet?«

Sie fingen an zu lachen. Er wartete, bis sie sich beruhigt hatten, dann sagte er: »Antwortet mir! Warum habt ihr euch bis jetzt nie der Gefahr ausgesetzt, getötet zu werden?«

Sie brachen wieder in Lachen aus. Als endlich Schweigen eingetreten war, fuhr er fort: »Antwortet! Warum seid ihr nicht wenigstens im Gefängnis gewesen?«

Die Frau des anderen Freundes meinte: »Habe ich euch nicht gesagt, daß es einen herrlichen Spaß geben würde?«

Der Mann stieß hervor: »Mir ist auferlegt, diejenigen

zu töten, die nicht selbst getötet haben, getötet wurden oder im Gefängnis waren.«

»Du Feind der besten Menschen!«

Der eine Freund forderte ihn auf: »Und du, erzähle uns, wann hast oder wurdest du getötet, oder wann warst du im Gefängnis!«

Die Frau des einen Freundes äußerte lachend: »Und wir, verdienen wir nicht auch, getötet zu werden?«

Der Mann entgegnete grob: »Du sagst die Wahrheit, meine Dame.«

»Tatsächlich?«

»Hast du unsere Liebe vergessen, die uns in der Jugend verband?«

Zum erstenmal fiel ein Schatten auf die fröhliche Runde. Die Gesichter verfinsterten sich vor Bestürzung.

Der eine Freund rief ärgerlich: »Hast du deinen Verstand und deinen guten Geschmack verloren?«

Der Mann gab herausfordernd zurück: »Man kann vor der Wahrheit nicht fliehen, so weit sie auch zurückliegt. Daß wir uns liebten, ist eine Tatsache, aber zufällig warst du ihr Vetter, und so meinte man, du hättest mehr Anspruch auf sie. Da wurde die Geliebte schwach und fügte sich.«

»Du bist verrückt. Erkläre uns, worauf du hinauswillst.«

»Sie wurde schwach und fügte sich. Sie leistete keinen Widerstand. Dann später fügte sie sich ein weiteres Mal. Heute sage ich dir offen, daß wir beide – sie und ich – dich fünf Jahre lang betrogen.«

Der erste Freund sprang auf. Er wollte sich auf den Mann stürzen. Aber der Mann zog seinen Revolver aus der Tasche. Er zielte auf ihn und schoß. Der Freund brach unter dem entsetzten Schreien der anderen zusammen. Sogar der alte Hausdiener schrie.

Der Mann rief, während seine Hand, die den Revolver hielt, zitterte: »Jeder bleibt an seinem Platz!«

Die Frau warf sich über ihren Mann und schluchzte laut.

Er spottete: »Warum weinst du? Du hast ihn gegen deinen Willen geheiratet und hast ihn aus freien Stücken betrogen. Wie häßlich sind die Tränen in den Falten deines Gesichts! Möchtest du ihm folgen?«

Wütend stieß sie hervor: »Verbrecher ... Wahnsinniger...«

Eine Kugel stak in ihrem Nacken, bevor sie zu Ende sprechen konnte. Blutüberströmt fiel sie neben den Leichnam ihres Mannes.

Aller Augen starrten ihn in stummem Entsetzen an. Er sagte: »Ich bezeuge, daß das Töten die größte Herausforderung gegen den Käfig des Lebens ist.«

Der andere Freund fragte mit unsicherer Stimme: »Was ist dir widerfahren, lieber Freund? Hast du vergessen, daß wir gekommen sind, um deinen Geburtstag zu feiern?«

Doch er sagte, als er nach dem Widerhall des Ereignisses seine Fassung wiederfand: »Auch du hast weder getötet, noch bist du getötet worden.«

Der Freund wehrte erschrocken ab: »Wie Millionen andere Menschen. Sonst gäbe es niemanden mehr auf dieser Welt. Was ist dir nur zugestoßen, lieber Freund?«

Die Frau meinte zitternd: »Wir sind miteinander befreundet. Hast du vergessen, welch lange Zeit uns verbindet? Denkst du nicht mehr daran, daß wir uns ein halbes Jahrhundert lang gut kennen?«

Er schaute voller Verachtung auf sie und erwiderte: »Auch du. Du hast ihn nur seines Reichtums wegen geheiratet. Auch du hast dich gefügt. Niemand von euch hat Ehrfurcht vor dem Widerstand.«

»Willst du mich für kindliche Gefühle zur Verantwortung ziehen, die vor einem halben Jahrhundert in meinem Herzen hervorbrachen?«

»Ich kenne auch deinen Geliebten!«

»Allah möge dir verzeihen.«

Der Freund bat: »Laß uns gehen!«

Er fragte ihn verächtlich: »Warum kränkt dich die Verletzung deiner Ehre nicht?«

»Laß uns gehen eingedenk einer lebenslangen Freundschaft!«

»Wir haben einen Punkt erreicht, von dem aus es kein Zurück mehr gibt.«

»Tötest du die Unschuldigen insgesamt?«

»Es gibt keinen einzigen Unschuldigen.«

Die Krankenschwester barg das Gesicht in den Händen, während der alte Diener hinter der Bar hervorrief: »Mein Herr, vertrauen Sie auf Allah, den Allmächtigen!«

Der Mann äußerte zufrieden: »Das hast du gut gesagt, Alter.«

Er schoß zweimal. Erst fiel der Freund zu Boden, dann seine Frau. Nur noch das Schluchzen der hübschen Krankenschwester war zu hören. Der Mann blickte zu ihr hin und fragte: »Warum haben Sie die Einladung angenommen, Sie Unglückliche?«

Sie fuhr fort zu schluchzen und antwortete nicht. Da fragte er: »Vielleicht hat Ihr Gewissen Sie veranlaßt, sie anzunehmen?«

»Ich habe sie Ihnen zuliebe angenommen«, entgegnete sie immer noch schluchzend.

Er sagte widerwillig: »Aber Sie verabscheuen mich wie den Tod.«

»Ich?«

»Ja.«

»Tun Sie mir nicht unrecht!«

»Ich habe einmal heimlich einen Blick in den Spiegel geworfen, als wir uns leidenschaftlich umarmten, da war Ihr Gesicht von Widerwillen übergossen wie von weichem Teer.«

»Niemals.«

»Ich habe Ihnen damals vorgeschlagen, mich zu heiraten, aber Sie hatten eine Ausrede.«

»Ich war verlobt, wie Sie wissen.«

»Ja, und Tatsache ist, daß ich Sie sehr geschätzt habe...«

»Es hatte nur den Grund, daß ich verlobt war.«

»Aber Sie willigten ein, meine Freundin zu werden gegen eine finanzielle Vergütung, die Sie für Ihre Heirat verwenden wollten.«

»Mein Herr...«

»Du leistetest keinen Widerstand! Was macht es euch so verhaßt, Widerstand zu leisten?«

»Auf alle Fälle waren Sie glücklich über meinen Entschluß.«

»Das ist richtig, und deswegen verurteile ich dich zum Tode.«

Die Schöne wollte entsetzt um Hilfe rufen, aber die Kugel kam ihr zuvor, und sie fiel auf das Gesicht. Er nahm den Fuß vom Stuhl herab, trat langsam vor und betrachtete die Leichen eingehend. Er wandte den Blick dem alten Diener hinter der Bar zu, dessen Gesicht schien totenbleich. Er fragte ihn: »Guter alter Mann, was meinst du zu dem, was du gesehen hast?«

Der Alte brachte kein Wort hervor, da meinte er: »Du hast in meinem Haus als junger Mann angefangen, und jetzt stehst du hier wie ein verwelkter, trockener Zweig, den man wegwerfen kann.«

Der alte Mann nickte mit dem Kopf, ohne etwas zu sagen, so fuhr er fort: »Wie oft habe ich dich schlecht behandelt, manchmal habe ich dich gequält...«

»Mein Herr...«

»Aber es ist dir nicht ein einziges Mal eingefallen, aus meinem Haus zu fliehen...«

»Trotz allem hatten Sie ein gutes Herz.«

»Lüg nicht. Wie oft hast du Scherereien mit mir gehabt in Dingen, die sich ziemten oder auch nicht. Wieviel Arten unverhüllter Ausschweifungen hast du hier gesehen!«

»Trotzdem kann ich Ihre Wohltaten nicht vergessen.«

»Nicht ein einziges Mal hast du daran gedacht, mich zu behandeln, wie ich es verdiene?«

»Ich bin Ihr gehorsamer Diener, mein Herr!«

»Deswegen verurteile ich dich zum Tode.«

Der Alte wollte sich hinter der Bar verstecken, aber die Kugel drang ihm in den Kopf. Der Mann seufzte tief. Er seufzte so tief, daß es im Empfangszimmer widerhallte.

Er spürte das Licht durch die geschlossenen Lider und öffnete die Augen. Er sah den alten Diener dastehen, während das Empfangszimmer in hellem Licht erstrahlte.

Er stand aus seinem bequemen Sessel auf und fragte: »Sind die Gäste gekommen?«

»Die Krankenschwester ist da«, entgegnete der Alte.

Der Diener ging. Die Krankenschwester trat mit strahlendem Gesicht ein. Sie tauschten ein freundliches Lächeln. Er legte sein Jackett ab und krempelte den Ärmel des Hemdes hoch, während sie die Injektion vorbereitete. Sie sagte: »Ein glückliches neues Lebensjahr!«

Er erwiderte, während er ihr seinen Arm überließ: »Ich lade Sie zu einer kleinen Geburtstagsfeier ein.«

Sie äußerte, und strich dabei mit einem alkoholgetränkten Wattebausch über die Einstichstelle: »Ich würde gern kommen, aber ich habe eine Verabredung mit meinem Verlobten.«

»Ich lade auch ihn ein, bitte, richten Sie ihm das aus ...«

»Er würde sich freuen, Ihrer Einladung Folge zu leisten, denn er hat Ihre Hilfe bei seinem Umzug nach Kairo nicht vergessen, aber er fühlt sich nicht wohl.«

»Ist er krank?«

»Nein, seine psychische Verfassung ist nicht, wie sie sein sollte.«

»Das geht vorbei. Wann werden Sie heiraten?«

»Auf jeden Fall bald.«

»Ich werde Sie sehr vermissen.«

Sie lachte: »Vorsicht! Nach der Hochzeit fange ich ein neues Leben an.«

»Was bist du doch für eine bezaubernde Ausbeuterin, aber ich werde das Glück, das mir durch dich zuteil geworden ist, nicht vergessen!«

»Ich gratuliere noch einmal.«

Sie ging, und er folgte ihr mit den Augen. Dann ließ er den Blick im Empfangszimmer schweifen, über den Fußboden, die Sessel und die Bar. Darauf seufzte er tief. Er schaute auf die Uhr und murmelte: »Das war wirklich eine lange Reise in noch nicht einmal fünf Minuten.«

Er ging im Empfangsraum auf und ab, brauchte aber nicht lange zu warten, denn die Gäste kamen kurz darauf, zwei Männer und zwei Frauen im achten und im siebenten Lebensjahrzehnt. Die Geschenkte reihten sich auf dem

Tisch aneinander. Küsse wurden ausgetauscht. Sie setzten sich, wie gewohnt, auf ihre Plätze, und der Mann begann, selber die Gläser zu füllen.

»Nur noch wir fünf sind übriggeblieben.«

»Gott habe Erbarmen mit denen, die von uns gegangen sind!«

Die Frau des ersten Freundes sagte: »Es wäre schön, wenn wir uns diesen kostbaren Abend bewahrten, deshalb möchte ich euch vor etwas warnen.«

»Und das wäre?«

»Wir sollten nicht über Politik und den Krieg reden.«

»Das ist richtig.«

»Das zehrt an der Lebenskraft und macht einen solchen Abend zur Qual. Es treibt uns auf versperrte Wege. Wir wollen uns das heute abend ersparen ...«

»Ich zweifle nur, ob es möglich ist, das durchzuhalten. Wir werden so tun, als ob wir einwilligen, und wollen über dieses oder jenes Thema sprechen, aber plötzlich, ohne zu wissen wie, wird die Rede von der Front sein.«

»Selbst wenn wir tatsächlich ein solches Thema fänden, so käme uns das Gespräch bald als leeres Gerede vor, sinnlos und ohne Würze. In Wahrheit fliehen wir doch nur immer das eine Gespräch, zu dem wir verurteilt sind. Endlich wird uns nichts anderes übrigbleiben, als uns wieder mit der Front zu befassen. Dann werden die Meinungen und die Vermutungen auseinandergehen, die Voraussetzungen zu Krieg oder Frieden werden miteinander im Streit liegen. Die Nacht wird vergehen, während wir uns mit eigenen Händen unser Grab schaufeln.«

Die Frau sagte mit Nachdruck: »Dann werde ich mich selbst zum Schutzengel unseres Abends ernennen. Ich werde jedesmal ein Warnsignal geben, wenn ich eine Neigung zu diesem endlosen Thema bemerke.«

»Der Vorsatz ist nicht schlecht, aber ich prophezeie einen Mißerfolg, bevor wir überhaupt begonnen haben.«

»Auf euer Wohl!«

»Auf dein Wohl!«

»Warum ist eigentlich die Hauptperson unserer Feier so zerstreut?«

»Ich?«

»Ja, irgend etwas in deinem edlen Kopf ist ...«

Er lachte: »Tatsache ist, daß ich einen seltsamen Traum hatte.«

»Hoffentlich einen guten!«

»Was soll ich sagen?«

»Erzähle, was es war! Wir sind erfahren im Träume deuten.«

Er warf ihnen einen seltsamen Blick zu: »Ich habe geträumt, daß ich euch alle erschossen habe.«

Alle brachen in Lachen aus.

»Das hast du gut gemacht, denn wird sind jetzt wie alte Pferde, denen man den Gnadenschuß gibt.«

»Ich tötete und war dabei überaus fröhlich.«

»Man kann Träume durch ihr Gegenteil deuten. So wäre der Sinn des Traums der, daß du uns ein langes Leben wünschst.«

»Großartig!«

»Wenn wir uns aber in unserer Deutung auf die Wissenschaft stützen, auf Freud zum Beispiel, dann würden wir in dir verborgene sexuelle Wünsche entdecken, die lieber nicht in aller Öffentlichkeit ausgebreitet werden sollen.«

»Es wäre nicht möglich gewesen, sie ein ganzes Leben lang zu verbergen.«

»Auf dein Wohl.«

»Auf euer Wohl.«

»Hast du die Frauen auch getötet?«

»Auch sie!«

»Sie haben mit dir Brot und Salz gegessen.«

»Sogar den alten Diener und die Krankenschwester!«

»Das war kein Traum, sondern eine Fortsetzung der Gespräche über den Krieg.«

»Vielleicht.«

»Und warum beliebtest du, uns zu töten?«

»Ich erinnere mich nicht mehr. Einzelheiten von Träumen vergißt man so schnell!«

»Erinnere dich an den Grund, aber bitte, er muß ungewöhnlich gewesen sein.«

»Ich glaube nicht.«

»Zweifellos haben wir dich irgendwie provoziert?«

»Vielleicht.«

»Was hast du getan, nachdem du uns umgebracht hattest?«

»Ich erinnere mich nicht.«

»Spürtest du nicht Reue?«

»Ich glaube nicht.«

»Erlaube mir, dir zu sagen ...«

Aber der alte Diener kam herein, um das Erscheinen der Krankenschwester und ihres Verlobten anzukündigen. Er ging, und dann kam die Krankenschwester, gefolgt von ihrem Verlobten. Der Mann machte sie alle miteinander bekannt. Die Neuankömmlinge nahmen nebeneinander Platz. Der junge Mann lächelte freundlich, vielleicht um eine Niedergeschlagenheit zu bemänteln, die er nicht ganz verbergen konnte.

Der Mann reichte ihnen zwei Gläser und sagte: »Auf Ihr Wohl!« Der erste Freund wandte sich ihnen zu: »Wir sind Ihnen dankbar, daß Sie gekommen sind, denn unserem Kreis tut junges Blut not.«

Der Mann sagte: »Sie ist ein ausgezeichnetes junges

Mädchen, und er ist ein hervorragender junger Mann, aber ihm scheint nicht ganz wohl zu sein.«

Der junge Mann entgegnete: »Mir geht es sehr gut, mein Herr.«

»Wirklich? Was meinen Sie, Fräulein?«

Sie erwiderte ein wenig traurig: »Es ist, wie Sie sagen, mein Herr, aber wir wollen diese fröhliche Feier nicht durch unsere Sorgen trüben.«

»Ist er krank?« fragte der zweite Freund.

»Nein, mein Herr, aber von Zeit zu Zeit befällt ihn ein rätselhaftes Gefühl der Niedergeschlagenheit.«

»Wie kann denn jemand niedergeschlagen sein, der mit Ihnen verlobt ist?«

Der junge Mann wehrte ab: »Mir geht es gut.«

Der Mann wandte ein: »Aber nein, es ist nicht so, wie Sie sagen.«

»Mein Herr, es geht doch nicht an, daß wir Ihre Fröhlichkeit vergällen.«

»Sprechen Sie offen, mein Sohn, ich könnte Ihr Vater sein.«

Die Frau des ersten Freundes meinte: »Vielleicht können wir durch das Gespräch mit Ihnen ein anderes Thema vermeiden, das uns verfolgt.«

Die Frau des zweiten Freundes wollte wissen: »Woher kommt denn ihre Niedergeschlagenheit?«

Die Krankenschwester antwortete: »Sie ist völlig unbegründet.«

»Das ist das Gefährlichste«, sagte der Mann.

Der erste Freund fragte: »Vielleicht gibt es eine Meinungsverschiedenheit auf der Arbeitsstelle?«

Der junge Mann erwiderte: »Es ist gar nichts!«

»Oder ein plötzlicher Anfall von Unruhe, wie er Liebende manchmal trifft?«

»Es ist wirklich nichts, mein Herr.«

Die Krankenschwester konnte nicht länger an sich halten: »Als wir auf dem Weg hierher waren, sagte er mir, daß Selbstmord eine gute Idee wäre.« Der junge Mann empörte sich: »Warum plauderst du hier etwas aus, was ich unabsichtlich und gedankenlos geäußert habe?«

»Vielleicht habe ich mich wirklich gefürchtet.«

»Du benimmst dich seltsam!«

»Entschuldige!«

»Wir verderben Ihnen den Abend!«

Der Mann sagte: »Seien Sie doch nicht so empfindlich, mein Sohn! Ich selbst habe vor kurzem geträumt, daß ich alle Gäste, auch Ihre Verlobte, getötet hätte, sogar meinen alten Diener.« Die Gäste brachen in Lachen aus, selbst der junge Mann lächelte.

Der Mann schlug vor: »Trinken Sie Ihr Glas aus und vertreiben Sie Ihre Grillen! Glauben Sie mir, ich heiße Sie besonders herzlich willkommen, bestimmt können Sie sich gut in meine seltsame Lage versetzen.«

Der Mann wandte sich an seine Freunde: »Entschuldigt, ich glaube, es wäre gut, wenn ich mit unserem jungen Freund ein paar Worte von Mann zu Mann rede. Laßt euch die Zeit nicht lang werden.«

Der erste Freund warf ein: »Oh, das wird sicherlich ein interessantes Gespräch, wir wollen gern zuhören und dabei tüchtig essen und trinken.«

Der Mann blickte die Krankenschwester an: »Sie sind schuld. Wie konnten Sie ihn sich so seiner Niedergeschlagenheit überlassen?«

Die Krankenschwester erwiderte: »Aber wir sind doch glücklich, ich glaubte es jedenfalls.«

Der Mann fragte ihren Verlobten: »Warum sind Sie so niedergeschlagen?«

»Sie übertreibt, mein Herr.«

Die Krankenschwester protestierte: »Ich habe nie übertrieben.«

Der Mann meinte: »Wir sind hier im fünfunddreißigsten Stock. Das hat mich eine Lebensweisheit gelehrt.«

Der zweite Freund lachte: »Das hat wohl etwas mit deinem schrecklichen Mord an uns zu tun?«

Der Mann nahm seinen jungen Gast an der Hand, ging mit ihm zum Fenster und deutete hinaus: »Von dieser Höhe aus sieht man mehr als nur den Nil, der durch Kairo fließt.«

Der junge Mann entgegnete: »Es ist wirklich ein großartiger Ausblick. Wahrscheinlich ist er am Tage noch schöner.«

»Von hier aus sehen Sie die Parks wie winzige geometrische Figuren auf Papier gezeichnet.«

»Vielleicht ... Aber bitte glauben Sie nicht, daß ich wirklich an Selbstmord gedacht habe.«

»Die Autos sind wie Kinderspielzeug, die Menschen wie Mäuse. Die Berge und die Wohnhäuser aber bilden ein riesiges miteinander verbundenes Gefüge, aus dem hier und dort Kuppeln und Minaretts hervorspringen. Die Straßen gehen völlig unter, so wie die Individualität der Menschen. Von hier oben nimmt man keine Spur mehr von ihren Sorgen und Schwierigkeiten, von ihren Freuden und Kümmernissen wahr.«

»Wie wunderbar ist das alles!«

»Wie schön, daß wir mit der Sonne, der Luft und der Höhe eins sind! Stört Sie mein Gerede?«

»Aber nein, ich fürchte, es stört Sie, daß ich hier bin ...«

Die Frau des ersten Freundes bat: »Sprich etwas lauter, mein Lieber, wir alle brauchen deine guten Worte!«

Der Mann sagte zu dem Jüngling: »Ich freue mich über

Sie. Vielleicht kann ich Sie überzeugen, Ihr Leben so einzurichten, daß Sie über allen Dingen stehen, so, wie es mir gelungen ist.«

»Über allen Dingen?«

»Ich meine, daß Sie von oben herab auf Ihre Sorgen blicken, so wie Sie auf die Stadt unter sich sehen. Dann werden Sie nur abstrakter Formen ohne jede Wirksamkeit gewahr.«

Der zweite Freund rief: »Du hast gut gesprochen, weiser Mann!«

Der junge Mann aber sagte: »Dieser Gedanke kommt vielleicht manchmal jemandem, der von Sorgen belastet ist und sich nach Ruhe sehnt, aber man muß ihn aus der Wirklichkeit verbannen.«

Die Frau des zweiten Freundes wandte sich an den jungen Mann: »Das ist ein erprobtes Rezept, verachten Sie es nicht, mein Lieber!«

Der Mann rief: »Ja, verachten Sie es nicht! Wie schön ist es, über allen Dingen zu stehen!«

»Aber wir wurden erschaffen, um inmitten der Welt zu leben!«

»Können Sie sich nicht über sie erheben?«

»Ich glaube nicht. Millionen leiden unter uns.«

»Das ändert nichts am Wesen der Sache.«

»Daran zweifle ich, mein Herr.«

Der Mann wies auf die von Lichtern übersprenkelte Stadt und meinte: »Hier und dort passieren Unfälle, werden Verbindungen geknüpft, brechen Streitigkeiten aus, aber für den, der aus diesem Fenster heraus beobachtet, geschieht überhaupt nichts.«

»Vielleicht ist das Kurzsichtigkeit, mein Herr.«

Alle begannen zu lachen, auch der Mann lachte und sagte: »Die Jugend ist eine gefährliche Zeit. Die verschmäht den Waffenstillstand und spottet über die Weisheit. Vor ihr liegen nur zwei Wege, entweder der Selbstmord oder die Revolution.«

Der erste Freund fragte: »Und die Liebe, ist sie nicht auch ein Weg?«

Aber der junge Mann wiederholte: »Der Selbstmord oder die Revolution?«

»Für den, der aus diesem Fenster sieht, ist beides eins.«

»Aus dem Fenster!«

»Ihr Ton ist spöttisch! Sagen Sie mir aufrichtig, was hat Sie hierhergeführt?«

»Ich wollte Ihren Geburtstag mitfeiern.«

»Und was noch?«

»Vielleicht wollte ich mich auch etwas zerstreuen.«

»Das ist ein schlechtes Zeichen.«

»Ein schlechtes?«

»Es beweist, daß Sie viele Sorgen haben.«

»Kein Leben ist frei davon.«

»Aber das wichtigste ist, wie wir uns zu ihnen stellen, nicht wahr?«

»Daß wir den Kampf fortsetzen.«

»Bitte, wiederholen Sie in meiner Gegenwart nicht leere Phrasen!«

»Ich schäme mich nicht, Maximen zu wiederholen, wenn sie lobenswert sind.«

»Und ich bin ein erfahrener Mann. Ich habe für mich persönlich einen Sieg über die Welt errungen. Es ist meine Pflicht, das Geheimnis demjenigen zu eröffnen, der seiner bedarf.«

»Besten Dank.«

»Glauben Sie mir nicht?«

»Ich brenne darauf, das Geheimnis zu erfahren.«

Mehr als eine Stimme war zu hören: »Auch wir brennen darauf.«

Der Mann äußerte: »Ursprünglich waren es die Sorgen.«

»Ursprünglich?«

»Das Experiment begann, als die Sorgen mich niederdrückten.«

»Welche Sorgen bitte?«

»Das ist unwichtig. Die Trennung ... Ungehorsam ... Schmutz ... die Sorgen des Vaterlandes ... ein Erdbeben in Jugoslawien. Was es war, interessiert nicht. Die Sorgen drückten mich nieder.«

»Und danach?«

»Erschöpfung übermannte mich. Dann eines Tages ertappte ich mich dabei, daß ich die Stadt aus diesem Fenster betrachtete. Da offenbarte sich mir auf einmal die Wahrheit.«

»Die Wahrheit?«

»Sie besteht darin, daß die Sorgen nicht existieren.«

»Wohin sind sie denn entschwunden?«

»Ich sah nur noch eine abstrakte Stadt.«

»Die Stadt selbst verschwindet, wenn man sich auf eine entsprechende Stufe erhebt.«

»Eine abstrakte Stadt und keine Spur von Sorgen.«

»Das gibt es nur in der Phantasie.«

»Durchaus nicht!«

»Tatsache ist, daß die Sorgen tief in unseren Herzen stecken.«

»Aber sie werden zu nichts, wenn man sie von oben betrachtet.«

»Das ist unmöglich!«

»Aber ich habe es ausprobiert und den Sieg davongetragen.«

»Meinen Sie, daß Sie nichts mehr betrübt?«

»Ja.«

»Das hieße ja, daß Sie kein Mensch mehr sind.«

»Ich warne Sie noch einmal, Sie sollen keine leeren Phrasen nachsprechen.«

»Aber das ist die Wahrheit.«

»Es gibt keine Wahrheit außer meiner erfolgreichen Erfahrung.«

»Stellen Sie sich vor – Allah möge es verhüten –, daß Sie das Teuerste verlieren, was Sie besitzen.«

»Ich habe Schlimmeres erlebt als das. Bitte, unterscheiden Sie doch einmal aus dieser Sicht zwischen einem Grab und einem Haus.«

»Das ist nur ein Trost für den Verstand, aber nicht für die Nerven.«

»Die Nerven fügen sich letztlich dem Fenster.«

»Das glaube ich nicht.«

Die Frau des zweiten Freundes beteuerte: »Sie müssen es glauben!«

Der Jüngling sagte zu dem Mann: »Das heißt, wenn ich richtig verstanden habe, daß Sie nicht mehr am Leben sind.«

»Oder daß ich den Gipfel des Lebens schon überschritten habe.«

»Vielleicht haben Sie die Gier nach dem wirklichen Leben nicht kennengelernt.«

»Ich bin von ihr geformt und geprägt.«

»Dann sind Sie der glücklichste Mann der Welt.«

»Wir reden über die Weisheit, nicht über das Glück.«

»Vielleicht sind Sie weise, aber Sie sind, verzeihen Sie mir, nicht lebendig.«

»Noch atme ich.«

»Dann ist das eine Weisheit, die die Triebkräfte des wahren Lebens sterben läßt.«

»Schon wieder diese alten Phrasen.«

»Eine Weisheit, die den Fortschritt abtötet.«

»Ich habe immer meine Pflicht getan.«

»Und warum erfüllen Sie überhaupt irgendwelche Pflichten?«

»Weil ich lebe und weil es Pflichten sind.«

»Sie geben mir Rätsel auf.«

»Endlich fangen Sie an, mich zu begreifen.«

»Aber Ihre Worte sind weit von der Wirklichkeit entfernt, es sind schwierige, unverständliche Worte.«

»Was Sie da sagen, kann auf alles im Leben zutreffen.«

»Es tut mir leid, ich kann mit Ihrer Weisheit nichts anfangen.«

»Ich gestehe Ihnen, daß ich beunruhigt war, als mein Blick auf Sie fiel.«

»Warum?«

»Etwas sagt mir, daß Sie sich an etwas Gefährliches wagen.«

»Und was sollte das sein?«

»Offen gestanden drehten sich meine Gedanken um einen Selbstmord.«

»Das sind Gedanken, ebenso weit von der Wahrheit entfernt wie dieses Fenster vom Erdboden.«

»Deswegen habe ich Sie in mein Geheimnis eingeweiht, um Ihre Selbstmordgedanken zu vertreiben.«

»Danke, von solchen Geheimnissen will ich nichts wissen, außerdem habe ich meine besonderen Mittel.«

»Großartig, dann setzen Sie sich doch wieder hin und trinken Sie ein Glas!«

Allen gingen unterschiedliche Erwägungen durch den

Kopf. Der Mann aber verließ seinen Platz vor dem Fenster nicht, vielmehr stieg er auf einen Stuhl, der dort stand.

Das war merkwürdig, und der erste Freund fragte: »Willst du eine Rede halten?«

Von dem Stuhl stieg er mit einer Leichtigkeit, die man seinem Alter nicht zugetraut hätte, auf das Fensterbrett und stellte sich darauf, wobei er sich mit den Händen am Fensterrahmen festhielt. Alle sprangen erschrocken auf und riefen durcheinander: »Was tust du da! Sei vorsichtig!«

Im folgenden Moment sahen sie, wie er sich in den freien Raum hinausstürzte. In Blitzeseile verschwand er, und hinter ihm her erscholl ein Schrei, rauh wie das Heulen eines wilden Tieres.

Die himmlische Begegnung

Ich machte einen Rundgang durch das neue, noch leerstehende Gebäude. Der Bau war neu in buchstäblichem Sinne. Immer noch lag Farbgeruch über dem unfreundlichen Gelände. Aber binnen kurzem würde über dem Eingang ein großes Schild hängen mit dem Namen unserer Behörde, die schon ihre Vorbereitungen getroffen hatte. Und ich hatte dazu beigetragen, daß die Wahl auf dieses Haus gefallen war. Obwohl ich nur ein unbekannter Schreiber im Archiv bin, hatte man mich für das Komitee ausgesucht, das nach einem neuen Gebäude für die Behörde suchen sollte, in dem alle ihre über die ganze große Stadt verstreuten Abteilungen Platz fänden. Bei meinem täglichen Weg zur Arbeit ging ich jeden Morgen an diesem Neubau vorüber, und ich forderte das Komitee auf, ihn sich anzusehen. Die Verwaltungsmaßnahmen wurden schnell erledigt und dann der Mietvertrag mit dem Besitzer des Gebäudes unterzeichnet.

Ich machte einen Rundgang durch das neue, noch leerstehende Haus. Der Umzug hatte noch nicht begonnen. Wie gewöhnlich war ich morgens meinen Weg gegangen, da stachelte mich ein imaginärer Besitzerstolz an, einen Inspektionsrundgang zu machen. Der Pförtner kannte mich von den vorangegangenen offiziellen Besuchen her und empfing mich mit Respekt. Er hatte ein gutes Herz und wußte nichts vom Ausmaß meines Elends, das ich als unbedeutender kleiner Beamter und

Vater einer großen Familie durchmachte, die nur an Festtagen Fleisch zu kosten bekam.

Im Hof des Gebäudes begegnete ich zufällig einem Mann, von dem ich nicht wußte, was er hier zu suchen hatte. Daß er mit festen, selbstbewußten Schritten dahinging, brachte mich besonders auf. Ich nahm an, daß er gekommen war, weil er eine Wohnung mieten wollte, und erwartete von ihm eine freundliche Begrüßung, aber er nahm von mir zunächst gar keine Notiz. Er ging und warf auf alles um sich herum hochmütige Blicke, die den Unwillen eines Beamten erregen mußten, der – was immer man auch über seine niedrige Position sagen mochte – doch der Entdecker des Gebäudes und außerdem der Vertreter der Behörde war, die es in wenigen Tagen in Besitz nehmen würde. Ich schickte mich an, mit ihm einen Streit anzufangen – zurückhaltend und vernünftig, denn er war mittelgroß, von starker Statur und hatte ein würdiges Aussehen –, da sprach er mich plötzlich ohne zu grüßen an: »Sind Sie einer der Besitzer des Gebäudes?«

Ich entgegnete stolz: »Ich bin Mitglied des Komitees der Behörde, die das Gebäude gemietet hat.«

Er sagte ruhig: »Großartig! Ich möchte mir das Haus von innen ansehen.«

»Aber wer sind Sie?«

Er erwiderte schlicht und ohne Umschweife: »Ich bin der Direktor.«

Seine Worte trafen mich wie der Blitz, und ich krümmte mich zusammen. Schnell verbeugte ich mich mechanisch, gleichsam als schnelle Reaktion auf den elektrischen Schlag, der von seiner Person auf mein erschüttertes Selbst übergesprungen war. Ich sagte unterwürfig: »Entschuldigen Sie bitte, Exzellenz.«

»Gehen Sie mir voraus!« befahl er gleichgültig.

Mir war, als hätte der Himmel seine Pforten geöffnet und mich mit Segen und Barmherzigkeit überschüttet, da ich zum Wegweiser für Seine Exzellenz auserwählt worden war. Behende ging ich vor ihm her, von einem Raum zum anderen, beschrieb die Lage der Zimmer, zählte die Vorzüge auf und lenkte seinen gütigen Blick auf die Zimmer, die Säle und die Hallen. Dabei verhielt ich mich meinem Begleiter gegenüber äußerst unaufdringlich und entgegenkommend. Unterwürfig schlug ich vor: »Ich meine, Euer Exzellenz, daß der dritte Stock der für Sie geeignetste ist. Er liegt in einer ausreichenden Höhe, die Sie vor dem Straßenlärm schützt, und gleichzeitig ist es nicht zu mühsam, hinauf- oder herabzusteigen, wenn der Fahrstuhl einmal nicht läuft.«

Bei der nächsten Gelegenheit brachte ich vor: »Die Nordecke hat nicht zu verachtende Vorzüge, die Straße führt von zwei Seiten zu ihr, und an der dritten Seite liegt eine niedrige Tankstelle, so daß frische Luft und Sonnenschein sie stets ungehindert erreichen.«

Beim drittenmal wies ich auf das größte Zimmer: »Das ist ein Zimmer für Sie. Man kann es mit dem Nebenraum verbinden, wenn man die eine Wand abreißt, um genügend Platz für Sitzungen zu haben. An der Südseite kann man eine Tür zum persönlichen Sekretariat einbauen.«

Nach alledem sah ich in seinem gütigen Gesicht Genugtuung und Freude. Wir kehrten nach einem glücklichen und erfolgreichen Rundgang auf den Hof zurück, während ich wie von einer himmlischen Erleuchtung und von heftiger Freude erfüllt war. Seine Exzellenz geruhte, mich zu fragen: »Und in welchem Büro arbeiten Sie?«

Als böte sich mir lang ersehnte Rettung, ergriff ich

geschickt diese Chance und entgegnete: »Ich bin Schreiber im Archiv, Euer Exzellenz, ein kleiner Schreiber, aber ich habe seit langem ein Anliegen...«

Er aber unterbrach mich: »Später, später...«

Ich entschuldigte mich für meine Voreiligkeit: »Verzeihen Sie bitte, Exzellenz. Ich werde meine Klage über die Ungerechtigkeit, die man mir angetan hat, später vortragen.«

Er ging hinaus, und ich eilte hinter ihm her. Zufällig begegnete ihm ein Zeitungsverkäufer. Er nahm eine Zeitschrift und ein Buch zum Preise von fünfundzwanzig Piastern. Doch es zeigte sich, daß der Direktor nicht genügend Kleingeld bei sich hatte, um bezahlen zu können, und daß der Zeitungsverkäufer nicht das Wechselgeld für eine große Banknote besaß. Der Direktor wollte die Zeitschrift und das Buch schon zurückgeben, aber aus intuitiver Freigebigkeit beeilte ich mich, den erforderlichen Betrag für ihn zu begleichen.

Der Direktor zögerte kurz, dann ließ er es sich gefallen und sagte: »Gehen Sie sofort in mein Büro und lassen Sie sich Ihr Geld wiedergeben!«

Dann ging er weiter und murmelte: »Danke.«

Er ließ mich in einem Wirbel glücklicher Erregung und sehnsuchtsvollen Verlangens zurück, so daß ich leicht hätte unter ein Auto geraten können, während ich wie in einem Meer von Freude und Hoffnung schwamm. Ich war mir sicher, daß sich nun eine neue, leuchtend helle Seite in meiner Lebensgeschichte aufgetan hatte, die bisher voll war von Mühen und Prüfungen. Denn ich hatte mit dem Generaldirektor Bekanntschaft geschlossen, ihm meine schlechte Lage vor Augen geführt, und er hatte versprochen, sich mit der Ungerechtigkeit, die mir widerfahren war, zu befassen. Ja, in einem gesegneten, vom

Atem der Engel durchhauchten Augenblick war ich sein Gläubiger geworden für eine Summe von fünfundzwanzig Piastern. Gott bewahre mich davor, daß ich ihm je diese Schuld abverlangte oder irgend jemanden daran erinnerte. Sie war die Opfergabe, die mir seine Zuneigung eingetragen hatte und mir, wenn es nötig wäre, seine Tür öffnen würde. Immerhin, es war ein großer Betrag, der mir weitere Einschränkungen abverlangte, damit ich mich bis Monatsende so recht und schlecht durchschlagen konnte. Aber alles das war eher zu ertragen, als daß ich mit eigener Hand die verwandtschaftlichen Beziehungen zerstörte, die ihn aus Barmherzigkeit mit mir verbanden.

Der Umzug in das neue Gebäude fand statt. Wie üblich bekamen wir Archivbeamten die Räume im Keller. Mich beschäftigte immer noch meine heimliche glückliche Beziehung zu Seiner Exzellenz. Ich ging nicht, wie er es befohlen hatte, in sein Büro, um mir den Betrag wiedergeben zu lassen. Gott sei Dank ließ er ihn mir auch nicht von einem der Beamten seines Büros bringen. Die Tage vergingen, und schließlich befiel mich die Furcht, er könnte mich in der Flut seiner zahllosen Aufgaben vergessen haben. Ich fragte Allah um Rat und las religiöse Texte, um mich vor Bösem zu schützen, und dann beschloß ich, um eine Unterredung mit dem Generaldirektor zu bitten. Ich begab mich zum Zimmer des persönlichen Sekretärs, aber der Bote trat mir in den Weg und gab mir zu verstehen, daß der Sekretär sehr beschäftigt sei. Er zeigte sich bereit, ihn über mein Anliegen zu informieren. Ich sagte ihm: »Ich bitte um einen Termin für die Ehre einer Unterredung mit dem Generaldirektor.«

Der Bote warf einen abschätzigen Blick auf meinen abgetragenen Anzug, er verschwand aber für eine Minute hinter der geschlossenen Tür. Dann kehrte er zurück und stieß hervor: »Schreiben Sie Ihr Anliegen auf ein Blatt Papier mit dem Gebührenstempel und schicken Sie es auf dem Dienstweg!«

Kein gutes Zureden nützte, ich fand ihn so verschlossen wie die Tür, vor der er saß. So kehrte ich in mein Büro zurück als Opfer eines quälenden Zwangs, aber fest entschlossen, zum Ziel zu gelangen, koste es, was es wolle. Sofort flüchtete ich mich zu unserem Chef im Archiv, einem Mann in mittleren Jahren, der unsere elende und unglückliche Lage teilte und uns außer seinem Alter nichts voraushatte. Ich war begierig darauf, bei ihm Verständnis und Hilfe zu finden. So vertraute ich ihm meinen Wunsch nach einer Unterredung mit dem Generaldirektor an und bat ihn um seine Meinung und seinen Rat.

Er fragte mich: »Was bezwecken Sie denn mit Ihren Bemühungen?«

»Ich möchte ihm eine Beschwerde vortragen.«

»Geht es uns nicht allen gleich schlecht?«

»Aber er hat mich dazu ermutigt.«

»Wirklich? Wann denn und wie?«

Ich erzählte ihm von unserer Begegnung das, was für ihn interessant war. Er stutzte ein wenig und meinte dann: »Das war nur so dahingesagt, darauf kann man sich nicht berufen.«

»Aber ich werde mir und meiner Familie eine Gelegenheit wie diese, die der Himmel nur selten bietet, doch nicht entgehen lassen.«

»Ich rate Ihnen, lassen Sie die Sache auf sich beruhen.«

Da überschlug sich meine Stimme vor Erregung: »Niemals, das ist die einzige Hoffnung, die mir in meinem Leben bleibt.«

Er schüttelte nachdenklich den Kopf, so sah ich keine andere Möglichkeit, als einen letzten Schuß abzufeuern, und flüsterte ihm ins Ohr: »Ich werde Ihnen ganz im Vertrauen ein Geheimnis mitteilen, ich kann mich doch auf Sie verlassen. Seine Exzellenz hat sich nämlich von mir fünfundzwanzig Piaster geborgt!«

Der Mann blickte mich erstaunt und betroffen an, und ich fügte nachdrücklich hinzu: »Glauben Sie mir, ich bin voll bei Sinnen, es stimmt, was ich Ihnen sage.«

Ich erzählte von der Geschichte mit dem Geld, das ich ihm geliehen habe. Da fragte er mich zweifelnd: »Haben Sie unseren Generaldirektor jemals vorher gesehen?«

»Nein.«

»Woher wollen Sie denn wissen, daß jener Mann der Direktor war?«

»Darüber besteht gar kein Zweifel.«

»Warum kann es nicht ein Mann gewesen sein, der sich einen Scherz erlaubt und Ihre Gutmütigkeit ausgenutzt hat?«

»Das ist ausgeschlossen. Ich will ihn Ihnen beschreiben.«

Aber er unterbrach mich: »Das ist sinnlos, denn ich habe ihn nur einmal vor Jahren flüchtig und von weitem gesehen.«

»Auf jeden Fall bin ich sicher, daß es der Generaldirektor war.«

»Was Sie da erzählen, ist so eine Geschichte ...«

Ich erwiderte, um zu einem Ende zu kommen: »Nehmen Sie an, ich bin bei klarem Verstand, und zeigen Sie mir einen Weg, wie ich dem Generaldirektor eine Beschwerde vorlegen kann.«

»Großartig! Schreiben Sie die Beschwerde auf ein Blatt Papier mit dem Gebührenstempel und geben Sie sie mir als Ihrem unmittelbaren Vorgesetzten. Ich befürworte sie, dann wird sie an den Verwaltungsdirektor weitergegeben, damit er sie befürwortet, dann wird sie an den Generalinspektor zur Befürwortung weitergereicht, danach wird sie dem Büro des Generaldirektors zugeschickt. Und wenn ich Ihnen – und zwar umsonst – noch einen guten Rat geben darf: Erwähnen Sie vor niemandem die Geschichte von den fünfundzwanzig Piastern!«

Ich setzte die Beschwerde sorgfältig auf und übergab sie meinem unmittelbaren Vorgesetzten. Er unterschrieb sie mit dem dringenden Ersuchen um wohlwollendes Entgegenkommen. Dann ging ich damit zum Sekretär des Verwaltungsdirektors. Der schob sie unter einen Berg von Beschwerden und wandte sich wieder seiner Arbeit zu.

Ich fragte ihn: »Wann werden Sie so freundlich sein, sie dem Verwaltungsdirektor vorzulegen?«

Er antwortete, ohne den Blick von seinen Papieren zu heben: »Das geht Sie nichts an!«

»Aber es ist eine Beschwerde besonderer Art. Ich meine, ich habe sie nur auf Grund einer Empfehlung Seiner Exzellenz des Verwaltungsdirektors persönlich geschrieben.«

Er warf mir einen seltsamen Blick zu und fragte mich spöttisch: »Exzellenz sind mit ihm verwandt?«

»Das ist die Wahrheit, kein Scherz.«

»Sie wird vorgelegt werden, wenn Zeit dafür ist. Wenn Sie das nicht wollen, dann nehmen Sie sie und gehen!«

»Werden Sie doch nicht ärgerlich! Wann kann ich kommen, um sie zu holen?«

»Wenn sie vorgelegen hat.«

»Und wann wird das sein?«

»Wenn es Zeit dafür ist.«

Er kehrte mir mit einer entschiedenen Bewegung den Rücken zu und wollte mich offensichtlich loswerden. Ich ging in mein Büro zurück und verfluchte den Beamtenapparat, ausgenommen natürlich Seine Exzellenz, den Generaldirektor. Ich bat meinen Chef, für mich beim Sekretär des Verwaltungsdirektors ein gutes Wort einzulegen, aber er lehnte das ab, der junge Mann sei ihm zu eingebildet und dumm. Die Tage vergingen, und ich wartete geduldig.

Eines Morgens, als einer meiner Kollegen und ich gemeinsam die Eingangsliste durchsahen, neigte er sich zu mir und flüsterte mir zu: »Ist es wirklich wahr, daß du dem Generaldirektor fünfundzwanzig Piaster geliehen hast?«

Ich war ganz bestürzt. Schreck packte mich, ich fragte ihn, wer ihm das erzählt habe. Er wisse, daß man sich im Archiv darüber etwas zugeflüstert habe, war seine Antwort. O Bezwinger des Unglücks, erbarme dich unser! Ich verdächtigte meinen Chef, aber er schwor mir bei seinen Kindern, daß er darüber kein Wort verloren habe. Dann beschuldigte ich meine Frau – sie ist mit den Ehefrauen einiger Beamten befreundet –, aber auch sie leugnete ab, sei es nun zu Recht oder aus Furcht. Unruhe zehrte wie Gift an mir. Ich bildete mir ein, bestürzten und spöttischen Blicken zu begegnen, und befürchtete, daß man mich binnen kurzem für geistesgestört oder wahnsinnig halten werde. Deswegen mußte ich mich beeilen, bevor etwas geschah, was nicht vorauszuberechnen war. Ich begab mich zum Sekretär des Verwaltungsdirektors. Er grüßte nicht zurück, sondern zeigte ärgerlich auf meine Beschwerde. Ich nahm sie dankend entgegen und eilte sofort zum Sekretär des Generalinspektors. Ich legte die Beschwerde vor und wollte ihm die Wichtigkeit des Falles erläutern, aber er kam mir zuvor: »Lassen Sie sie hier und gehen Sie!«

Um ihn zufriedenzustellen, ging ich auf die Tür zu, aber fragte doch noch: »Wann kann ich wiederkommen, um sie abzuholen?«

»Kommen Sie nicht wieder!«

Aus meiner Verzweiflung heraus wagte ich eine weitere Frage: »Und die Beschwerde?«

Er hob die Augen zur Decke, als wollte er Allah zum Zeugen für meine Unverschämtheit anrufen. Da gaben mir mehrere der im Zimmer Anwesenden spontan den Rat, mich zu fügen und dem Befehl Folge zu leisten, so daß ich ganz betroffen und ängstlich wurde. Der Bote nahm mich freundlich am Arm – eine sympathische Geste – und gab mir in der Halle zu verstehen, daß das Büro des Generalinspektors seine Post auf direktem Wege in das Büro des Generaldirektors schickte.

»Und woher soll ich wissen, daß mein Schreiben abgeschickt worden ist?«

»Kommen Sie in einer Woche oder in zehn Tagen wieder und gehen Sie zu dem Schreiber, der im Büro des Generalinspektors die ausgehende Post bearbeitet. Er gibt Ihnen die Nummer und das Datum, und anhand dessen können Sie über das Schicksal Ihrer Beschwerde im Büro des Generaldirektors Aufschluß erhalten.«

Um mir meine Unterlegenheit nicht anmerken zu lassen, trumpfte ich auf: »Stellen Sie sich vor, daß man mir im Büro Seiner Exzellenz des Generaldirektors eine Hochachtung entgegenbringen wird, wie ich sie in eurem Büro nicht zu einem Hundertstel erfahren habe.«

Da flehte der Bote nur noch: »Allah lasse Ihr Ansehen immer mehr wachsen!«

Ich kehrte in mein Büro zurück und sprach bei mir: »Verschärfe dich, Krise, und entspanne dich.« Ich sagte mir auch, daß alles, was ich in jenen Tagen durchzumachen hatte, mir einen ungehinderten Eintritt ins Paradies garantieren würde, daß auf Dunkelheit nur Licht folgen könnte und daß ich über kurz oder lang der Gnade des Zerstreuers aller Sorgen teilhaftig würde. Die spöttischen Blicke aber folgten mir unablässig und ohne Erbarmen. Man begnügte sich nicht damit, mich vielsagend anzublicken.

Ein Kollege stellte die Frage: »Wie ... wann ... unter welchen seltsamen Umständen hast du dem Generaldirektor fünfundzwanzig Piaster geborgt?«

Ein anderer wollte wissen: »Hat der Generaldirektor seine Schulden nicht zurückgezahlt?«

Einmal höhnte eine Stimme mir nach: »Das ist der Bettler, der dem Generaldirektor Geld geliehen hat ...«

Ich betete zu Allah, daß er mir die Geduld des Propheten Hiob verleihen möge. Meine Hoffnung auf seine Barmherzigkeit blieb stark und unerschütterlich. Ich erinnerte mich, wie die Familie Noahs ihn verspottet hatte und wie es schließlich den Gottesfürchtigen ergangen war. Erst nachdem zwei volle Wochen verstrichen waren, ging ich zu dem Schreiber, der im Büro des Generalinspektors die ausgehende Post bearbeitete. Er gab mir die Nummer und das Datum des Schreibens, mit dem die Beschwerde an das Büro des Generaldirektors geschickt worden war. Ich fragte ihn höflich: »Wann kann ich das Ergebnis im Büro des Generaldirektors erfahren?«

Er fuhr mich völlig ungerechtfertigt an: »Suchen Sie das bei Gott zu erfahren, der das Verborgene kennt!«

Jedenfalls war die Beschwerde im Büro des Generaldirektors angelangt. Er würde sich sofort an mich erinnern, und vielleicht würde er mich zu sich bitten, zumindest würde er mir zu meinem Seelenfrieden verhelfen. Glückliche Träume stürmten auf mich ein: Ich erlebte eine

Beförderung oder sah mich im Besitz zusätzlichen Kindergeldes. Ich kehrte mit der Post ins Archiv zurück und rezitierte in Gedanken gerade den Thronvers, da trat mir ein Beamter in den Weg und begann zu fragen: »Hast du wirklich ...«

Ich hatte mich über die Dreistigkeit der Spötter schon genug geärgert, so schnitt ich ihm das Wort ab: »Schweig, frecher Kerl ...«

Der Mann zog sich verblüfft zurück und meinte: »Du mußt ganz und gar verrückt geworden sein.«

Ich schrie ihn an: »Verschwinde, sonst ziehe ich mir die Schuhe aus und zerschlage sie auf deinem Kopf.«

Schnell stellten sich Leute, die es gut oder auch schlecht meinten, zwischen uns. Am nächsten Tag wurde ich ins Ermittlungsbüro gerufen. Der Untersuchungsrichter sagte: »Sie werden beschuldigt, den Rechnungsprüfer mit Worten beleidigt und außerdem eine Schlägerei begonnen zu haben.«

Ich entgegnete unterwürfig: »Ich bin ein armer Mann. Er wollte sich über mich lustig machen, und da habe ich ihm einen Schreck eingejagt. Das ist alles.«

Der Rechnungsführer gab vor, daß er mich hätte fragen wollen, ob sein Schriftwechsel von der Kasse eingetroffen sei. Er berief sich auf seine Kollegen und zwei Kollegen aus dem Archiv als Zeugen, daß es stimmte, was er sagte. Daß seine Aussage zutreffend war, leuchtete sogar mir ein, und ich begriff, daß ich ihn mißverstanden und ungerecht behandelt hatte. Ich verteidigte mich: »Viele machen sich über mich lustig, und ich habe ihn zu diesen gerechnet.«

Der Untersuchungsrichter fragte mich: »Warum macht man sich über Sie lustig?«

Ich schwieg, aber eine ganze Anzahl von Zeugen

brachte die Geschichte von dem geborgten Geld vor, so daß mir nichts übrigblieb, als zu protestieren: »Das ist eine reine Verleumdung, entbehrt jeder Grundlage und ist mir zu Unrecht angehängt worden.«

Der Disput zwischen den Zeugen und mir wurde ziemlich heftig und überschritt die Grenzen der Höflichkeit. Völlig niedergeschlagen verließ ich das Untersuchungsbüro. Nach einigen Tagen rief mich mein Chef zu sich und teilte mir traurig mit: »Man hat beschlossen, Ihnen den Lohn für fünf Tage vom Gehalt abzuziehen.«

Ich rief: »Das ist eine schreiende Ungerechtigkeit. Ich werde dann meine Kinder kaum ernähren können.«

»Wenn Sie sich doch beherrschen könnten!«

»Ich habe mich geirrt, aber dafür gibt es eine Entschuldigung. Ob die Geschichte von dem Darlehen Seiner Exzellenz dem Generaldirektor zu Ohren gekommen ist?«

Der Mann entgegnete zuversichtlich: »Niemand in der Behörde wagt, ihm das zuzutragen.«

Obwohl ich sehr traurig war, blieb mein Vertrauen auf Allah unerschütterlich. Ich sagte mir, daß er – seine Erhabenheit ist groß – mich von meiner Traurigkeit erlösen würde, so wie er Josef aus seinem Gefängnis befreit hatte. Trotz all des Übels, das mir widerfahren war, malte ich mir immer noch das versprochene Glück aus und glaubte fest, daß es bald eintreten würde. Ich wartete lange, dann ging ich zu dem Schreiber, der die eingehende Post im Büro Seiner Exzellenz des Generaldirektors bearbeitete, um zu fragen, was aus meiner Beschwerde geworden sei. Er sagte mit mir völlig unverständlicher Abneigung: »Am Donnerstag beantworte ich Anfragen.«

Es war Sonntag, aber ich hatte bereits im Untersuchungsbüro meine Erfahrungen gemacht und zog mich ohne ein weiteres Wort zurück. Ich klagte meinem Chef mein Leid, und er ging mit mir zum Magazinverwalter. Der war ein Freund meines Chefs und mit dem Schreiber, der die eingehende Post bearbeitete, verwandt. Der Mann erklärte sich bereit, seinen Verwandten anzurufen und ihn nach meiner Beschwerde zu fragen. Er hörte sich seine Antwort an, von der wir nichts verstehen konnten, dann legte er den Hörer auf die Gabel und sagte: »Es tut mir leid, die Eingabe wurde abgewiesen.«

Die Nachricht erschlug mich, meine Hoffnungen sanken in sich zusammen, und wie unter Trümmern begraben fragte ich: »Ist denn die Eingabe Seiner Exzellenz, dem Generaldirektor, überhaupt vorgelegt worden?«

»Natürlich, er hat doch angeordnet, sie abzuweisen.«

»Das ist unmöglich.«

Da der Mann lächelte und nichts erwiderte, brachte ich nur noch hervor: »Ich hatte erwartet, daß er mich zu sich kommen lassen würde.«

Der Mann warf mir einen seltsamen Blick zu, ohne sich zu äußern. Ich ging mit meinem Chef zurück und seufzte: »Ich kann es nicht glauben.«

Er versuchte mich zu trösten: »Das ist das Schicksal aller Beschwerden.«

»Aber er hat mir doch empfohlen, sie aufzusetzen.«

»Ich glaube immer noch, daß Sie einem Schwätzer auf den Leim gegangen sind.«

»Nein ... nein!«

»Dann hat er es vielleicht vergessen. Ein Direktor hat so viel zu tun, daß er leicht einmal etwas vergißt.«

»Und was soll ich tun?«

»Vertrauen Sie auf Allah ...«

Aber in mir war ein unverrückbarer Entschluß gewachsen. Voller Eifer zog ich Erkundigungen über die

Termine des Direktors ein, über das, was er tat und ließ. Ich hatte beschlossen, mich weder der ungerechten Macht noch blinden, bürokratischen Anordnungen zu unterwerfen.

Der Wagen des Direktors setzte sich in Bewegung, um ihn vor dem Gebäude zu erwarten. Der Pförtner und die Boten bildeten gemeinsam mit dem wachhabenden Polizisten zwei Reihen Spalier. Ich hatte mich am Eingang hinter einem großen Schild verborgen, auf dem zu einer Versteigerung eingeladen wurde. Vom Hof her wurden Stimmen laut, der Direktor und sein Gefolge kamen näher. Als er an mir vorbeigehen wollte, sprach ich die Basmala, dann sprang ich auf ihn zu, um mich flehend vor ihm auf die Knie zu werfen.

Ein Mann rief: »Der Verrückte ... Vorsicht, Exzellenz ...«

Ein großes Gedränge entstand, Lärm erhob sich.

Ich begriff nicht ganz, was geschah. Der Boden schwankte unter mir. Dutzende starker Hände hielten mich fest.

Was soll ich danach noch sagen? Da man meine Tat für politisch motiviert hielt, wurde ich hochnotpeinlich verhört. Als ihnen ihr Irrtum bewußt wurde, bezichtigte man mich, den Direktor angefallen zu haben aus Rache dafür, daß er meine Beschwerde zurückgewiesen hatte.

Im Gefängnis habe ich das Tischlerhandwerk erlernt. Mit dieser Arbeit mühe ich mich heute ab, um meine Kinder großziehen zu können.

Das Verbrechen

Die Ruhe ist in den Abgründen der Geschichte verronnen. Vieles hat sich verändert. Neue Sehenswürdigkeiten sind entstanden. Aber das El-Scharki-Viertel mit seinen engen Gassen und seinen baufälligen Häusern ist sich gleichgeblieben. Ihm gegenüber liegt das Viertel El-Gharbi mit seinen Villen im klassischen Stil und mit seinen modernen hübschen Gebäuden. So fand ich die Gegend vor, in der ich geboren wurde, in der ich aber ein Vierteljahrhundert nicht mehr gewesen war. Der Bahnhofsvorplatz in seiner Weiträumigkeit, mit seinen modernen Bauten und dem Denkmal der sich erhebenden Bauernschaft überwältigte mich ebenso wie die breite, lange Allee, die in das Viertel hineinführte, bis hin zum Minarett, das aus dem großen Park emporragte. Auch von den neuen Fabriken war ich überrascht, von ihrer großzügigen Bauweise, ihren rauchenden Schornsteinen und dem Lärm ihrer Maschinen.

Mein Wunsch, mit den Leuten dieser Gegend etwas näher in Kontakt zu kommen, war der Grund dafür, daß ich mich in diesem Viertel niederließ. So ging ich zu einem Wohnungsmakler und setzte mich in seinem Büro voller Erwartung zu einer Schar von Männern und Frauen. Ich saß dort mit lächelndem Gesicht und ganz von der Absicht erfüllt, jede Freundlichkeit zu erwidern, aber die Leute waren völlig in ihr Gespräch vertieft:

»Deutet nichts darauf hin, wer die Tote sein könnte?«

»Nein, sie liegt schon seit einigen Jahren in der Erde und war überdies völlig verkohlt.«

»Seit wieviel Jahren?«

»Vier oder fünf, so stand es in der Mitteilung.«

»Und der Mörder?«

»Niemand weiß bis jetzt, wer er war. Wahrscheinlich war es eine Bande. Jemanden zu ermorden, zu verbrennen und dann in der Erde zu verscharren, das schafft ein Verbrecher allein nicht.«

Ich mischte mich ins Gespräch: »Hat man denn damals nach dem Verbrechen hier gar nicht bemerkt, daß eine Frau verschwunden ist?«

Für einen Moment herrschte Schweigen, dann sagte jemand: »Daran kann sich keiner mehr erinnern.«

Ich entgegnete: »Aber dem Untersuchungsrichter muß es doch aufgefallen sein.«

Mir schien, daß mein Einwand nicht geteilt wurde. Dadurch verstärkte sich eher das Gefühl in mir, ein Fremder zu sein, statt mir zu einem Kontakt zu verhelfen. Ich befürchtete, daß man es mir übelnehmen würde, wenn ich noch mehr Fragen stellte, und mußte mich vor allem wegen der mir übertragenen Aufgabe sehr in acht nehmen, zumal ich sehr empfindlich war, weil ich in langen Berufsjahren gelernt hatte, daß die Augen sich voll und ganz jedem Eindringling zuwenden mußten, der vielleicht die Sicherheit der Gegend und ihr seltsames Geheimnis bedrohte. Dann kam ich an die Reihe, und ich fand das Zimmer des Maklers voll von Mitarbeitern. Ich bemerkte, daß auch sie über das Verbrechen redeten, obwohl sie ganz in ihre Arbeit vertieft schienen. Sogar der Makler selbst beteiligte sich an der Unterhaltung und sagte:

»Die Gegend hat kein anderes Gesprächsthema als das

Verbrechen. Man hört es auf dem Markt, in den Büros und Fabriken, in den Hütten und Villen.«

»Das ist doch ganz natürlich.«

»Und was für einen Sinn hat es?«

Der Makler meinte: »Es ist Geschwätz, ein fruchtloser Ausdruck der Furcht und der Schwäche, nutzloses Geschwätz.«

»Eines Tages werden wir herausbekommen, wer die Ermordete war, und dann kann man den Mörder festnehmen.«

Der Makler wiederholte: »Geschwätz und leere Wünsche.«

»Und warum diese Furcht? Es ist wirklich so, als ob jeder einzelne im Viertel fürchtet, es könnte ihm genauso ergehen.«

Ich verließ das Büro, nachdem ich ein möbliertes Zimmer in einem Haus im El-Scharki-Viertel gemietet hatte, mitten unter den Leuten, mit deren Hilfe ich die ersehnte Wahrheit herausfinden wollte. Ich erinnerte mich an die Unterredung mit meinem Chef, bei der ich schließlich mit der Aufgabe betraut worden war. Er sagte: »Sie gehen in die Gegend, um Erkundigungen einzuziehen und Nachforschungen anzustellen«, und fügte hinzu: »Es ist ein Glück, daß niemand von den Sicherheitsbeamten dort Sie kennt.«

Ich fragte interessiert und höflich: »Aber warum das Mißtrauen?«

»Nun gut, auch schon früher wurden Spuren von Verbrechen beseitigt, und dann wurde gegen unbekannt geklagt. Jene Verbrechen waren jedoch nicht so scheußlich wie das heutige. Aber wer weiß, ob diese Geschichte nicht genauso ausgeht wie die anderen?«

»Und die dortigen Sicherheitsbeamten, was tun sie?«

»Wollen Sie meine Meinung wissen? Sie halten zusammen. Vielleicht spielen sie die Hauptrolle, wenn es darum geht, die Spuren des Verbrechens zu verwischen.«

»Aber warum?«

»Genau das sollen Sie für mich feststellen.«

»Und die Leute in der Gegend, auf welchem Standpunkt stehen sie?«

»Das ist die Frage.«

»Gehört nicht die Ermordete ebenso zu ihnen wie der Mörder?«

»Daran glaube ich fest.«

»Warum werden dann nicht die Tatsachen aufgedeckt und die Verbrecher festgenommen, wie das überall üblich ist?«

»Das ist die Frage.«

So verlief das Gespräch, bevor ich mit dem Auftrag betraut wurde. Meine Aufgabe war nicht, insgeheim Nachforschungen anzustellen, wer die Ermordete war, oder den Mörder festzunehmen. Das stand nicht in meiner Macht, gehörte nicht in meinen Kompetenzbereich und war auch viel zu schwierig, da das Verbrechen bereits etwa fünf Jahre zurücklag. Mir war lediglich aufgetragen worden, die geheimen Ursachen dafür festzustellen, warum in diesem Viertel die Spuren des Verbrechens verwischt wurden, und herauszufinden, weshalb die Leute dabei gemeinsame Sache machten, die Armen, die Reichen und die Sicherheitsbeamten.

Ich verließ mein Zimmer, um der Arbeit nachzugehen, die ich mir zum Scheine gesucht hatte, als ein Bote kam und mich aufforderte, im Sicherheitsbüro zu erscheinen. Ich machte mich sofort auf den Weg und war unruhig und pessimistisch. Was sollte die Aufforderung? Hatte ich mit irgend etwas ihren Argwohn geweckt? Sollte ich mich einer Provokation gegenüber behaupten, da ich gerade erst mit der Arbeit begonnen hatte?

Dann stand ich vor dem Offizier, der mich nach Namen und Beruf fragte. Ich nannte meinen Namen und erklärte: »Ich bin Taxifahrer.«

Ich reichte ihm meinen Personalausweis und die Fahrerlaubnis. Er prüfte beides sorgfältig, und ich vertraute darauf, daß er nichts finden würde, was seinen Zweifel erregte. Dann sah er mich mit einem durchdringenden Blick an und fragte mich: »Warum haben Sie sich diese Gegend ausgesucht?«

Ich entgegnete nach kurzem Überlegen: »Das ist ein verbrieftes Recht für jeden Bürger und meiner Meinung nach kein Grund für eine Befragung.«

Er wiederholte seine Frage kühl: »Warum haben Sie sich diese Gegend ausgesucht, um zu arbeiten?«

Da ich keine unnötigen Scherereien heraufbeschwören wollte, zog ich es vor, friedfertig zu bleiben, und antwortete: »Weil der Arbeitsbereich hier so begrenzt ist, daß er für meinen Gesundheitszustand das richtige ist und mir garantiert, was ich zum Leben brauche. Ich habe diese Gegend gewählt, weil ich hier geboren bin.«

»Haben Sie hier Angehörige oder Bekannte?«

»Nein, sie sind vor etwa fünfundzwanzig Jahren weggezogen.«

»Das Verbrechen hat gegenüber Fremden allgemein eine Abneigung hervorgerufen.«

Ich hätte ihn beinah gefragt, ob sie wüßten, wer die Verbrecher waren, aber ich besann mich und fragte: »Soll ich deswegen hier ausgewiesen werden?«

Er gab mir meinen Ausweis und die Fahrerlaubnis zurück und empfahl kühl: »Gehen Sie!«

Ich ging und dachte darüber nach, wie groß wohl sein

Argwohn gegen mich war, aber ich fand absolut nichts in meinem Verhalten, wodurch ich aufgefallen sein könnte. So verbannte ich diesen Verdacht aus meinen Gedanken und setzte meinen Weg fort, ohne mir weiter irgendwelche Dinge einzureden oder mir meinen geheimen Auftrag anmerken zu lassen.

Während ich zwei Männer im Taxi zum Bahnhof fuhr, hörte ich zu, wie sie sich über das Verbrechen unterhielten: »Scheußlich, scheußlich! Und wie grausam!«

»Sie war überaus schön.«

»Aber das Feuer hat nichts von ihr übriggelassen.«

»Ich meine, wenn sie nicht schön gewesen wäre, hätte man sie nicht ermordet. Du verstehst mich doch.«

»Natürlich. Daß fünf Jahre vergangen sind, seitdem sie verscharrt wurde, macht es nahezu unmöglich, eine Spur zu ermitteln.«

Ich mischte mich ins Gespräch: »Ich habe in den Zeitungen gelesen, daß es möglich ist, durch eine wissenschaftliche Untersuchung sogar bei Mumien die Todesursachen festzustellen. Und wenn die Ursache ein Verbrechen war, dann kann man durch eine Analyse der historischen Begleitumstände herausfinden, wer der Mörder war, ein einzelner oder eine Gruppe.«

Die beiden Männer lachten, und einer von ihnen sagte: »Zur Zeit der Pharaonen gab es überzeugende Gründe, warum die Menschen starben oder ermordet wurden.«

Sie lachten wieder.

Ich sagte mir, daß die Gespräche der Leute keinen Beweis dafür böten, daß sie zusammenhielten, sondern daß sie nur ihre Unzufriedenheit offenbarten, selbst wenn sie zusammenhielten. Warum machten sie gemeinsame Sache dabei, die Spuren des Verbrechens zu beseitigen und den Mörder und den Mord zu decken, ob sie es wollten oder nicht?

Einmal fuhr ich eine Familie nach Ujun El-Mija, da drehte sich das Gespräch ebenfalls um das Verbrechen.

»Alles Anderslautende ist nur ein Gerücht.«

»Du weißt ebenso wie wir, daß es die Wahrheit ist.«

Ich spitzte sofort die Ohren, aber ich sah im Spiegel, wie eine Frau die Redenden warnte, indem sie mit dem Kinn auf mich wies.

Ich suchte verschiedene Gegenden auf, ich verfolgte die Gespräche im Taxi, ich speicherte die Worte in meinem Gedächtnis, ich prüfte und durchdachte sie nach allen Richtungen. Mit Hilfe logischer Schlußverfahren kam ich zu bestimmten Ergebnissen. Aus jeder Bemerkung zog ich Nutzen.

Einmal fragte ich meinen Chef – ich besuchte ihn immer, wenn ich einen Fahrgast in die Hauptstadt brachte –: »Besteht nicht die Möglichkeit, daß der Verbrecher – wer immer es war – aus einer ganz anderen Gegend stammt?«

»Auch das ist nicht ausgeschlossen. In dem Fall wäre es ein normales Verbrechen, und die Gerechtigkeit könnte ihren Lauf nehmen.«

»Was veranlaßt die Armen des El-Scharki-Viertels, sich bei der Verschleierung des Verbrechens mit den Reichen des El-Gharbi-Viertels zusammenzutun, trotz der scharfen Gegensätze, die zwischen beiden Seiten bestehen?«

»Ihre Frage beweist, daß Sie auf dem richtigen Wege sind.«

»Ich halte es für wahrscheinlich, daß der Mörder einer von den Reichen ist.«

»Das ist ein sehr vernünftiger Gedanke.«

»Heißt das, daß die Ermordete von der anderen Seite stammt?«

»Vielleicht...«

»Das Geheimnis liegt darin, warum alle zusammenhalten, sogar die Sicherheitsbeamten.«

»Das ist das Problem...«

Nach allem, was in der Gegend erzählt wurde, wußte ich, daß der Leichnam bei Ausschachtungsarbeiten für eine psychiatrische Klinik entdeckt worden war. Ich hörte sogar von dem Bauarbeiter, der zuerst auf sie gestoßen war. Es handelte sich um einen Oberägypter, der gern im Sonnencafé im El-Scharki-Viertel saß. Ich legte es darauf an, ihn kennenzulernen, und setzte mich zu ihm. Wir tranken gemeinsam Tee.

Ich fragte ihn: »Was empfanden Sie, als Sie auf den verscharrten Leichnam stießen?«

Er antwortete stolz: »Ich rief meine Kameraden, dann kam die Polizei.«

Unser Gespräch blieb an der Oberfläche, wir verschoben die wichtigen Fragen auf eine weitere Begegnung. Aber ich fand ihn danach nicht wieder. Es wurde gesagt, daß ihn irgendwelche Umstände zur plötzlichen Abreise nach Oberägypten gezwungen hätten. Ob das wohl nur ein Zufall war? Mich befiel Unruhe, ich fürchtete, beobachtet zu werden, wie ich es nicht erwartet hatte. Ich verstärkte meine Aufmerksamkeit soweit wie möglich, setzte aber die ganze Zeit die Ermittlungen fort, mit denen ich beauftragt war. Ich nahm jeden sich bietenden Kontakt wahr und versuchte möglichst viele Freundschaften zu schließen. Ich leistete zahllose Dienste. Das Verbrechen war immer noch in jedermanns Munde, in den Häusern und Cafèstuben, auf dem Suk und im Taxi. Man sprach davon immer wieder mit Zorn und Verachtung, manchmal auch spöttisch, aber der Vorhang des Geheimnisvollen wurde nie gelüftet. Da war etwas in den Tiefen, was nach Ausdruck verlangte, das ins Unterbewußte verdrängt worden war, Furcht oder Scham oder auch der fiebrige Wunsch zu fliehen. Eines Tages, als ich auf dem Suk war, beobachtete ich, daß einer armen Frau Tränen in den Augen standen, als sie einem nicht enden wollenden Gespräch über das Verbrechen zuhörte. Ihr Gesicht in seiner Armseligkeit und seiner welken, durch Vernachlässigung und Elend verkümmerten Schönheit zog mich an. Ob sie wohl aus einem allgemein menschlichen Gefühl heraus weinte, oder ob sie die Sache näher anging? Ich beschloß sofort, ihr von weitem zu folgen. Vielleicht würde ich auf etwas stoßen.

Als ich zum äußersten Ende des Suks kam, rief mir eine Stimme zu: »Da treiben Sie sich hier herum und vernachlässigen Ihre Arbeit!«

Ich wandte mich um und sah den Offizier dastehen, der mich in der ihm eigenen kühlen Art anblickte. Ich gab vor: »Ich bin gekommen, um einzukaufen.«

»Und wo ist das Taxi?«

»Auf dem neuen Platz.«

Er ging seiner Wege und ließ mich verwirrt zurück. Ich suchte nach der Frau, aber sie war in der Menge verschwunden. Es kam mir ganz so vor, als stünde ich nicht einem blinden Zufall, sondern einem wohl arrangierten Plan gegenüber, und als müßte ich meine Vorsicht verdoppeln.

Mehrere Tage hintereinander betätigte ich mich nur als Taxifahrer, und ich beauftragte eine Brautwerberin damit, mir eine passende Braut zu suchen. Dann schlich ich mich einmal, gegen Mitternacht, zu der Weinstube bei den Anhöhen des Suks. Ich fand sie gedrängt voll von

Leuten, die tranken, Witze erzählten und Lieder sangen. Es war heiß von den Ausdünstungen so vieler Menschen, vom Rauch und durch die verbrauchte Luft. Ich trank wenig, aber ich gab mich berauscht und fröhlich. Ich schärfte meine Sinne, um unverhoffte Äußerungen und unbeabsichtigt entschlüpfte Bemerkungen zu erhaschen. Wie gewöhnlich berührte jedes Gespräch, jede Äußerung, jeder Scherz das Verbrechen. Ich wunderte mich: »Es ist, als wären sie alle Verbrecher oder Opfer oder beides gleichzeitig.«

Unter all den Unterhaltungen hörte ich ein leidenschaftliches, wie mir schien, bedeutungsvolles Zwiegespräch.

Ein Mann protestierte: »Wir sind schwach.«

»Nein, feige«, entgegnete der andere heftig.

»Was tust du, wenn sich dir eine Wand aus Feuer in den Weg stellt?«

»Ich stürze mich hinein.«

»Dann tu das, und zeig uns deinen Mut!«

Sie zankten sich lachend. Ich stürzte mich auf Wortfetzen, die, wenn man sie richtig ordnete und überprüfte, als wichtige Geständnisse oder doch dem Ähnliches dienen könnten. Während ich das tat, atmete ich heftig vor Aufregung. Irgend etwas veranlaßte mich, den Kopf zum Eingang zu wenden, wie bei einer Gedankenübertragung, da sah ich, wie der Offizier sich hinausschlich. Augenblicklich legten sich mein Rausch und meine Erregung. Mein Berufsinstinkt wurde wach, und ich begriff die drohende Gefahr, in der ich mich befand. Wer ein so gefährliches Geheimnis kannte, dem drohte der Untergang. Ich weiß, wie es in meinem Beruf zugeht. Deswegen mußte ich mit klarem Verstand nachdenken. Ich mußte das Lokal verlassen, bevor eine Schlägerei inszeniert wurde, um mir den Garaus zu machen. Ich mußte es vermeiden, durch die leeren Straßen zu gehen, ich durfte auch das Taxi nicht benutzen, weil es aus unbekannten Gründen explodieren konnte. Kehre nicht in dein Zimmer zurück, so sagte ich mir, damit dich nicht jemand, der dort in einer Ecke hockt, ermordet. Geh durch die Obeliskenallee direkt zum Bahnhof. Dort gibt es viele Möglichkeiten, in die Hauptstadt zu gelangen.

Auf dem Bahnhofsplatz spürte ich, wie sich mir eine Hand auf die Schultern legte. Ich wandte mich blitzschnell um und sah den Offizier vor mir. Wir blickten uns kurz an, dann lächelte er und erklärte: »Ich bin gekommen, um Sie zu verabschieden, wie es unter Kollegen üblich ist.«

Ich gab es auf, zu widersprechen, und murmelte spöttisch: »Danke.«

Er lachte: »Warum haben Sie das Taxi ohne Fahrer zurückgelassen?«

Ich entgegnete, ebenfalls spöttisch: »Ich lasse es in sicheren Händen.«

Er lachte wieder: »Welche Beobachtungen nehmen Sie mit sich?«

Ich dachte länger nach, denn erwiderte ich: »Daß Sie Ihre Pflicht nicht tun.«

»Die Leute reden nicht.«

»Ich weiß, daß die einen von den anderen abhängig sind, wenn sie arbeiten, um zu leben, aber der Zorn sammelt sich in den Tiefen, und Geduld hat Grenzen.«

Er schüttelte verächtlich den Kopf und fragte: »Was ist denn Ihrer Meinung nach unsere Pflicht?«

»Gerechtigkeit walten zu lassen.«

»Nein.«

»Nein?«

»Unsere Pflicht ist, die Sicherheit zu wahren.«

»Kann man die Sicherheit wahren, indem man die Gerechtigkeit preisgibt?«

»Vielleicht sogar, indem man alle Werte preisgibt.«

»Sie haben eine verfluchte Art zu denken.«

»Haben Sie sich schon einmal vorgestellt, was geschehen kann, wenn wir Gerechtigkeit walten lassen?«

»Das kommt früher oder später sowieso.«

»Bevor Sie Ihren Bericht machen, denken Sie lange nach und schreiben Sie ohne verlogene Idealisierung! Was werden Sie schreiben?«

»Ich werde schreiben, daß alle Werte ihre Gültigkeit verloren haben, aber die Sicherheit gefestigt ist.«

Auf Freiersfüßen

An diesem Punkt unseres Gesprächs neigte er sich zu mir, so daß ich seinen Atem an meiner Schläfe spürte, und riet: »Entschließ dich doch endlich zu heiraten!«

Ich hörte seinen Vorschlag nicht ungern. Tatsächlich hatte ich sehnsüchtig darauf gewartet, daß er so etwas sage. Ich glaubte allmählich, heiraten wäre für mich das einzige noch wertvolle Abenteuer.

So entgegnete ich: »Eine gute Idee!«

»Und was erwartest du?«

»Nun, daß die Braut ein anständiges Mädchen ist.«

»Hast du schon ernsthaft Ausschau gehalten?«

»Dafür habe ich keine Zeit.«

Sein Interesse an dem Thema belebte sich, und er meinte: »Ein schwieriger Fall, aber bis jetzt hat sich noch immer ein Ausweg ergeben. Was für Bedingungen stellst du denn?«

»Eine passende Braut, das ist alles, was ich suche.«

»Eine Frau fürs Haus oder eine Frau mit Beruf?«

»Eine Frau fürs Haus wäre vorteilhaft, aber eine Frau mit Beruf hat zweifellos auch ihre Vorzüge.«

»Weil sie ein eigenes Einkommen hat?«

»Ob sie nichts besitzt oder selbst Geld verdient, jede wäre mir gleich recht.«

»Und wie soll sie aussehen, was denkst du?«

»Mir genügt, wenn sie liebenswürdig ist.«

»Deine Bedingungen sind leicht zu erfüllen. Du suchst eine Frau, die angenehm im Umgang ist.«

»Nicht mehr und nicht weniger.«

Er sagte zuversichtlich: »Dein Wunsch kann erfüllt werden. Kennst du die Familie Miri, Abid Miri? Seine Tochter schlage ich dir vor.«

Eines Tages nahm er mich zur Familie Abid Miri mit und stellte mich dem Vater, der Mutter und dem jungen Mädchen vor. Tatsächlich verließ ich ihre Wohnung als Verliebter oder doch in einem Zustand, der dem sehr nahe kam. Das Mädchen schien mir vorbildlich zu sein in seiner Ernsthaftigkeit, Weiblichkeit und häuslichen Tugend. Die würdige Haltung des Vaters und der Stolz der Mutter gefielen mir. Bei diesem Besuch kam es zu einer ersten Übereinkunft, und das entspricht – überträgt man es in unsere Behördensprache – der Anwartschaft auf eine Beamtenlaufbahn. Das Wichtigste stand noch aus, nämlich die Vorlage der Personalpapiere und des polizeilichen Führungszeugnisses, um bei dem Vergleich zu bleiben. Ich meinerseits zog Erkundigungen über die Familie ein und erfuhr erwartungsgemäß Widersprüchliches. Man sagte mir: »Was für ein Glück! Diese Familie ist nicht wie alle anderen. Sie ist eine Garantie für Geborgenheit und Frieden im Leben und im Tod.«

Ein anderer warnte mich: »Laß dich nicht von Äußerlichkeiten blenden. Die Ketten der Sklaverei werden dich erdrücken.«

Ich hörte Geschichten darüber, daß einige Familienmitglieder wahnsinnig geworden wären und andere Selbstmord begangen hätten, aber das brachte meinen Entschluß nicht ins Wanken. Ich vertraute meiner langen Lebenserfahrung und meiner guten Menschenkenntnis. Wie ein Rausch überkam mich die Lust zum Abenteuer und der Entschluß, an die Tore des Unbekannten zu pochen. Mir schien, daß das Leben wirklich dem glich, was da immer gesagt wurde. Wir empfangen es und verbinden mit ihm unsere Wunschträume von Sicherheit, die über den Tod hinausreicht, dann tritt es uns entgegen als das glorreiche Unbekannte, als etwas schwer Durchschaubares, das wir auf uns nehmen, und wir hören nicht auf, es zu lieben, und hängen an ihm bis zum Tode.

Gleichzeitig verfolgte mich die Familie mit ihren Nachforschungen, die weit in die Tiefen meines Wesens und meiner Vergangenheit reichten. Mich befiel eine gewisse Unruhe. Ich hoffte, daß man Nachsicht üben und schließlich Verständnis aufbringen würde.

Mein Freund, der zwischen uns vermittelte, kam zu mir und sagte: »Erst jetzt weiß ich über deine Gesundheit Bescheid.«

Ich erschrak und fragte: »Was, sie stellen sogar Nachforschungen an, ob ich gesund bin?«

»Natürlich. Viele gelten am Ende nur wegen ihrer robusten Gesundheit als rechtschaffen.«

»Gott sei Dank bin ich kerngesund.«

»Aber in deiner Brust, unterhalb des Schlüsselbeins, steckt schon seit langer Zeit eine Kugel.«

Ich lachte, wie von Erinnerungen berauscht: »Das ist eine alte Geschichte.«

»Aber wieso bist du von einer Kugel getroffen worden?«

Ich erwiderte nach einigem Zögern: »Bei einem Protestmarsch.«

»Das gibt jeder vor, der eine alte Kugel im Leibe stecken hat.«

»Zweifeln sie etwa daran?«

»Der Alte zweifelt allmählich selbst an der Revolution, obwohl er sie miterlebt hat. Er sagte heute, daß es keine

Revolution gegeben hat, daß nicht geschossen wurde und daß niemand dabei sein Leben gelassen hat.«

»Das ist doch reiner Wahnsinn.«

Der Freund lächelte: »Jedenfalls ist es ein glücklicher Umstand, daß jemand Abid Miri gesagt hat, du seiest von dieser Kugel in einem Vergnügungslokal getroffen worden.«

»Du hältst das für einen glücklichen Umstand?«

»In gewissem Maße ja. Jugendlichen Leichtsinn kann man entschuldigen, aber wer in politische Angelegenheiten verwickelt war, setzt womöglich auch einmal seine Familie unbekannten Gefahren aus. Doch was das betrifft, habe ich dich verteidigt.«

»Was hast du denn gesagt?«

»Ich habe gesagt, daß du keiner Partei angehörst, daß du keine eigene Meinung hast und daß du dem Staat treu ergeben bist, daß du weder zu den Liberalen noch zu den Kommunisten oder den Muslimbrüdern gehört hast – das alles empfiehlt dich zweifellos als einen hoffnungsvollen Ehemann mit gesicherter Zukunft.«

Niedergeschlagen entgegnete ich: »Aber es ist ungerecht zu sagen, daß ich in einem Tanzlokal mein Leben aufs Spiel gesetzt hätte.«

»Lassen wir das! – Aber warum fürchtest du dich so vor Schaben?«

Ich lachte laut auf: »Ist das dein Ernst?«

»Man sagt, daß du kostbare Zeit vergeudest, um Küche, Bad und andere Zimmer einzusprühen, und daß du vor Schreck laut aufschreist, wenn du eine Schabe zu sehen bekommst, sogar wenn es sich nur um die kleine deutsche Art handelt.«

»So beschreibst du sie?«

»Das ist wirklich eine belanglose Sache – oder etwa

nicht, hat sie etwas zu bedeuten? Das ist die Frage. Man sagt nämlich, daß sich deiner Meinung nach die Lage des Landes bedeutend verbessern würde, wenn erst die Schaben erfolgreich vernichtet wären.«

Jetzt ärgerte ich mich schon, daß ich ihm überhaupt zuhörte, und fragte verächtlich: »Kümmert man sich im Hause Abid Miri wirklich um solche Albernheiten?«

»Mein Lieber, sie halten einige Erinnerungen in Ehren, die mit Schaben zusammenhängen.«

»Nein!«

»Es ist tatsächlich so. Sie hatten eine Großmutter, die glaubte, daß die Schaben einige Geheimnisse des Daseins mit sich tragen.«

Spöttisch schlug ich vor: »So wollen wir denn aus lauter Zuneigung zur Familie Miri künftig die Schaben verehren!«

Wieder allein, machte ich mir meine Gedanken, wie schwierig so ein Weg bis zur Ehe und wie töricht es war, vorher Erkundigungen einzuziehen. Grad so, als trachteten Menschen danach, daß die Übereinstimmung zwischen den beiden Eheleuten vollkommen sei, ohne jeden Makel, von vornherein vorhanden ohne jede Mühe gemeinsamer Erfahrungen, möglichst schon lange vor Beginn des ehelichen Zusammenlebens. Dabei wird völlig vergessen, daß der Mensch die ungewöhnliche Fähigkeit besitzt, sich den Forderungen des Lebens anzupassen. Der Mensch, der die Epochen des Jäger-, Hirten- und Pflanzerdasein durchlebt, Dürre und Eiszeit überstanden, schwierige Widersprüche gelöst und sich selbst in einer Weise verwirklicht hat, die ihm das Weiterleben garantiert, dieser Mensch ist zweifellos auch in der Lage, sich seiner Braut anzupassen, mögen seine und ihre Vergangenheit noch so unterschiedlich sein. Ich erinnerte mich des früher gegen mich erhobenen Vorwurfs, daß ich keiner Partei angehörte und daß man mich deswegen der Dummheit, mangelnder patriotischer Erziehung, der Frivolität und des Egoismus bezichtigt hatte, und wie man mir das jetzt zum Vorteil anrechnete bei all diesen Nachforschungen, die wie eine Flut über mich hereingebrochen waren und meine verborgenen Fehler ans Licht bringen sollten.

Zwei Wochen danach kam mein Freund wieder zu mir. Ich erkundigte mich voller Unruhe bei ihm: »Natürlich sind die Nachforschungen noch im Gange?«

Da lachte er kurz: »Jetzt geht es um deinen Lebenswandel.«

»Der gehört der Vergangenheit an, ich bin entschlossen, mein Leben von Grund auf zu ändern.«

»Das habe ich auch gesagt. Aber die Vergangenheit erscheint manchen Leuten nun einmal als die einzige Wahrheit.«

»Das ist doch wirklich ein törichter Standpunkt!«

Er lenkte freundlich ein, so als empfände auch er es als Last, was man ihm aufgebürdet hatte: »Sie redeten von Glückspielen!«

Ich rief sofort: »Nein, ich bin keine Spielernatur. Ich habe nur ein paarmal gespielt und es dann gelassen.«

»Und wie steht es mit dem Alkohol?«

»Hör zu und glaube mir. Ich war und bin immer noch ein äußerst mäßiger Trinker. Ich war nur ein einziges Mal betrunken.«

»Die Familie Miri fürchtet nicht so sehr das Trinken als vielmehr seine schlimmen Folgen.«

»Es gab keine.«

»Abid Miri selbst trinkt, und wenn er getrunken hat, singt er. Aber ihm ist erzählt worden, daß du dich einmal spitzzüngig über den Despotismus ausgelassen hat, als du betrunken warst.«

»Ich habe dir doch gesagt, daß ich nur ein einziges Mal betrunken war.«

»Vielleicht ist das bei diesem einen Mal geschehen. Abid Miri fürchtet, daß sich das wiederholen könnte, wenn du Ehemann und Vater geworden bist.«

Ich erwiderte heftig: »Glaub mir, seine Furcht ist unbegründet. Außerdem, warum erwähnt er dieses eine Versehen und vergißt mein langjähriges Wohlverhalten gegenüber dem Despotismus, während ich bei klarem Verstand war.«

»Über dieses Thema ließe sich diskutieren – vielleicht später einmal. Aber wie steht es mit deiner Neigung zu den Frauen der Mohammed-Ali-Straße?«

Alles um mich herum erschien mir düster, und ich verteidigte mich: »Keines Mannes Vergangenheit ist frei von Zeitvertreib dieser Art.«

»Abid Miri billigt das zwar, aber er empört sich über deinen Geschmack. Er sagt von dir, wenn er eine besondere Neigung zu diesen Frauen hat, wie kann er dann zu einem anständigen Mädchen wie meiner Tochter passen?«

»Gibt es denn einen wirklichen Unterschied zwischen seiner Tochter und den Frauen der Mohammed-Ali-Straße?«

Mein Freund schmunzelte: »Ach, wenn er doch hören könnte, wie du das sagst!«

Kummervolles Schweigen herrschte. Mitleid zeichnete sich auf dem Gesicht meines Freundes ab, aber ich bedeutete ihm fortzufahren. So berichtete er: »Sie reden darüber, daß du eine fertig eingerichtete Eigentumswohnung besitzt.«

»Ich habe die Absicht, nach der Hochzeit dort zu wohnen. Was ist Schlimmes daran?«

»Die Wohnung interessiert nicht, aber wen empfängst du dort ständig?«

»Worauf wollen die Schufte hinaus?«

»Jetzt wirst du böse, und ich werde besser schweigen.«

»Sag, was du weißt! Und wenn du eine Antwort hören willst: Ich treffe mich dort mit einigen Freunden.«

»Freunde besonderer Art. Einige unserer Busenfreunde, reiche Araber.«

»Ich habe sie eingeladen, weil sie meine Freunde, aber nicht weil sie reich sind. Und befreundet bin ich mit ihnen, seit ich in ihr Land geschickt wurde, um dort zu arbeiten.«

»Ich glaube dir ja, aber du weißt, wie diese harmlosen Beziehungen durch böse Zungen ausgelegt werden.«

Ich schäumte vor Zorn: »Hör mal zu, meine Geduld hat Grenzen!«

»Sei nicht ärgerlich! Das ist eine Prüfung, die sich jeder gefallen lassen muß, der heiraten will.«

Ich wunderte mich – und dazu hatte ich ein Recht –, wie eifrig die Leute ihre Erkundigungen einziehen. Mich erstaunte das besonders, weil wir doch in einer Zeit leben, in der herkömmliche Werte nichts mehr gelten und das Laster triumphiert. Warum sind die Leute so unerbittlich bei ihren Nachforschungen! Glauben denn die Väter, Ehegatten für ihre Töchter aus einem Niemandsland außerhalb der Zeit und der Geschichte wählen zu können? Ist denn der Ehestand in unserer Gesellschaft wichtiger als der Beruf? Klagen die Leute nicht Tag und Nacht laut über unzulängliche Dienstleistungen und dabei natürlich auch über die, die dafür verantwortlich sind? Wie heiratet denn jene Prominenz und wie entkommen diese Leute der

Geißel der Nachforschungen? Meine Begeisterung für die Ehe erlahmte allmählich. Ich bereute es, mich dem Gerede von Leuten ausgesetzt zu haben, die weder Barmherzigkeit noch Scham kannten.

Nachdem drei Wochen vergangen waren, kam mein Freund erneut zu mir. Sofort überfiel ich ihn mit den Worten: »Meine Ausdauer ist erschöpft.«

Er wies mich zurecht: »Ich verachte Schwäche. Halte stand bis zum Ende! Du wirst dir doch dein Selbstvertrauen nicht rauben lassen!«

»Die Ehe wird ein Mißerfolg für mich werden, außerdem lehne ich den schlechten Ruf ab, den man mir anhängt.«

»Du kannst überzeugt sein, daß ich nichts dergleichen gehört habe. Höre du aber, was man über deine Arbeit sagt!«

Er reizte meine Neugier so sehr, daß ich mich nicht mehr zurückhalten konnte. Er sagte: »Viele bescheinigen dir, daß du ganz in deiner Arbeit aufgehst.« Ich bemerkte nichts dazu und erwartete Unerfreuliches.

»Aber man behauptet, daß du herrschsüchtig bist und es liebst, alles an dich zu reißen, und dich dann beklagst, wenn die Beamten nicht mit dir zusammenarbeiten.«

»Ich will darüber nicht streiten. Aber was hat das damit zu tun, ob ich für die Ehe tauge?«

»Alles, und sei es noch so nebensächlich, hat damit zu tun.«

»Also weiter!«

»Man spricht auch von einer Ermittlung, die deinetwegen angestellt worden ist, es ging dabei um ein Versammlungsgebäude.«

»Und was war das Ergebnis? Eine Ermittlung ist nur

ein Verfahren. Sie ist weder etwas Gutes noch etwas Schlechtes. Sie sehen doch, daß ich weiterhin arbeite, ja, ich bin nach der Ermittlung sogar zweimal befördert worden. Was argwöhnen sie also deswegen?«

»Du hast recht.«

»So hat sich dieser Punkt für uns erledigt.«

»Aber man sagt auch, daß du gedroht hast, andere einzubeziehen, die höher stehen als du, und daß die Ermittlung deswegen eingestellt wurde.«

»Verdammt sollen sie sein!«

»Das haben sie verdient.«

»Wirst du sie dazu bringen, das einzusehen?«

»Ja, sie sollen verdammt sein! Aber sie fragen noch weiter: Wieso lebt er in solchem Wohlstand? Wie kam er zu der möblierten Eigentumswohnung und zu seinem Auto? Woher hat er das alles?«

Ich ballte vor Ärger die Faust und erklärte: »Sie tun so, als ob sie nicht wüßten, was ich von meinem Vater geerbt habe. Und sie tun so, als wäre ihnen auch entgangen, daß einige meiner Lehrbücher in die Schullehrpläne arabischer Länder aufgenommen wurden. Ich beziehe mein Einkommen aus jedermann erkennbaren, ehrenhaften Quellen.«

Ich erwartete, daß er nun über die sprechen würde, die meine Bücher in die Lehrpläne aufgenommen haben, und über ihre Beziehungen zu den Freunden, die ich in der Eigentumswohnung empfange, aber er tat das nicht. Er schien vor dem Feuer meines Zorns zurückzuschrecken. Trotzdem maß er mich mit einem kurzen Blick, in dem ich las, was er nicht wiederholen wollte. Dann lachte er: »Der kindische Abid Miri neigt dazu, auf Lügen zu hören. Bei unserer letzten Begegnung sagte er mir, daß Mißtrauen ein Zeichen von Klugheit wäre und daß er allmählich glaubte, jener Bräutigam hätte etwas mit dem 5. Juni 1967 zu tun.«*

Bestürzt rief ich aus: »Jetzt bin ich auch schon für den 5. Juni 1967 verantwortlich!«

Schnell verließ ich den Raum. Vor Ärger sah ich kaum, wohin ich lief. Was weiß der Kindskopf über den 5. Juni? Wenn ich auch alle meine Schwächen zugebe, so gelte ich doch als ein Mann von Charakter, und ich lege Wert darauf, als ein solcher zu gelten. Nur wenn ich es anderen gleichtun wollte, habe ich Fehler gemacht. Gleichzeitig war ich ein Opfer, ja, ein Opfer meiner Vorgesetzten, die mir ein schlechtes Beispiel gaben. Und jetzt wird mir das Paradies, eine eigene Familie zu gründen, verwehrt, als wäre ich ein einziger Bösewicht!

Ich beschloß, den Gedanken an eine Ehe endgültig aufzugeben, und sagte mir, daß der Mann nicht nur durch und für die Frau lebt.

Gleichzeitig bereute ich heftig, mich dem Sturn ausgesetzt zu haben, der mich durcheinanderschüttelte.

Ich saß auf meinem Lieblingsplatz, als ich meinen Freund von weitem kommen sah. Innerlich wiederholte ich die entscheidenden groben Worte, mit denen ich ihm entgegentreten wollte. Ich wollte ihm verkünden, daß ich mich für alle Ewigkeit einer Eheschließung widersetzen würde.

Mein Freund überfiel mich, noch bevor er mir guten Tag sagte, mit den Worten: »Abid Miri läßt dich grüßen. Er bittet dich darum, daß du so schnell wie möglich einen Termin für die Bekanntgabe der Verlobung festsetzt.«

* Erster Tag des Junikrieges 1967 zwischen Ägypten und Israel, in dem Ägypten eine empfindliche Niederlage erlitt.

Worterklärungen

Abu: Vater (des...), in Verbindung mit dem Namen des ältesten Sohnes als Ehrenbezeichnung.

Abukir: ägyptische Sommerfrische am Mittelmeer, nordöstlich von Alexandria.

Abu l-Abbas El-Murßi: islamischer Heiliger, der besonders in Alexandria verehrt wird.

Allahu akbar: »Allah ist groß wie sonst nichts auf der Welt.« Eingangsformel des islamischen Gebetsrufes, wird auch bei anderen Gelegenheiten verwendet.

El-Ataba: Platz im Zentrum von Kairo inmitten von Volksvierteln.

Basmala: die Formel Bismi 'llah ar-rachman ar-rachim, »Im Namen Allahs des Gnädigen, des Barmherzigen«, mit der fromme Muslims jede wichtige Handlung beginnen, Briefe und Bücher einleiten usw.

Bey: türkischer Ehrentitel.

Bohnen: Gericht aus braunen Puffbohnen, ägyptisches Nationalgericht.

Buch Allahs: d.i. der Koran.

Bulak: Volksviertel in Kairo.

Cairo Tower: während der Regierungszeit Nassers erbauter Aussichtsturm auf der Nilinsel El-Samalek in Kairo.

Chamassin: heißer Wüstenwind in Ägypten.

El-Chasindar: kleiner Platz im Stadtzentrum von Kairo in der Nähe des Esbekija-Parks.

Dschafars: Stamm, der seine Wohnplätze in der Umgebung Alexandrias bis hin zur libyschen Wüste hat.

Efendi: »Herr«, Bezeichnung für einen Nichteuropäer in europäischer Kleidung.

Feddan: ägyptisches Flächenmaß, 1 Feddan = 4200,833 m².

Freitagspredigt: Predigt während des Gottesdienstes am islamischen Feiertag, dem Freitag.

El-Gharbi-Viertel: d.i. das Europäerviertel.

Ghul: Dämon, der immer wieder in anderer Gestalt erscheint.

Gilbab: weites Übergewand.

Gubba: langes Obergewand mit weiten Ärmeln, vorn offen.

Heliopolis: moderner Vorort von Kairo mit vielen Villen.

Husseinija-Straße: unmittelbar vor dem Bab El-Nasr, einem der alten Stadttore von Kairo, gelegene Geschäftsstraße.

Imam: Vorbeter, Mann mit theologischer Bildung, der das gemeinschaftliche rituelle Gebet leitet.

Kadi: Richter.

Karafa-Friedhof: riesiger islamischer Friedhof im Osten von Kairo, in der Nähe der Mameluken- und Kalifengräber.

Karkadija: erfrischendes Getränk, hergestellt aus den Blüten der sudanesischen Malve, wird meist kalt getrunken.

Kum El-Dikka: Stadtteil von Alexandria.

Kuskus: Gericht aus Grieß.

La illaha illa 'llah: »Es gibt keinen Gott außer Allah.« Teil des islamischen Gebetsrufes.

Millim: kleinste ägyptische Münzeinheit.

Mohammed-Ali-Straße: große Straße im Inneren Kairos, die vom Platz El-Ataba El-Chadra zum Fuß der Zitadelle führt, heute Shari El-Kal'a. Hier gab es früher zahlreiche Amüsierlokale mit Bauchtanz und arabischer Musik.

Morgengabe: Nach dem islamischen Eherecht muß der Mann der Frau nach Abschluß des Ehevertrages ein Geschenk überreichen, ohne das die Ehe ungültig ist.

Muesin: Gebetsrufer.

Mufi: Gelehrter auf dem Gebiet des religiösen Rechts.

Mukattam-Höhen: Höhenzug im Osten von Kairo.

Muslimbrüder: 1928/29 in Ägypten gegründete Bewegung, die die Rückkehr zu den fundamentalen Lehren des Islams und des islamischen Rechts predigte und fanatisch-religiöse mit extrem nationalistischen Anschauungen verband. Nach der Revolution von 1952 verboten.

Piaster: ägyptische Münzeinheit. Ein ägyptisches Pfund hat 100 Piaster.

Raka: Teil des islamischen Gebetsritus, besteht im Vornüberbeugen des Rumpfes, bis sich die Handflächen in Kniehöhe befinden.

Ramadan: der islamische Fastenmonat, während dessen der erwachsene, gläubige Muslim von Sonnenauf- bis -untergang weder essen, trinken, rauchen noch lieben darf. In diesem Monat spielt sich viel Leben in den Nächten ab.

Rebab: arabisches Streichinstrument. Rebabspieler saßen früher, bis das Radio aufkam, in vielen ägyptischen Caféhäusern.

Rod El-Farag: Volksviertel von Kairo.

Saad Saghlul: ägyptischer Politiker (1860–1927), populäre Zentralgestalt der ägyptischen Nationalbewegung, besonders während des Volksaufstands von 1919 und der Jahre danach.

El-Sajid El-Badawi: geb. um 1200, gilt seit Jahrhunderten als der größte Heilige Ägyptens und Retter aus allen Nöten.

Sajida Seinab: Volksviertel in Kairo, nahe der gleichnamigen Moschee.

Sakasik: Hauptstadt der Provinz Sharkija, nördlich von Kairo.

Sakkara: großes historisches Gräberfeld in der Wüste südlich von Kairo, enthält Grabdenkmäler aus fast allen Zeiten der ägyptischen Geschichte.

Schardacha: Volksviertel am Stadtrand von Kairo, nahe dem Mokattamgebirge.

El-Scharki-Viertel: d. i. das Orientalenviertel.

Scheich: eigentlich »älterer Mann«, dann Titel für einen Mann von religiöser, aber auch sozialer und weltlicher Autorität.

Sonntag: in islamischen Ländern liegt der wöchentliche Feiertag am Freitag.

Stelzschuhe: hölzerne Stelzschuhe von mehreren Zentimetern Höhe (Kabkab) wurden früher in Ägypten viel getragen, man findet sie unter der ärmeren Bevölkerung bis in die Gegenwart.

Suk: der arabische Markt.

Tarbusch: rote Kopfbedeckung für Männer, auch Fes genannt, wurde bis in die vierziger Jahre viel getragen, kommt heute mehr und mehr außer Gebrauch.

Thronvers: Koran, Sure 2, Vers 255 der offiziellen ägyptischen Koranausgabe, gilt als besonders heilig und wird oft als Gebet verwendet. Wortlaut: »Allah! Es gibt keinen Gott außer ihm, dem Lebendigen, dem Ewigen! Nicht ergreift ihn Schlummer und nicht Schlaf. Sein ist, was in den Himmeln und was auf Erden. Wer ist's, der da Fürsprache einlegt bei ihm ohne seine Erlaubnis? Er weiß, was zwischen ihren Händen ist und was hinter ihnen, und nicht begreifen sie etwas von seinem Wissen, außer was er will. Weit reicht sein Thron über die Himmel und die Erde, und nicht beschwert ihn beider Hut. Denn er ist der Hohe, der Erhabene.« (Deutsche Übersetzung v. M. Henning.)

Ujun El-Mija: »Wasserquellen«, Ausflugsort.

Ustas: eigentlich »Meister«, »Professor«, nicht nur für Gelehrte, sondern auch für Musiker, Sänger, Künstler, Schriftsteller und oft ganz allgemein für Gebildete verwendet.

Wakf: fromme Stiftung. Nach dem islamischen Recht können Immobilien aller Art und bestimmte Mobilien von ihrem Besitzer zu einer frommen Stiftung erklärt werden, die gemeinnützigen Zwecken oder einer Familie zugute kommt.

Quellenverzeichnis

Die Erzählungen entstammen folgenden, sämtlich im Verlag Dar Misr li-t-Tiba'a, Kairo, erschienenen Bänden:

Einflüsterungen des Wahnsinns, 1983 (bzw. Ergänzung bei einer späteren Auflage):
Die Uniform

Die Welt Allahs, 1963:
Die Welt Allahs, Die Moschee in der Gasse, Geld, Der Allmächtige, Hansal und der Polizist

Ein Haus mit schlechtem Ruf, 1965:
Ein Haus mit schlechtem Ruf, Auf der Flucht vor dem Untergang

Die Taverne zum schwarzen Kater, 1969:
Die Einöde, Ein Betrunkener singt, Ein störender Laut

Unterm Schutzdach, 1969:
Der Zauberkünstler hat meinen Teller gestohlen

Eine Geschichte ohne Anfang und Ende, 1971:
Anbar Lulu

Honigmond, 1971:
Ein Fenster im fünfunddreißigsten Stock

Das Verbrechen, 1973:
Das Verbrechen, Die himmlische Begegnung, Auf Freiersfüßen

Nagib Machfus im Unionsverlag

Die Midaq-Gasse

Einst glänzte die Midaq-Gasse wie ein Stern in der Geschichte des mächtigen Kairo. Inzwischen sind die Arabesken am berühmten Kirscha-Kaffeehaus bröcklig und morsch geworden, aber immer noch ist die Gasse erfüllt vom Lärm ihres eigenen Lebens. Hier laufen die Fäden zusammen, hier strömen die Menschen ein und aus.

Onkel Kamil, der Bonbonverkäufer, al-Hilu mit seinem Friseursalon, der alte Dichter, den keiner mehr hören will, seit es das Radio gibt, der stolze Chef der Handelsfirma, ja sogar der düstere Zita, der aus Menschen Krüppel macht, damit sie besser betteln können – sie alle spüren die neue Zeit, deren Rhythmus die Stadt erobert.

Jeder sucht seinen eigenen Weg in die Zukunft. Umm Hamida, Chronistin aller Nachrichten und wandelndes Lexikon aller Missetaten, hat täglich mehr zu erzählen über die Geheimnisse dieser Gasse, denn eine Welt ist in Unordnung geraten.

Aus dem Arabischen von Doris Erpenbeck.
348 Seiten, gebunden